Finch ne s'arrêta même pas pour réfléchir ou s'autoriser à penser à la suite. Il activa son téléphone du pouce et appela Benedict.

— Finch ? répondit celui-ci après une sonnerie.

— Je suis à l'auberge. Je viens juste d'arriver. Je vais bien, mais tout a disparu, dit-il, essayant d'être direct, mais sa voix tremblait. J'ai été cambriolé. Je pense qu'il reste une chemise ici qui est à moi ? Et je porte mes chaussures de marche, alors c'est bien, mais je ne sais pas ce que je vais faire. Je pensais que tu pourrais peut-être me dire qui je devrais appeler ou aller voir. J'ai déjà ramené la voiture de location, ajouta-t-il d'un air perdu.

— Tu vas laisser la chambre exactement comme tu l'as trouvée, descendre et attendre.

Finch se demanda s'il y avait une bibliothèque ou un magasin où il pourrait imprimer son billet pour son vol de retour. Ou un endroit avec du Wi-Fi. Il pourrait alors le télécharger sur son téléphone.

Benedict lâcha un son bref.

— Finch, es-tu certain que ça va ?

— Oui, répondit-il, arrêtant ses pensées désordonnées. Je n'étais pas là quand c'est arrivé. C'est simplement le choc, je pense. Merci de m'avoir laissé t'appeler. Tu m'as déjà sorti de cette grotte et c'était la fin de notre semaine, alors après aujourd'hui, je m'étais promis que je ne te dérangerais plus jamais et…

— Finch, ça va aller. Descends et attends. Nous nous occuperons de tout ça, mais commençons par le début.

— D'accord, d'accord. Je descends maintenant.

UN PASS POUR DEUX

Elle Brownlee

DREAMSPINNER PRESS

UN PASS POUR DEUX

Elle Brownlee

Publié par
DREAMSPINNER PRESS

5032 Capital Circle SW, Suite 2, PMB# 279, Tallahassee, FL 32305-7886 USA
www.dreamspinnerpress.com

Un pass pour deux
Copyright de l'édition française © 2019 Dreamspinner Press.
Titre original : Two for Trust
© 2017 Elle Brownlee.
Première édition : mai 2017
Traduit de l'anglais par Emmanuelle Guilluy.

Illustration de la couverture :
© 2017 Bree Archer.
http://www.breearcher.com
Les éléments de la couverture ne sont utilisés qu'à des fins d'illustration et toute personne qui y est représentée est un modèle

Édition e-book en français : 978-1-64405-737-7
Édition imprimée en français : 978-1-64405-738-4
Première édition française : décembre 2019
v 1.0

Édité aux États-Unis d'Amérique.

ELLE BROWNLEE a toujours suivi son esprit créatif et aventureux.

Enfant, elle aimait les westerns et faire de longues randonnées. Durant ces explorations, elle confectionnait des mondes miniatures avec de la mousse et des pierres tout en imaginant des histoires sur tout ce qui s'y passait. Cela incluait souvent de superbes héros cowboys. Peu de choses ont changé à l'âge adulte. Elle aime toujours les westerns, les longues randonnées et laisser son imagination vagabonder. Elle aime aussi passer du temps avec sa famille et ses amis, soutenir son équipe de base-ball préférée, les jours pluvieux en automne et une tasse parfaite de thé (noir, infusé très longtemps, avec du lait – s'il vous plaît !)

Ses romans d'amour présentent des personnages avec des défauts, mais à qui on peut s'identifier dans des cadres immersifs, racontés avec esprit, tendresse et une légère note de sarcasme. Bien qu'elle soit cynique de bien des façons, Elle croit que l'amour peut tout conquérir. Chaque histoire est un peu coquine, très charmante et se terminera toujours par « tout est bien qui finit bien ».

Elle vit actuellement à New York, où elle entretient ses mondes miniatures avec des terrariums et l'écriture. Elle est très heureuse de pouvoir partager son travail avec un public de plus en plus nombreux et elle est particulièrement reconnaissante de vous avoir comme lecteurs.

Site Internet: www.ellebrownlee.com/index.html
Facebook: www.facebook.com/elle.brownlee
Twitter: @ellebrownlee
E-mail: brownlee.elle@gmail.com

Pour Betty. Avec une montagne de crème chantilly.

Chapitre Un

FINCH tourna et se retrouva face aux véhicules arrivant en sens inverse, il dévia brusquement pour revenir dans la file de gauche et fit un geste de la main en guise d'excuse envers le couple âgé alarmé dans leur petite voiture de tourisme. Ils le fixèrent les yeux écarquillés et la femme corpulente lui jeta un regard noir tandis que son mari réussissait à leur faire contourner la cinq-portes de location de Finch. Après leur passage, il grimaça, soupira et tourna ensuite vers le parking herbeux.

Quand l'entreprise de location lui avait demandé s'il était certain de vouloir une voiture aussi grosse, Finch avait souligné en riant que celle qu'il avait choisie était plutôt petite. Il aurait souhaité pouvoir revenir à ce moment-là et accepter la suggestion de prendre l'espèce de pot de yaourt microscopique à trois portes, à la place. Entre les routes étroites, parfois à moins d'une voie et le fait de s'habituer à la conduite du mauvais côté, il avait besoin de tous les avantages qu'il pouvait obtenir.

1

À part un vieux Range Rover sous un arbre à l'autre bout, le parking était vide. Finch appréciait l'idée de pouvoir explorer sans l'agitation d'autres touristes – c'était en partie pour cela qu'il était arrivé quelques minutes avant l'ouverture matinale. Il attrapa ses affaires, avança vers l'entrée et laissa derrière lui la voiture trop grosse et toute contrariété d'avoir presque embouti les personnes âgées mécontentes.

La brume matinale se transformait en une légère pluie battante, mais cela ne le gênait pas. Il portait un bonnet à mailles serrées, une confortable veste imperméable et des bottes. Il était en Angleterre et le temps pluvieux était à prévoir. Il serait déçu s'il y avait chaque jour un grand ciel bleu. De plus, la bruine aidait sans aucun doute à éloigner les gens.

Alors qu'il approchait de la petite tente servant de guichet d'entrée, il chercha son pass dans la poche de son treillis. Finch avait fait trois folies pour ce voyage. Le pass touristique, la voiture de location et le thé gourmand qu'il prévoyait de prendre chez Harrods ou au Claridge's, une fois qu'il serait à Londres. Autrement il avait prévu un budget douloureusement serré, de son étroit siège en classe économique dans l'avion jusqu'au fait de partager une chambre avec des étrangers dans des auberges de jeunesse et ses petits-déjeuners et dîners à base de porridge instantané.

— Ah oui. Bonjour ! C'est agréable de voir quelqu'un de vaillant face à ce temps, dit en souriant l'homme qui se tenait sous la tente.

Il avait des cheveux argentés et des rides chaleureuses autour des yeux. Son badge l'identifiait comme Adam et Bénévole était inscrit dessus, à l'intérieur d'un gland dessiné.

— Quel temps ? plaisanta Finch, présentant son pass National Trust.

— Et un Américain, en prime. Bienvenue à vous. Vous êtes arrivés ici depuis longtemps ?

— C'est ma première matinée. Je me suis forcé à sortir du lit et à bouger pour contrer le décalage horaire, expliqua Finch, bâillant assez fort pour avaler la tente. C'est en cours, en tout cas.

— Tant mieux pour vous, ricana Adam. Ça aide toujours de bouger – du moins je l'ai entendu dire. Je ne suis jamais sorti d'Angleterre. Vous restez longtemps alors ?

— Non. Seulement deux semaines.

Finch aurait souhaité pouvoir dire un certain nombre d'autres choses. Mais c'était la vérité et il devait s'en satisfaire.

— Il y a un petit salon de thé ici, près du cours d'eau. Prenez une bonne tasse après avoir fait le tour. Vous serez prêt à être réchauffé alors, j'en suis certain.

Adam regarda enfin le pass de Finch et plissa le front.

— Mais juste vous, donc ?

— Euh. Oui ? demanda Finch, les sourcils levés.

— C'est juste que vous avez un pass pour deux. Vous voyez ?

Adam tourna le pass sur sa paume et souligna du pouce la mention Entrée 2x1 imprimée.

— Non ? tenta Finch en secouant la tête. J'ai acheté un pass une personne pour deux semaines. N'est-ce pas ?

— Oh. Oh non. J'ai bien peur que non. Ceci est une entrée pour deux pendant une semaine ! expliqua Adam avec compassion. Vous n'êtes pas le premier à buter là-dessus, si cela peut vous rassurer.

Cela ne le rassurait pas. Il offrit un sourire tendu et ne s'appesantit pas sur l'ironie d'avoir par erreur acheté un pass pour deux. La raison pour laquelle il avait prévu le voyage en Angleterre était une chose à laquelle il avait juré de ne pas penser.

— Ne vous inquiétez pas, cependant. Ça ne vous empêchera pas d'aller où que ce soit, offrit Adam avec un hochement de tête. Et vous pouvez toujours acheter un pass pour la semaine prochaine.

— Oui, bon point. Tant que je peux entrer, ça ne me dérange pas, mentit Finch. Je devrais écrire une lettre à l'administrateur du site du Trust. L'information sur les pass et comment choisir lequel acheter n'est pas du tout intuitive.

Il s'obligea à adopter un ton léger, mais la déception et la colère brûlaient en lui. Il n'avait pas prévu dans son budget déjà mince de payer un pass pour une autre semaine et il avait gaspillé de l'argent sur le mauvais forfait – après s'être assuré trois fois d'avoir compris ce que signifiait la description « entrée une fois deux fois un ». Il soupira et reprit son pass et la brochure que Adam avait ajoutée.

La vague idée d'apprécier un thé chaud et s'abriter un peu de la pluie s'évapora avant d'être même complètement formée. Finch fit de rapides calculs mentaux. S'il raclait les fonds de tiroir, peut-être qu'il pourrait se permettre un pass pour une autre semaine. Il pourrait rendre la voiture de location plus tôt que prévu et se contenter ensuite de lieux où il pourrait se rendre à pied et en train.

— Avancez simplement le long du chemin, là-bas, dit Adam, un doigt plié pour indiquer la direction. Et suivez les panneaux. Vous ne pourrez pas les manquer. Une partie de la propriété est encore privée, alors restez bien sur les allées. Et les photos sont autorisées dans les bâtiments et les jardins, mais c'est tout. Voulez-vous emprunter un pépin du domaine ? demanda-t-il, jetant un coup d'œil à la pluie.

Finch réfléchit au mot et au contexte – parapluie.

— Non, ça va. J'apprécie.

Finch jeta un coup d'œil par-dessus son épaule lorsqu'Adam se redressa et regarda derrière lui en réaction à quelque chose qu'il ne pouvait pas voir. Il détourna à nouveau les yeux, espérant apparaître détendu et désinvolte, mais le regret le submergea de ne pas être plus grand, mieux habillé et beau.

Parce que le nouveau venu sous la tente définissait chacun de ses points – un torse large avec des épaules encore plus larges, des yeux d'une couleur entre noisette et miel et d'épais cheveux sombres – le tout emballé dans un tweed fin et un pull de couleur caramel. Il avait de grandes mains carrées et le pull moulait tous les bons endroits pour que Finch ait une sensation de force et d'assurance physique naturelle. Comme un très grand prince Disney.

Le nouvel arrivant passa un regard agréable, bien qu'indifférent sur la silhouette ordinaire et humide de Finch.

On lui avait assuré que ses yeux gris et ses cheveux roux foncé étaient saisissants, mais autrement il ne pouvait nier qu'il était quelconque. Charmant et à l'occasion même séduisant, mais pas superbe, ni dévastateur ni chaud comme la braise. Il se fiait à toute une vie à se regarder dans le miroir et à tous les hommes qui ne lui avaient lancé qu'un regard, s'ils l'avaient remarqué – même si son amie Heather lui avait théâtralement promis qu'il avait « des yeux de la couleur d'une mer tempétueuse avec des cils à mourir. »

Il souhaitait qu'il y ait plus en lui pour que cet apollon grand, sombre et magnifique s'attarde. Stupide, mais il le souhaitait – il n'avait pas regretté depuis un long moment de ne pas être plus que ce qu'il était. La probabilité de se retrouver sous la tente d'un domaine National Trust par un jour de pluie avec un étranger élégant qui lui rendrait son étincelle d'attraction était minuscule. Au mieux.

Pourtant, ils étaient là.

— Êtes-vous là aussi pour voir les installations ? demanda Finch.

4

Adam commença à dire quelque chose, mais l'étranger l'interrompit.

— Oui, en effet, je suis là pour ça. Une matinée parfaite pour une bonne et longue promenade, n'est-ce pas ?

L'étranger sembla évaluer la tenue pratique de Finch et hocha la tête.

Finch n'était habituellement pas bavard, extraverti ou impulsif. Faire ce voyage – seul, sans la promesse d'un travail à son retour, et sans aucune raison pratique de le faire – ne lui ressemblait vraiment pas. Peut-être que d'autres éléments s'étaient alignés pour en faire autant, parce qu'il se retrouva à présenter une invitation inattendue.

— Peut-être que vous aimeriez vous joindre à moi ? Je ne veux pas empiéter sur votre longue promenade. C'est juste que j'ai acheté le mauvais forfait. Deux pour cette semaine, pas un pour deux semaines. Excepté que je suis tout seul, expliqua-il avec ironie en mettant l'accent sur chaque nombre et agitant le pass deux-entrées.

La chaleur monta sur ses joues, mais puisqu'il se tenait seul au guichet sans une âme l'attendant, pourquoi se soucier de prétendre qu'il en était autrement ? Il ne reverrait jamais Adam ou le grand étranger, de toute manière. Son pragmatisme naturel fit pencher la balance jusqu'au bout.

— Puisque nous sommes tous les deux ici, autant l'utiliser. D'accord ?

L'homme prit le pass dans sa main et le scruta.

— Donc c'est deux pour une semaine. Hum, fit-il avec un hochement de tête. C'est d'accord. Merci.

Il rendit le pass à Finch et inclina la tête vers Adam.

— Plutôt gentil. N'êtes-vous pas d'accord ?

Adam se contenta de cligner les yeux.

L'homme avait une voix volontaire et profonde qui s'accordait à sa beauté anguleuse et aristocratique et Finch poussa le cliché jusqu'à aimer son accent. Très distingué. Mais bon, presque tout Anglais autre que Cockney [1] lui semblait distingué.

— Une brochure ? demanda Adam, en tendant une autre.

— Non, merci, répondit l'homme, les yeux brillant d'humour avant de faire un geste vers le chemin. Nous y allons, alors ?

Finch se retrouva guidé hors de la tente.

— Merci, lança-t-il alors qu'ils sortaient.

Adam agita vaguement la main et les regarda partir.

1 Londonien de l'est de la ville, caractérisé par son langage populaire.

La bruine s'était transformée en pluie régulière et Finch sourit quand une grosse goutte frappa son sourcil et coula sur sa joue.

— D'où venez-vous aux États-Unis, Finch ?

L'homme le regardait avec une expression amusée et un peu plus d'attention qu'avant. Finch cligna.

— Votre nom complet était sur le pass du Trust. Finch Mason, il était marqué.

Monsieur Grand-Et-Large sortit une casquette de sa poche, la mit sur sa tête, puis il tendit la main.

— Je suis Benedict. Bienvenue en Angleterre et au Moulin Maylenwick.

— Oh oui. Et merci, répondit Finch, prenant la main de Benedict dans une poigne ferme.

Il n'y eut pas de décharge magique entre eux, mais leurs mains étaient bien adaptées l'une à l'autre. Celle plus petite de Finch se logeait confortablement dans la prise large et chaude de Benedict.

— Du Delaware. Pour le moment.

— Un changement est-il imminent ? demanda Benedict, les yeux écarquillés.

— Peut-être, peut-être pas. Je réfléchissais juste à en faire un. L'idée est bancale, au mieux, mais ce n'est rien de sinistre. D'éclatant. Ou même de si intéressant.

Il s'arrêta avant de continuer. Cet homme magnifique n'avait pas besoin de toute l'histoire de sa vie.

— Finch est un prénom inhabituel.

— Et là où commence et se termine tout ce qui est inhabituel à propos de moi, répliqua Finch.

— Hum, marmonna Benedict en l'observant rapidement mais minutieusement. Quelqu'un d'autre que vous sera meilleur juge de ça, j'en suis certain.

Finch voulut demander si ce quelqu'un pourrait être Benedict, mais ne le fit pas. Il changea de sujet à la place.

— Vous êtes déjà venu ici avant ?

Benedict remarqua le changement, mais joua le jeu.

— J'emmène mes chiens pour une bonne promenade ici quand je peux, mais je ne suis pas entré dans les installations du moulin depuis un moment.

— Des chiens ? demanda Finch qui n'en avait pas vus. Sont-ils dans votre voiture ?

— Non, non. Ils ont dû rester à la maison aujourd'hui, expliqua Benedict avant de s'arrêter et de sembler sérieux quand il reprit. Pourquoi ? Êtes-vous effrayé ou nerveux face aux chiens ?

— Même pas, répliqua Finch avec un large sourire. Je serais probablement aussi excité de voir des chiens que je le suis de voir le moulin.

— Ah. Parfait, approuva Benedict dans un hochement de tête. Dommage qu'ils n'aient pas pu venir. Je me ferai pardonner auprès d'eux plus tard. C'est un endroit magnifique avec une bonne histoire.

Il engloba d'un geste de la main le paysage environnant.

— Le Moulin Maylenwick est le seul système à quatre roues de dessus alimenté par un ruisseau en Grande-Bretagne, dit Finch. L'eau monte dans des tuyaux en terre cuite pour être stockée dans une citerne, puis passe dans des bassins élevés en bois jusqu'aux différentes roues. Les tuyaux sont d'origine et les roues et l'équipement sont toujours opérationnels. Il y a même une boulangerie qui fonctionne en utilisant le grain du moulin.

Il s'arrêta pour respirer, puis enroula les deux mains autour de son *Guide Complet d'Angleterre* corné et soupira.

Benedict savait probablement tout ça ou s'en moquait. Finch n'avait jamais été bon à sortir des traits d'esprit étincelants et il n'avait jamais été un dragueur. Mais son intelligence et ses divers intérêts lui permettaient généralement de soutenir une bonne conversation. Avec Benedict en train d'écouter, cela ne semblait pas suffisant et pour la seconde fois ce matin-là, une chose qui ne l'avait pas dérangé depuis des années ébranla son assurance.

Si Benedict pensait que l'enthousiasme de Finch était maladroit, cela ne se vit pas. Il se pencha pour dire :

— Alors vous vous intéressez particulièrement aux installations et sites industriels ? Je dois avouer que je connaissais la boulangerie. Leurs scones à eux-seuls valent un trajet sous la pluie.

Finch hocha la tête en accord, reconnaissant que Benedict dise ça, mais il ne continua pas le sujet du thé et des scones. Il n'allait pas supposer que c'était une invitation, même si son ventre choisit ce moment-là pour gronder d'approbation anticipée.

— Je m'intéresse à tout, dit-il avec élan. Maisons historiques, ruines romaines, domaines pour faire des randonnées, jardins, sites néolithiques. Quelle que soit l'activité ringarde, je suis partant.

— Vous êtes chanceux. La Grande-Bretagne est envahie de telles, euh, activités ringardes. Et j'espère que vous allez apprécier particulièrement le moulin, alors. C'est un bon départ pour votre voyage.

Finch ne put couvrir un bâillement et hocha la tête. Benedict devait l'avoir entendu parler avec Adam.

Ils marchèrent en silence et le chemin en gravier craquant sous leurs pieds remplissait le calme. Finch pensait qu'ils se sépareraient quand ils approcheraient l'ensemble de bâtiments bas composant le site du moulin, là où le chemin des installations et celui du domaine divergeaient. Mais Benedict resta avec lui et le suivit jusqu'au moulin à grains et l'atelier du menuisier.

Il lut chaque panneau et examina chaque dessin explicatif. Il toucha légèrement les énormes meules, des boîtes remplies de chevilles et les poutres de support à queue d'aronde. L'intérieur à l'odeur de renfermé atténuait le bruit de la pluie mais ne repoussait pas tout à fait la fraîcheur. Finch regarda chaque coin et prit d'innombrables photos de détails et de croquis dans la lumière tamisée.

Une autre bénévole les attendait à la boulangerie. Elle offrait des dégustations du pain au froment du Moulin Maylenwick et montrait de nombreux outils anciens. Finch écouta avec une complète concentration, uniquement un peu conscient que Benedict se déplaçait dans la pièce. Après la présentation, il remercia la bénévole et souhaita pouvoir s'offrir une miche de pain. Puis il baissa la tête pour ressortir sur la cour pavée et aller voir les bassins d'eau.

La pluie ne s'était pas calmée et Finch accepta qu'elle se soit installée pour toute la journée. Cela lui convenait.

Il se tint debout près du premier bassin élevé et regarda en l'air tandis qu'une porte d'écluse s'ouvrait pour laisser entrer l'eau dans la citerne. Puis l'eau suivit des canaux jusqu'aux quatre roues tournant dans des cuves rectangulaires bordées de calcaire le long de chaque bâtiment. L'action répétitive lente et régulière des roues et du flot de l'eau l'hypnotisa et l'ingénierie étonnamment simple le fascina.

— C'est ingénieux, dit-il quand Benedict vint se mettre à côté de lui. Je comprends totalement pourquoi c'est un endroit protégé. Et je suis content que les propriétaires l'aient remis au Trust pour que nous puissions le voir.

— J'ai toujours eu un coup de cœur pour cet endroit, dit Benedict avec dans la voix un soupçon de fierté.

Finch sourit. C'était délicieusement patriotique.

Ils suivirent les bassins jusqu'au bout, là où le dernier écoulement de l'eau entretenait un ruisseau proche qui coulait dans une courbe généreuse et naturelle autour du site du moulin. Il observa le ruisseau gargouiller et suivre une autre courbe douce pour retourner vers la campagne et une bouffée de quelque chose de succulent flotta dans l'air. Finch se rappela le salon de thé, puis son manque de fonds et essaya de l'ignorer ainsi que sa faim.

— Qu'en dites-vous ? demanda Benedict.

Finch secoua la tête à la suggestion polie et peut-être sincère.

— J'ai des projets pour le déjeuner plus tard.

Son ventre gronda à nouveau. Bruyamment.

— Ce n'est pas le déjeuner, dit gentiment Benedict. C'est du thé. Et même pas celui de dix-sept heures, en plus.

— Je ne devrais pas, hésita Finch avant de bâiller et puis de penser à dire. Vous n'avez toujours pas fait ta promenade matinale.

— Alors qu'était toute cette marche que nous venons juste de faire ? plaisanta Benedict avec un petit coup de coude à Finch. La caféine vous fera du bien, au moins. Et il serait juste que je paie, puisque je suis ici avec votre pass. De plus, j'ai un bon d'achat.

— Un bon d'achat ?

Cela semblait prometteur. Les yeux de Benedict brillèrent.

— Oui. Deux cream teas [2] et vraiment pour deux personnes.

— Vraiment pour deux ? répéta Finch, faussement sérieux. Eh bien. C'est décidé.

Le salon de thé était plus qu'une simple cabane, construit dans le hangar de stockage à grains bien réaménagé. Des lampes de travail de grande taille étaient suspendues au plafond, fournissant une lumière abondante sans paraître incongrues. Le plancher avait été briqué et les murs de pierre étaient recouverts d'une couche de chaux. Un mur avait des fenêtres incurvées pour s'accorder à la courbe du ruisseau et des photographies du moulin et de ses équipements étaient accrochées ici et là. Dans le côté étroit à l'arrière de la boulangerie, les présentoirs de nourriture et les tables se déployaient le long du mur incurvé.

Finch aima immédiatement.

2 Collation composée de thé, de scones avec de la crème et de la confiture.

9

— Je vais aller commander. Pourquoi ne choisissez-vous pas une table ? proposa Benedict avec un geste vers le petit intérieur.

— Je vais d'abord faire un crochet par... les toilettes. Ou est-ce les WC ? Je ne peux pas tout à fait me résoudre à dire le petit coin, dit Finch avec détermination avant d'expliquer face au regard vide de Benedict. Ce n'est pas vraiment associé à quelque chose de positif dans le jargon américain. Ensuite je choisirai une table.

— Je ne supporte pas le terme non plus, alors nous sommes d'accord, dit Benedict avec un hochement de tête. Excellent. C'est arrangé.

Il tourna les talons vers le tout petit comptoir et laissa Finch.

Celui-ci découvrit des toilettes plutôt modernes et plus grandes qu'il ne s'y était attendu. Définitivement une extension. Il devrait lire plus de choses sur l'histoire du Moulin Maylenwick quand il rentrerait à l'auberge. Il se soulagea, se lava les mains, puis fixa le miroir.

Une partie de ses cheveux s'était échappée du bonnet et collée à son front en boucles cuivrées. L'air froid avait rougi son nez et la fatigue avait vidé ses joues de leur couleur, rendant ses taches de rousseur plus prononcées. Il enleva le bonnet et ébouriffa ses cheveux. Puis il ferma les yeux à la vue, haussa les épaules et retourna dans le salon.

Il y avait trois tables de style bistrot dans la salle et une table encastrée sous une fenêtre à guillotine. Il alla droit vers celle-ci et prit le fauteuil à oreilles qui faisait face à la fenêtre. Assez vite, Benedict le rejoignit et Finch posa un œil appréciateur sur le plateau chargé avec deux théières en inox étincelant, des scones massifs et des pots de crème et de confiture.

Il n'avait pas mangé depuis ce que la compagnie aérienne se faisait comme idée d'un petit déjeuner et c'était des heures plus tôt.

— Nous pouvons prendre un scone pendant que le thé finit d'infuser, dit Benedict alors qu'il repliait sa haute silhouette dans le siège robuste près de la fenêtre.

Finch ne se le fit pas dire deux fois. Il attrapa un scone, le coupa dans le sens de la longueur et recouvrit chaque tranche avec du confiture et de la crème.

— Vous aviez raison. Ils sont délicieux, merci, dit-il après la dernière bouchée.

Il ajouta du lait et du sucre dans son thé et prit une longue gorgée. Il sourit joyeusement – chaud, fort et sucré, simplement comme il aimait. Il y avait deux scones de plus et une deuxième assiette avec de tous petits gâteaux empilés dessus.

— Tout ça pour un cream tea ?

— Euh… plutôt tout ça grâce à mon bon. Je ne compterais pas sur ça à chaque site du Trust que vous visiterez, répondit Benedict, poussant l'assiette de scones plus près de Finch. Prenez votre second pendant qu'il est encore chaud.

Benedict avait aussi fini le sien et Finch perdit toute gêne quand son vis-à-vis tendit la main pour en prendre un autre. Il mangea le scone avec moins de précipitation, puis passa aux gâteaux. Ils étaient moelleux et remplis de confiture de framboise et de pâte d'amande.

— Ils sont si bons, dit-il avant d'en manger un troisième.

Finch pensa que le thé, deux énormes scones et tous ces gâteaux le nourriraient suffisamment pour sauter le déjeuner.

— C'est vraiment super de votre part de partager votre bon comme ça – et avec moi.

— Pas du tout, dit doucement Benedict posant les coudes sur la table.

Finch vida sa seconde tasse de thé et mangea chaque miette. Puis il s'assit dans une espèce de torpeur – repu, bien au chaud et bercé par la pluie. Il s'appuya contre le dossier du fauteuil et regarda fonctionner le système à eau. La trappe s'ouvrait, l'eau cascadait à travers les bassins et chaque roue tournait, prenait de la vitesse puis ralentissait avant de s'arrêter à nouveau.

— Finch ?

Il fit un bruit endormi et ramena une jambe sur le siège sous lui.

— Vous avez fini ?

La voix de Benedict avait un soupçon de tension. Finch croisa son regard et pensa y voir de l'ennui, peut-être même de l'impatience. Il se redressa et commença à empiler la vaisselle sur le plateau.

La gêne fit chauffer sa peau et de la déception se nicha dans sa poitrine. Il repoussa les deux.

— Désolé. Caféine ou non, le décalage horaire me rattrape.

— Je ne voulais simplement pas que vous vous endormiez et gâchiez votre tentative pour vous remettre du décalage horaire. De plus, nous n'avons pas encore vu la fosse de sciage.

La voix de Benedict était redevenue basse, comme pour compenser les mots vifs. Il prit le plateau des mains de Finch et se leva.

— Je peux la voir en retournant à ma voiture. Merci encore pour le thé, dit Finch en se levant.

Il enfonça son bonnet sur sa tête et se dirigea vers la porte.

11

Benedict porta le plateau d'une main jusqu'au comptoir et remercia les deux préposés au salon – un jeune homme et une jeune femme qui devaient être frère et sœur. Finch leur fit un signe de la main, ils le regardèrent avec les yeux un peu ronds avant de rendre son salut.

Ils ne devaient pas voir beaucoup d'Américains par ici. Cela et ses cheveux carotte.

Les longues enjambées de Benedict le rattrapèrent facilement à quelques pas du salon de thé.

— Je dois également retourner à ma voiture. Il n'y a pas de raison que nous ne puissions pas continuer et ensuite revenir au parking ensemble.

Benedict entraîna Finch le long d'un chemin étroit qui passaient entre deux bâtiments.

Cela paraissait si raisonnable que Finch accepta.

La fosse de sciage était un rectangle creusé profondément dans le sol et ses bords droits étaient envahis de mousse. Une épaisse planche traversait la fosse dans le sens de la longueur et une grille en métal couvrait l'ouverture dans un discret signe de sécurité. Finch se mit sur la pointe des pieds au bord et baissa les yeux. Une lumière diffuse reflétait les flaques au fond. Une section de tronc d'arbre plus large que son torse était posé à côté de la fosse, positionnée comme prête à rouler dans les énormes supports en forme de V de chaque côté de l'ouverture. Il regarda Benedict avec le front plissé, puis étudia de nouveau la fosse. Ce n'était pas ce à quoi il s'attendait et il essaya de comprendre comment le sciage serait effectué.

Les sourcils de Benedict se redressèrent.

— Alors, si je me tenais là en bas et que vous étiez ici en haut sur la planche et que nous tenons chacun un bout d'une très longue scie… ? dit-il pour le guider.

Finch imagina la description. Après un moment, tout se mit en place et il eut le concept à l'esprit – scier de haut en bas tout en avançant en tandem. Il lâcha un long bruit de satisfaction et ils partagèrent un regard. Un sourire taquin releva le coin de la bouche de Benedict. L'approbation de celui-ci contenta Finch de façon inexpliquée, mais il rayonna quand même à l'éloge intime.

— Je suis content que vous soyez dans la fosse, lâcha Finch avec un frisson.

— Être aspergé de sciure n'est pas votre conception de l'amusement ?

— Les espaces sombres et exigus ne sont pas ma conception de l'amusement, répondit Finch en reculant.

Il avança jusqu'au panneau d'information, avec des images de la fosse en activité, croisa les bras pour tenir ses coudes et lut. Il détestait vraiment l'idée de tomber là-dedans ou de devoir être dans la fosse mais il admira le procédé qu'ils utilisaient pour couper des troncs en bois brut.

Les sensations fantômes persistantes d'être enfermé dans la fosse le firent frissonner. Il y jeta un dernier regard et commença à marcher vers le parking. Finch frissonna à nouveau, mais en rejeta la faute sur la pluie. Elle avait augmenté et tombait assez fort pour le tremper.

— La fin de l'automne n'est pas la saison idéale pour visiter la campagne Anglaise, commenta Benedict, en lui emboîtant le pas.

Bien que sa déclaration puisse être prise comme une ouverture pour plus de conversation et pas une diversion pour la peur de la fosse de que Finch avait ressentie, il n'insista pas.

— Je n'ai pas besoin de l'idéal, expliqua Finch en écartant les mains devant eux. Je suis ici, en Angleterre, en train de visiter de vrais trucs anglais extraordinaires. C'est suffisant pour moi. De plus, la fin de l'automne est le moment où je pouvais prendre des congés pour faire le voyage.

Benedict sembla réfléchir à ses mots, puis demanda :

— Et personne d'autre n'a pu prendre des congés pour se joindre à vous ?

Finch rougit, pensant à Chad et ses promesses vides et sa propre stupidité. Puis il repoussa tout ce qui avait à voir avec cet homme. Ce n'était pas important et cela ne comptait pas et il refusait de laisser ceci être un nuage noir au-dessus de lui ou de ses vacances de rêve.

— Cela ne me dérange pas de faire les choses seul. La solitude peut avoir du bon. On peut choisir son rythme et faire exactement ce que l'on veut, et personne ne se plaint quand on prend cinquante photos d'un engrenage de moulin. J'aime ça. Je fais beaucoup de choses tout seul.

Il avait dit ça avec un haussement d'épaules et une touche de défi, évitant la question, mais révélant par mégarde beaucoup avec très peu.

La pluie avait trempé le pantalon de Finch, alors les revers tombaient lourds et humides contre ses jambes et l'eau coulait en petits ruisseaux dans son cou et sa veste. Ils accélérèrent le pas et ne parlèrent pas pendant le reste du trajet jusqu'au parking.

Finch se tourna et tendit la main à Benedict.

— De plus, dit-il gaiement, sans réaliser qu'il avait plutôt l'air mélancolique, je n'ai pas visité seul aujourd'hui. Merci.

Benedict prit sa main et Finch savoura sa chaleur, la façon dont elle s'accordait bien à la sienne.

— Non, merci à vous. Je suis arrivé juste à temps pour utiliser votre offre généreuse.

Finch hocha la tête, saisit la portière côté passager, puis soupira et marcha jusqu'au côté conducteur.

— Un heureux accident, dit-il en montant.

Il ouvrit la fenêtre et sourit à Benedict également trempé mais semblant imperméable.

— Heureux de vous avoir rencontré, Benedict du Moulin Maylenwick. Bonne continuation.

Benedict tapota le toit de sa voiture et Finch s'obligea à s'éloigner sans demander s'ils pourraient déjeuner, puis dîner et faire ensuite une autre journée de visite ensemble. Il fit un signe de la main par-dessus son épaule et tourna sur la route, s'insérant prudemment dans la bonne voie.

Les essuie-glaces et la pluie créaient un bruit de fond apaisant pour ses pensées alors qu'il roulait jusqu'à l'arrêt suivant sur son itinéraire. Pluie ou pas pluie, il verrait tout ce qu'il avait prévu.

Plutôt que de se morfondre sur le fort contraste entre le fait d'être avec Benedict et passer le reste de son voyage seul, il devrait être reconnaissant d'avoir eu une telle journée. Une journée avec un beau prince pour le guider et lui offrir du thé – ça faisait plus que compenser son erreur avec le pass du National Trust.

Il repoussa la petite voix intérieure voulant argumenter, alluma la radio, trouva BBC News et fredonna avec satisfaction à la voix suave lui parlant du temps. Puis il s'efforça de sortir Benedict de son esprit, de faire attention à sa conduite et au trafic alors qu'il se fondait dans une route plus fréquentée.

BENEDICT regarda Finch s'en aller et grimpa dans le vieux Range Rover. Cela avait été une manière surprenante mais divertissante de passer plusieurs heures. Au début, il s'était senti désolé pour Finch, voyageant clairement seul, puis pour la lamentable erreur du pass du Trust. Il avait accepté l'offre d'utiliser la seconde entrée avant de pleinement réaliser ce qu'il avait fait, puis s'était agacé de ça. À la fin, il avait apprécié de voir le moulin à travers les yeux énergiques de Finch et de partager la journée – et le thé.

De saisissants et intelligents yeux gris, pensa-t-il distraitement.

Le fait que Finch voyage seul le rendait curieux. Il était certain qu'il y avait plus dans cette histoire que l'américain ne voulait partager. Mais celui-ci ne semblait pas s'en plaindre, et pour être juste, ce n'étaient pas les affaires de Benedict. Il avait aidé Finch à passer une bonne journée et fait plus que son devoir en tant qu'habitant accueillant un visiteur. Ayant fait ça, il pouvait se laver les mains de toute autre implication.

Il jeta un coup d'œil à sa montre. Il lui restait encore beaucoup de temps pour accomplir ce qu'il était venu faire au moulin en premier lieu.

Il quitta le parking et tourna dans la direction opposée à celle où Finch était parti. Il avança sur moins de six cents mètres et tourna vers une voie différente marquée Privé. Tandis qu'il passait en revue comment tout faire en moins de temps que prévu, il oublia tout de Finch.

Chapitre Deux

LE matin suivant ressemblait beaucoup au précédent – pluvieux et frais – et Finch partit tôt. Après avoir quitté le moulin, visiter un autre monument du Trust l'avait aidé à continuer. Revenir à l'auberge de jeunesse pour manger son porridge instantané et s'écrouler ensuite dans son lit l'avaient empêché de penser à Benedict. Il considéra tout ceci comme un premier jour de vacances réussi. Il était parvenu à rester éveillé jusqu'à dix-neuf heures.

Mais il s'était réveillé avec son alarme, à nouveau frais, prêt à aborder la journée et rassuré d'avoir en fait l'impression qu'il était six heures du matin et pas le milieu de la nuit.

D'un côté moins rassurant, rien ne parvenait à maintenir ses pensées loin de Benedict et tandis qu'il suivait la route étroite et tournait sur le parking indiqué, il se demanda ce que faisait l'anglais.

Il passa sur un grillage à bestiaux et choisit une place à l'abri du vent près de sapins. Il remarqua tout de suite qu'il n'y avait pas de Land Rover, vieux ou autre – mais la perspective de pouvoir visiter le manoir sans cohue allégea son esprit.

Finch n'éprouvait aucune rancune envers les gens. Pas vraiment. Mais certains endroits étaient plus spéciaux quand on pouvait s'attarder sans être pressé et apprécier tous les petits détails sans ressentir l'impatience des autres et avoir l'impression que ces endroits étaient à vous seuls.

Au moment où il ouvrit sa portière, le jour se transforma brusquement en nuit. Le monde s'assombrit alors que les nuages dans le ciel bouillonnaient et se rapprochaient de la terre et que la pluie se transformait en déluge. Finch referma la portière et décida d'attendre que l'averse passe. Être trempé jusqu'aux os, au saut du lit, n'était pas un bon départ. De plus, les bénévoles pourraient ne pas le laisser entrer s'ils pensaient qu'il mouillerait tout.

Il ressentit une brève envie que Chad soit avec lui. Ils seraient assis là, au chaud dans la voiture, riant de la pluie et parlant du moulin fascinant, du thé délicieux et de leurs projets pour les semaines à venir.

Finch se frotta les yeux et soupira. Il avait pensé que Chad l'appréciait. Suggérer qu'ils prennent des vacances ensemble à l'étranger devait signifier cela. N'est-ce pas ?

Faux. Chad n'avait pas apprécié Finch pour plus qu'un bouche-trou – quelqu'un pour briser les longues heures à l'hôpital entre les soins de Finch et les gardes d'internat de Chad. Ce dernier était séduisant, dans le genre mielleux « Je sais que je suis canon » et avec des yeux trop rapprochés.

Si Finch était honnête, il avait su depuis le début que Chad n'était pas sérieux. C'était pour ça qu'il n'avait jamais fait plus qu'accepter des invitations à dîner ou voir un film que Chad ne tenait jamais. Il avait maintenu son cœur bien protégé. Mais il avait sauté le pas et réservé ce voyage sur les dires décontractés de Chad et c'était ce qui avait le plus blessé son ego.

Quand il lui avait fait la surprise avec les billets pour le voyage durant les précieuses semaines où Chad était en congés, celui-ci avait rigolé et lui avait dit de bien s'amuser. Finch avait bafouillé et souhaité que le sol l'avale entièrement, mais ensuite la colère douloureuse avait gagné et il n'avait pas été intimidé. Il avait dit qu'il allait en profiter et demandé à ce que Chad ne le dérange plus jamais.

Chad ne le ferait pas, bien sûr. Il n'avait aucune raison de le faire – Finch n'était pas ce qu'il voulait dans la vie ou même comme une aventure amusante. Le fait qu'il ne retournerait jamais à l'hôpital où ils travaillaient ferait le reste.

Finch tapota le volant. Il devait des remerciements à Chad. Cette colère douloureuse s'était transformée en indignation, puis en détermination à faire mieux et avoir plus que la désillusion d'avoir été pris pour un idiot. Cela lui avait permis de démissionner quand on lui avait dit qu'il lui serait impossible de prendre des congés, de faire ses bagages pour l'Angleterre sans se soucier des risques potentiels et être prêt à partir à l'aventure.

— Tu t'es évadé de manière providentielle, dit-il en regardant la pluie, comme il se l'était déjà dit avant.

Et il le croyait.

À dire vrai, il n'était pas intéressé par Chad. Il ne pouvait nier que l'attention et l'impression que quelqu'un voulait de lui animaient ses journées, mais Chad et lui n'étaient absolument pas compatibles. Finch était trop sérieux, trop geek et pas assez beau pour retenir l'admiration de Chad pendant longtemps. Finch gardait la victoire d'être celui qui était parti sans dire au revoir.

Il cocha une marque mentale en sa faveur pour avoir réussi ça et l'ajouta à la colonne grandissante des plus qu'il avait accumulés depuis que la détermination avait gagné et l'avait mené en Angleterre. Tandis que la gêne et les regrets faiblissaient, l'excitation transparaissait, ouvrant la voie pour que sa confiance se réaffirme. L'euphorie s'était installée en lui quand il était monté dans l'avion et avait regardé le Delaware disparaître tout en bas alors qu'ils s'envolaient dans la nuit.

Il jugea que l'averse était presque finie, alors il fourra son pass et son appareil photo dans sa veste, remonta la fermeture et sortit de la voiture.

Il baissa la tête et courut jusqu'à l'entrée du manoir, par une porte de pierre, sur une allée circulaire et ensuite dans la demeure elle-même. Il passa la porte extérieure entrouverte et se cogna durement contre quelqu'un se tenant déjà dans le hall.

— Pardon, dit-il, titubant en arrière et retombant contre l'embrasure.

Benedict avait saisi ses poignets et le retenait. Puis ses yeux s'animèrent quand il le reconnut.

— Finch ? Finch Mason du Delaware. Nous nous rencontrons de nouveau.

La joie et l'allégresse éclatèrent dans le cœur de Finch et le réchauffèrent jusqu'aux orteils. Il était plus soulagé et heureux de voir

Benedict que leur seule journée ensemble ne devrait le justifier, mais il ne pouvait déchiffrer la réaction de celui-ci.

— Nous devons suivre le même circuit des offres du Trust dans la région, dit Finch avant de regarder ses poignets.

Benedict suivit son regard et le lâcha, et même à travers les épaisseurs de vêtements, Finch ressentit la perte. Pour se distraire de l'envie de saisir à son tour les poignets de Benedict, il avança sous le portique, secoua l'excès d'eau de ses vêtements et entra une nouvelle fois dans la maison.

— Désolé pour ça. Mais voilà, je peux me faire pardonner auprès de toi, reprit-il, avant de sortir son pass, se mettant spontanément à le tutoyer.

— Comment as-tu deviné que je rôdais ici en espérant ce résultat ? demanda Benedict en riant.

Ses yeux brillaient avec humour et quelque chose que Finch ne put nommer, mais ensuite ses paupières se baissèrent, il se tourna et le poussa devant lui.

— Comme tu dis, donc. Mais seulement si tu me laisses te payer un thé après. J'en aurais besoin.

— Un autre bon ? demanda Finch.

Sans attendre de réponse, il donna son pass au bénévole, accepta sa brochure et les instructions avec gratitude et commença à explorer le manoir.

Il obtint tout ce que pouvait promettre un matin orageux en pleine semaine. À part les bénévoles avides de transmettre leurs connaissances et des anecdotes, Finch et Benedict explorèrent le manoir tous seuls. Finch se tint dans chaque pièce et les imagina à leur apogée et quand personne ne pouvait les voir, il toucha délicatement les tapisseries, les services à café en argent et les sofas en brocart.

Ils discutèrent des pièces anciennes et des horribles attributs de la salle de bal en style rococo et Finch mitrailla Benedict de questions sur la vie anglaise et son système rigide de classes. Ce dernier se défendit bien tandis qu'il répondait à chaque question et les amenait à discuter sur l'usage de cet outil et comment cet écran de feu brodé empêchait le maquillage des dames de fondre et ce que pouvait être de vivre dans une telle grandeur.

Finch surprit Benedict en repérant les fausses finitions, différenciant les meubles Windsor des Reine Anne et Chippendale, et remarquant le plâtre sculpté et les moulures dans chaque pièce. Il ajouta un autre point – plusieurs – dans sa colonne plus. Finch soupçonna que Benedict n'était pas souvent surpris.

Après avoir vu le grenier, puis les quartiers des serviteurs, ils descendirent des étages supérieurs. Finch s'arrêta pour regarder par-dessus les hautes balustrades de l'escalier carré double. Ça ressemblait à une pièce de porcelaine Wedgewood sous stéroïdes – bleu ciel avec des accents blancs, chaque ligne droite dégoulinant de fioritures en plâtre, de niches à sculptures, de bas-reliefs en camée et des revêtements en damier.

— C'est vraiment quelque chose et je ne peux pas imaginer la fortune dépensée pour faire tout cela, mais je dois admettre que ce n'est pas à mon goût, commenta Finch avant de pointer du doigt les fenêtres vers les jardins tentaculaires qui menaient à la mer. Ça, cependant, je pourrais m'y habituer.

Benedict passa un doigt sur la balustrade ornée.

— Alors tu ne serais pas heureux dans une maison immense avec des pièces sans fin et du personnel pour aider à la gérer ?

— Hum, alors je n'irais pas jusque-là, réfléchit Finch. Si c'était un foyer – pas un lieu de visite stérile qui semble vide, même s'il est rempli de trucs chers – alors je serais heureux. Quelle que soit la taille, vraiment.

— Admirable, dit Benedict après un long silence. Très bien et admirable. J'ai toujours pensé qu'une maison devrait être un vrai foyer, dans tous les cas. Les empreintes des enfants et des poils d'animaux sur le tapis persan hors de prix, en quelque sort.

— N'allons pas si loin, dit Finch, les yeux écarquillés.

Il resta sérieux pendant un instant, puis sourit et attendit que Benedict lui rende son sourire.

Celui-ci ne le fit pas. À la place il leva la main de la rambarde, couvrit celle de Finch, la serra et se tourna pour lui faire face. Le moment semblait être important.

Finch avait dit quelque chose de bien, mais il n'était pas certain de quoi. Benedict se rapprocha, l'air entre eux chargé d'électricité et Finch crut qu'il allait être embrassé. Il voulait l'être et pas simplement à cause de l'attirance. Il avait désespérément envie du baiser de Benedict et la preuve que celui-ci l'*appréciait*, plus qu'une compagnie parce que nécessité faisait loi.

Benedict cligna les paupières et leva la main pour indiquer le panorama.

— Étant donné que c'est ta partie préférée de la propriété, je pense que nous devons aller explorer les jardins.

— Mais il pleut toujours, dit Finch, le cœur battant, presque hébété par leur interaction oscillante.

— La pluie ne te dérangeait pas hier, railla Benedict, et tu es armé de la même façon pour y faire face aujourd'hui. Le thé semblera plus chaud et aura plus de goût si nous sommes bien trempés avant de le prendre.

Finch observa Benedict pendant un instant puis descendit les escaliers.

— Je ne peux pas argumenter contre cette logique.

— Comment as-tu appris tant de choses sur les antiquités ? demanda Benedict alors qu'ils refermaient leurs manteaux sous un patio couvert.

— Mes parents étaient de fervents acheteurs sur les marchés aux puces et les friperies et allaient à de nombreuses enchères. Ils m'emmenaient toujours avec eux, même quand j'étais tout petit, expliqua Finch en tirant son bonnet pour qu'il couvre ses oreilles. J'ai pratiquement appris par osmose. Comme apprendre une langue en vivant sur place et la parler couramment, pas en étudiant des livres.

— Cela paraît agréable, dit Benedict.

— Ça l'était, accorda Finch. Et peut-être qu'un jour ce sera même utile. Tu sais, être une de ces personnes qui trouve un vase Ming authentique dans le vide-greniers de quelqu'un qui l'utilisait comme pot à fleurs intérieur.

— En accepterais-tu un de la Dynastie Qing à la place ?

Finch fit semblant d'y réfléchir.

— Je crois que je pourrais faire cette concession, oui.

— Très raisonnable de ta part.

Benedict manœuvra Finch devant lui et ils sortirent sous la pluie.

— Je sais, répliqua ce dernier en remuant les sourcils.

Les jardins perdaient le reste de leurs couleurs, se fondant dans l'hiver, mais la pluie donnait un bel éclat aux feuilles et fleurs qui résistaient. De la brume s'élevait de la mer et s'accrochait aux différents niveaux des jardins ordonnés de la propriété, d'un blanc épais près du rivage et en volutes grises autour de la maison.

— Ça me donne envie d'échanger mon appartement contre une parcelle avec une toute petite maison et beaucoup d'espace verts, avoua Finch, fermant les yeux pour inspirer l'air frais et iodé.

— Des espaces verts pour avoir un jardin ou planterais-tu quelque chose ?

Les sourcils de Finch se plissèrent.

— Si je plante quelque chose, répondit Finch les sourcils froncés, ce serait un jardin. Peut-être que je commencerais avec une pelouse, puis je verrais comment je me sens après avoir conquis l'herbe.

— C'est ce que je veux dire – le jardin, souffla Benedict avec un rire bref. Ce que vous appelez une pelouse ou un gazon, nous l'appelons le jardin.

— Alors comment appelez-vous les potagers ?

— Aussi des jardins. Mais nous précisons le genre – jardin potager, jardin d'ornement, jardin de cérémonie… énuméra Benedict en levant trois de ses doigts. Puis il y a la propriété, les terres et ainsi de suite.

— Je me contenterai d'une 'pelouse', dit Finch avec un sifflement. Puis je passerai aux mufliers. J'aime les mufliers.

— Hum, fit Benedict.

Il se détourna vers un chemin sur le côté et revint ensuite vers Finch. Il avait un simple muflier rouge dans sa paume, un peu flétri mais tenant vaillamment, si tard dans la saison.

— Peut-être que je planterai un arbre à billets aussi, dit Finch avec espoir.

— Il n'y a que des livres sterling ici, j'en ai bien peur. De plus, je ne pense pas que tu arriverais à passer la douane avec.

Benedict baissa le bras pour que sa paume soit sous la main de Finch. Celui-ci prit la fleur et pinça la base pour que sa corolle s'ouvre et se ferme.

— Bon point, admit-il. Ceci est super, cependant. Merci.

Benedict offrit une révérence abrégée, puis tendit la main vers le muflier, mais à mi-chemin il changea de direction et remit des boucles de cheveux échappées derrière les oreilles de Finch. Il passa ensuite le pouce sur la ligne humide de son nez et s'arrêta juste avant d'entrer en contact avec ses lèvres.

Finch fut parcouru de picotements à ce contact, de son cuir chevelu à ses orteils. La pluie tapait une douce mélodie sur le chemin pavé et il chancela en avant. Le regard de Benedict passa du muflier à sa bouche, puis il s'écarta.

— Bien, alors. Sommes-nous assez trempés pour avoir mérité notre thé ?

Finch ravala une pointe de déception.

— Je pense que simplement braver la pluie nous vaut un thé, affirmat-il. Être trempé surclasse le thé pour inclure des gâteaux.

— Je n'ai pas une très bonne connaissance de notre règlement pour le thé, mais cela semble bien.

Benedict les fit repartir vers le manoir et les mena à travers un groupe épais de bambous qui ouvrait sur une piscine naturelle.

Ils remontèrent le cours d'eau – passant devant de petites cascades par-dessus des rochers et des tourbillons – jusqu'à sa source dans un jardin de roses, à l'est du manoir. Un pavillon hexagonal se dressait un milieu du jardin classique, étroit mais haut. Benedict tint la porte ouverte et fit passer Finch en premier.

Il entra dans le petit intérieur, qui avait été converti en salon de thé, avec des tables dans sa moitié avant et la kitchenette à l'arrière. Sans y être incité, il choisit une table pour deux, encadrée par une des huit fenêtres du pavillon. La brique avait été laissée exposée et la pièce était fraîche mais pas froide. Il regarda les gouttes de pluie se rejoindre et se diviser sur la vitre et l'image déformée des jardins et de la mer au loin.

— Thé et gâteaux, comme demandé, annonça Benedict alors qu'il posait un plateau.

Le thé ne s'éloignait pas de la coutume avec des scones, de la confiture et de la crème et une théière en inox infusant pour chacun d'eux, mais les cupcakes aux épices et raisins étaient secs et n'avaient pas autant de goût que les gâteaux à la framboise.

Finch grignota son deuxième scone et demanda ensuite :

— Es-tu déjà venu ici avant ? Enfin, visiter l'Angleterre ne doit pas être difficile, si on est Anglais.

— Et je suppose que tu as vu tout le Delaware ? contra Benedict, en cachant un sourire derrière sa tasse.

— D'accord, oui. C'est juste, avoua Finch avant de finir son thé et de s'appuyer sur les coudes. Tu sembles tout bien connaître, c'est tout. Le moulin, des faits sur cet endroit, la région en général. Même mon guide officiel pâlit en comparaison. Ce n'est pas un reproche. Ça me rend simplement curieux. Je ne voulais rien dire de particulier.

— Très bien, accepta Benedict, échangeant sa tasse pour un scone. J'avoue, je suis déjà venu ici et au moulin auparavant. Mais cela fait longtemps que je ne les avais pas visités.

— Tu apprécies ?

— J'avais d'autres raisons d'être au moulin, mais depuis, il est juste de dire que mes visites se sont avérées en valoir la peine. J'en ai eu assez, finit Benedict en vidant le reste de sa théière dans la tasse de Finch.

Ce dernier espéra que « en valoir la peine » avait quelque chose à voir avec lui.

— Tu apprécies ? demanda Benedict en écho à sa question.

— Aucun doute là-dessus. J'apprécie énormément. Ce voyage est un rêve devenu réalité, avoua-t-il, les yeux sur la mer. J'ai toujours voulu explorer des maisons comme celle-ci, voir le Mur d'Hadrien, visiter des châteaux et des villages, faire des randonnées dans les landes et sur des buttes rocheuses et tout le reste.

— C'est une sacrée liste, et le Mur d'Hadrien est assez loin. Combien de temps restes-tu ?

— Deux semaines – un peu plus longtemps, mais c'est assez proche. J'ai trouvé le moyen d'avoir trois week-ends complets, cependant, expliqua Finch, réduisant un morceau de cupcake en miettes dans son assiette avec les doigts. Je réalise que je ne peux pas tout faire, mais être simplement ici est extraordinaire. Des pluies diluviennes, l'hiver qui arrive, réussir presque à tuer d'autres personnes et moi en même temps en roulant du mauvais côté de la route. Tout est bon. Non seulement *je* vois ceci pour la première fois, mais c'est mon premier voyage à l'étranger. Il y a deux jours – ou est-ce trois –, je n'avais même pas été à l'ouest du Mississippi. Et je n'ai toujours pas été, même après être venu si loin, conclut-il avec un pli barrant son front.

Benedict lâcha un long soupir et hocha la tête.

— Ah, mais tu es encore jeune. Tu as plein d'années devant toi pour aller jusqu'en Californie, ou n'importe où ensuite et au-delà.

— Vingt-sept ans, c'est à peine jeune, répliqua Finch avec un rire. Je suis juste content d'avoir réussi à sortir du Delaware et voir quelque chose avant d'avoir trente ans.

— Et j'ai presque quarante ans, dit Benedict.

Ses yeux se voilèrent à nouveau et il observa la pluie.

— Mais je parie que tu as vu beaucoup d'endroits, alors, pas d'inquiétudes à avoir.

Finch avait dit cela avec légèreté, mais quand Benedict ne fit pas attention à lui, il continua.

— Quarante ans n'est pas si vieux. Quatre-vingt-cinq s'en approche. Quarante est au moins deux ans avant la moitié d'une vie, encore moins une crise de la cinquantaine.

Il pencha la tête, essaya d'attraper le regard de Benedict et sourit.

— Tu es très gentil, dit enfin celui-ci.

— Euh, pas vraiment. Je me base sur mon expérience. Mes parents étaient âgés quand ils m'ont eu. Alors leurs amis étaient âgés. Et les enfants de leurs amis étaient tous plus âgés que moi. Je m'entendais toujours mieux avec des enfants plus vieux à l'école. Tu vois le modèle là-dedans ?

Finch oublia ses manières et passa le doigt dans le ramequin de crème

— Je suis une vieille âme, et tu as l'air d'avoir trente ans, ce qui nous met à égalité.

— Comme je l'ai dit, tu es très gentil, dit Benedict, avec une expression neutre, avant d'empiler les assiettes sur le plateau. Que devrions-nous voir ensuite ? La remise à calèches ou le jardin topiaire ?

— À propos de ça, dit Finch comme ouverture, sortant le pass du Trust de sa poche et le posant sur la table entre eux. Il est bon pour encore cinq jours. Si tu fais toujours des visites dans le coin, nous devrions y aller ensemble. Je veux dire – nous pouvons nous retrouver le matin et tu peux entrer en utilisant mon pass.

Jusqu'à cet instant, il avait été encouragé par leur second jour ensemble, mais étant donné la bienveillance froide de Benedict, sa nervosité voulait qu'il revienne sur sa décision. Il l'avait sorti quand même, parce que son désir de le revoir surmontait toute réticence.

Benedict resta silencieux.

Finch attendit un instant de plus, puis il hocha la tête.

— Eh bien d'accord, donc.

Il chargea sa vaisselle sur le plateau et le ramena ensuite au comptoir de la kitchenette. Il ne retourna pas à leur table.

Finch remonta la fermeture de son manteau, fourra les mains dans ses poches et fonça sous la pluie. Il adopta un pas déterminé vers la remise à calèches, plus rapide que leur promenade précédente et son esprit lui répéta plusieurs fois combien il était maladroit et idiot.

Si seulement il savait comment demander d'une façon que Benedict ne pourrait refuser – dragueur ou simplement amical –, mais il n'avait jamais été doué pour le badinage. Maintenant le reste de leur journée serait empreint de gêne. Il devrait remercier Benedict pour le thé et trouver un bon mot pour se séparer. Ou, à la fin, il lui dirait que se rencontrer à nouveau avait été une surprise plaisante et de prendre soin de lui. Puis il roulerait jusqu'à l'autre côté de l'île et verrait de nombreuses autres choses qui l'épuiseraient et lui feraient tout oublier de Benedict.

— Où prévoyais-tu d'aller demain ? demanda celui-ci, l'ayant facilement rattrapé.

— J'ai quelques lieux à l'esprit, tenta Finch sans trop en dire. Je ne déciderai probablement pas dans quelle direction j'irai avant de me lever et de partir.

— Ça paraît peu probable pour un touriste sérieux avec un guide, faisant un circuit du pays dans le sens inverse des aiguilles d'une montre.

Benedict manœuvra pour arriver à la remise avant Finch et lui tenir la porte ouverte. Cela agaça ce dernier et il grommela et essaya de faire signe à Benedict d'entrer, mais celui-ci ne fit qu'ouvrir plus largement la porte, alors il entra.

— Je pense que tu commenceras probablement par le presbytère, au sud d'ici, et ensuite, avec le soleil matinal bien au-dessus de ta tête, tu iras voir les sculptures de pierre et les grottes sur la côte.

Benedict empêcha Finch d'avancer vers une rangée d'écuries, le tenant des deux mains. Finch ignora la chaleur heureuse se répandant en lui et croisa les bras sur son torse.

— Et je pensais que ton manque de réponse signifiait que tu n'étais pas intéressé, alors quelle importance ?

— Il était important que je m'assure de ma disponibilité avant d'accepter ton offre, dit Benedict avec douceur. Et je voulais en être certain, ou sinon comment saurai-je où te retrouver ? Enfin, si l'invitation tient toujours.

L'agacement de Finch s'évapora.

— Bien sûr, qu'elle tient toujours, dit-il d'un ton acerbe, mais sans parvenir à cacher complètement son plaisir.

Il devrait être plus prudent et se rappeler ce qui était arrivé avec Chad et qu'il ne savait même pas ce que Benedict pensait de lui. Mais il ne s'inquiétait pas d'être prudent. La promesse de le voir pendant un autre jour ou plusieurs balaya tout ça. Pourquoi ne pas se faire un peu plaisir ? Après tout, la réalité n'avait rien à voir avec son rêve de vacances de toute une vie. Il pouvait avoir un tout petit béguin pour Benedict, avoir une magnifique compagnie pour les visites et essayer de voir ce que sa nouvelle assurance obstinée faisait pour aider son charme et ses traits d'esprit, puis passer à autre chose. Aucun problème.

— Alors on se retrouve dans la matinée au presbytère ? questionna Benedict, un impérieux sourcil levé et s'écartant pour regarder une des calèches exposées. Je crois qu'il ouvre à dix heures.

— C'est bien ça, confirma Finch, ayant mémorisé toutes les heures d'ouverture des différentes propriétés dans la région. Eh oui, mon intention est de commencer là-bas dans la matinée.

— Bien. Dix heures donc.

Finch commença à avancer vers la calèche que Benedict étudiait, mais il s'arrêta.

— Et si j'avais eu l'intention de commencer par les grottes ?

— Aucune chance, sourit Benedict. Tu es bien trop raisonnable.

— Raisonnable, répéta Finch, en fronçant les sourcils.

Tant pis pour plein d'esprit ou charmant. Il était déjà catalogué comme rabat-joie raisonnable avant d'avoir commencé.

— Être appelé raisonnable n'a jamais semblé être un compliment, même si c'est ainsi qu'on le pense.

— Je le pensais évidemment comme tel, mais je compatis. En partie parce que je suis aussi connu pour être plutôt raisonnable et on me le rappelle souvent, offrit Benedict en inclinant la tête pour regarder Finch. J'apprécie d'être en si bonne compagnie raisonnable.

— Oh. Oh, répéta Finch en hochant la tête et s'empourprant légèrement.

Le sourire de Benedict ne faiblit pas. Il attendit un instant et revint à la calèche.

— Et qu'est-ce que le toi raisonnable pense de ceci ?

— Trop d'or. Et de bordures, dit Finch après avoir étudié la calèche et pris plusieurs photos pour calmer sa nervosité. Je n'envie pas quiconque ayant voyagé de cette manière, même dans celles qui sont confortables.

— Absolument d'accord. J'ai failli dire 'pense de cette monstruosité dorée', mais je ne voulais pas influencer ta réponse.

Les yeux de Benedict dansaient. Le cœur de Finch s'envola.

— Savais-tu que la Reine Victoria avait fait construire sa propre ligne de train pour desservir le château de Windsor afin de s'épargner le trajet en calèche depuis Londres ?

— Avec une voiture privée et une entrée à la gare, compléta Benedict en levant une main. Mais pour être juste, une gare et une ligne ouverte autrement à tous ceux qui pouvaient acheter un billet.

— Je n'allais pas enlever ça à sa Majesté. Si j'avais été autorisé à en dire plus, je l'aurais ajouté, dit Finch avec un sourire et un hochement de tête. Bien sûr que tu le savais. C'est toujours bien entretenu.

— Très bien entretenu, confirma Benedict en reculant. Prêt à passer à la sellerie ? Et donne-moi ton téléphone si ça ne te dérange pas. Je vais t'envoyer un message pour que nous ayons le numéro de l'autre.

Cela ne le dérangeait pas. Quand Benedict le rendit, il relut le bref message, *De F à B*, plusieurs fois et le rangea.

Voir le reste de la remise à calèches ne prit pas longtemps, mais ils s'attardèrent dans le jardin topiaire. Dans la boutique souvenir, Finch dépensa de l'argent qu'il ne pouvait pas vraiment débourser pour des aimants du manoir et ses terres et une tablette, un genre de caramel crémeux, comme l'expliqua Benedict.

Puis celui-ci le ramena à sa voiture, lui dit de conduire prudemment et referma la portière avec la promesse qu'ils se verraient le matin suivant. Finch chantonna avec ce qui passait à la radio tandis qu'il retournait à l'auberge. Il était de bonne humeur et son sens de l'aventure crépitait d'anticipation.

BENEDICT avait commencé sa journée avec pour projet de rédiger une proposition complète à partir de notes de réunions, mais entre les toasts avec un café et son bureau, il se retrouva dans sa voiture à la place, inspectant les sites du Trust dans la région à la recherche de Finch.

Au troisième, et ce qu'il avait décidé être son dernier arrêt, Finch lui fonça littéralement dessus. De nouveau, Benedict suivit la lubie d'accepter l'invitation de Finch de faire la visite ensemble et il ne put résister à offrir le thé. Il apprécia les scones craquants et les gâteaux secs en compagnie de Finch, presque autant que celui-ci. Il trouvait rafraîchissante la façon dont Finch assimilait chaque petit détail des lieux et savourait quelque chose d'aussi simple que du thé comme si c'était un petit plaisir somptueux.

Il avait eu l'intention de refuser l'invitation de Finch à continuer leurs visites, mais son refus poli mourut sur ses lèvres quand Finch se précipita hors du salon de thé. Le regarder essayer de les faire accélérer dans la remise et clairement prêt à s'échapper ensuite, le fit changer d'avis. Il s'inquiétait un peu pour le jeune homme, supposait-il, tout seul dans un pays étranger. Un où on parlait presque la même langue, mais différent et inconnu, malgré tout.

Dans un jour ou deux, il pourrait plus facilement laisser Finch explorer seul et lui dire au revoir.

Benedict soupira et se demanda pourquoi cela le dérangeait autant. Puis il secoua la tête pour se sortir Finch de l'esprit ainsi que tout ce qui y était lié et tard ce soir-là, il écrivit la proposition.

Chapitre Trois

FINCH se releva et replaça le chiot blotti contre son torse. Ce n'était pas du tout ainsi qu'il avait prévu de commencer la journée. Il espérait qu'elle ne finirait pas là, avec quelques jours précieux restant à passer avec Benedict. Les jours précédents avaient été merveilleux, passés à marcher dans les bois, visiter une forge, explorer la retraite excentrique de deux sœurs célibataires, des jardins sans fin et toujours, toujours du thé. Après leurs plaisantes journées ensemble, Finch se trouvait dangereusement près de craquer pour Benedict, même sans connaître son nom de famille, son statut marital ou ses intérêts au-delà des sites du Trust et d'avoir en commun d'utiliser son pass.

Mais Finch ne pouvait lutter contre son propre cœur. Il embrassa la tête du chiot et puis avança pour se tenir à l'entrée de la grotte.

— Ohé, appela-t-il. Ohé, j'ai besoin d'aide !

Il criait à intervalles réguliers, parce que même à la campagne, quelqu'un devait passer et l'entendre. Il en était certain. Il s'y raccrochait.

Il leva son téléphone vers l'ouverture et souhaita ardemment trouver un signal, mais pas de chance. Il avait passé une heure à essayer de grimper et abandonné. Il n'avait pas non plus trouvé un tunnel miraculeux pour s'échapper de l'autre côté.

La faille n'avait pas paru si mauvaise d'en haut quand il avait décidé de se glisser dedans, mais une fois à l'intérieur, il avait réalisé son erreur et à quel point elle était profonde.

Finch voulut allumer la fonction lampe torche de son téléphone, mais il résista. Il ne voulait pas gâcher la batterie en essayant de calmer sa frousse. Il mettait des alarmes pour lui dire chaque fois que quinze minutes passaient et elles l'aidaient à moins se sentir impuissant, parce que toutes les quinze minutes, il criait et cherchait un signal. Puis il mettait une nouvelle alarme.

— Ça va aller, petit gars. Nous sortirons bientôt d'ici, promit-il au chiot.

N'étant plus seul et n'ayant plus froid, le petit chien se blottit un peu plus sans se plaindre. Finch souhaita avoir autant de chance.

— Au moins il ne pleut pas, dit-il en ébouriffant ses oreilles.

Il s'appuya sur le côté rocheux humide de la grotte ou du trou et essaya de penser à autre chose qu'au fait d'être coincé là en bas – son vol jusqu'ici et les aperçus de Londres, le château et manoir médiéval sur l'itinéraire de la journée, les lieux où il était déjà allé. Même des images saisies en se promenant en voiture valaient la peine d'être réexaminées – falaises en bord de mer, prés couverts de moutons, diverses chaumières et villages pittoresques comme sortis d'un conte de fées.

Finch pensa au repas chaud qu'il s'offrirait plus tard, mais ces pensées et ses calculs pour pouvoir se le permettre furent rapidement éclipsés par le souvenir du visage de Benedict, lui souriant par-dessus une théière fumante et des scones chauds.

— Idiot, marmonna-t-il, et le chiot lécha ses doigts. Chut. Non, pas toi.

L'alarme du téléphone sonna et Finch posa le chiot pour pouvoir se soulever vers l'ouverture.

— Ohé ? Ohé. J'ai besoin d'aide !

Il tendit l'oreille pour entendre une réponse, mais seul le vent vibrant à travers l'ouverture répondit. Ses épaules s'affaissèrent et il commença à imaginer différentes façons de sortir de là. Composer le numéro des services d'urgence et ensuite jeter son téléphone au-dessus du sol et espérer qu'il se connecte ? Espérer que le chiot ait des instincts rivalisant avec ceux de Lassie et le jeter dehors pour aller chercher de l'aide ? Il pourrait à nouveau essayer de grimper, mais il ne voulait pas risquer de retomber et se blesser ou se retrouver coincé plus profondément dans cet endroit.

Cet horrible endroit sombre, exigu, humide.

Quelque chose glissa et frôla le cou de Finch, il frissonna et l'écarta. La sensation fantôme joua sur ses cheveux, puis démangea le long de ses bras et il commença à perdre son sang-froid durement gagné.

— Ohé, cria-t-il. Ohé, s'il vous plaît !

Sa nervosité explosa alors que les murs commençaient à se rapprocher.

Une réponse arriva – Finch pencha la tête et écouta plus attentivement, souhaitant que ce soit vrai – et quand le chiot commença à pleurnicher, l'euphorie éclata dans son ventre.

— En bas ! Près du rocher. Le gros bleu, essaya-t-il d'expliquer.

— Finch ? Finch, continue de répondre.

La voix ferme de Benedict, portée par le vent, pénétra la petite grotte et la panique de Finch.

Il attrapa le chiot et souffla dans son cou.

— Tu vois ? J'ai dit que nous allions nous en sortir.

Puis il continua à crier, revivant progressivement grâce à la voix calme de Benedict s'approchant de plus en plus.

Elle fut soudain forte et claire dans la crevasse. L'ombre de Benedict cacha le peu de lumière qu'il y avait.

— Finch ? Je suis allé aussi loin que possible. Peux-tu arriver jusqu'à moi ?

— Oui. Oui. Tiens, dit-il poussant le chiot vers la main tendue de Benedict. Oh, Dieu merci.

Il souffla alors que l'anxiété laissait place au soulagement.

Il devait lui accorder cela, Benedict ne questionna pas l'action. Finch l'entendit se déplacer, parlant lentement et de façon continue au chiot et ensuite son ombre revint couvrir l'ouverture.

— Tu es le prochain, j'espère ?

Benedict avait dit ça d'un ton aussi égal que s'il avait demandé si Finch avait fini de regarder l'antichambre historique et était prêt à passer à la chapelle.

Finch se souleva de quelques centimètres au-dessus du sol sur le bout des orteils, rassembla sa force et poussa son poids en avant pour attraper la main de Benedict. Celui-ci la saisit et Finch utilisa l'élan pour grimper. Il escalada avec son autre main et les deux pieds et poussa de nouveau en avant. Dès que ses genoux heurtèrent un sol solide, il se précipita loin de l'ouverture dans les bras de Benedict.

Ce dernier accepta sa prise avide et le tint fermement, solide, chaud et réconfortant, et les berça tandis que le pouls de Finch ralentissait. Après un moment, il put entendre de nouveau, put réfléchir à nouveau et il se raidit dans l'étreinte de Benedict.

— Mon héros.

Il lâcha ça avec un rire tremblant, mal à l'aise alors que sa panique se dissipait. Dès qu'il put bouger, Benedict le lâcha et il se traita d'idiot que cela le dérange. Il se tourna pour s'asseoir sur ses talons et tendit les deux mains.

— Désolé pour ça.

— Tu n'aimes pas les espaces sombres et exigus. Vouloir en sortir est tout à fait raisonnable, je pense, admit Benedict en l'inspectant de la tête aux pieds. Es-tu blessé ?

Finch secoua la tête pour ne pas dire quelque chose qu'il regretterait, comme le fait qu'il avait besoin d'un baiser pour que ça aille mieux.

Benedict sembla satisfait et souleva le chiot pour l'étudier. Aucun pedigree visible – un long corps gris, une tête rusée, une courte fourrure soyeuse –, mais mignon, seul et voulant plaire.

— Je suis venu explorer ce qui reste des ruines romaines dans ce champ. Puis je l'ai entendu pleurer. Au début, j'ai pensé que c'était un oiseau ou quelque chose, mais ensuite je me suis assez approché pour savoir que c'était un animal plus gros, là en bas, expliqua Finch en pointant le trou dans le sol qui l'avait avalé mais sans le regarder. Je pouvais voir ses petits yeux me regarder quand je me suis allongé et que j'ai appelé pour le faire venir à moi – alors j'ai pensé que je pourrais descendre, l'attraper et ressortir.

— Tu as manifestement mal pensé, fit Benedict avec un claquement de langue. Ce n'est pas vraiment le Finch raisonnable auquel je me serais attendu.

Quelque chose brilla dans ses yeux et sa mâchoire se serra, puis il tendit le chiot devant lui. Celui-ci lui lécha le nez.

— Fauteur de trouble, dit-il avant que sa voix change pour devenir impatience et sévère. Si tu repars explorer, envoie-moi un message – enfin, contacte quelqu'un – d'abord et fais-le savoir. Juste au cas où tu doives effectuer un autre sauvetage et en nécessiter un ensuite pour toi.

Finch rougit mais l'outrage crépita en lui et il se défendit.

— Ce n'est pas comme si j'avais prévu ça et comme si j'allais le laisser en bas. Et je m'assurerai de ne pas te déranger avec une telle alerte si jamais j'ai besoin d'un sauvetage. Mes excuses pour avoir pris de ton temps, dit-il platement en se relevant.

Benedict se leva aussi, attrapa le coude de Finch lorsqu'il chancela et maintint sa prise pour commencer à les faire avancer vers la route.

— Ne sois pas bête. Bien sûr que tu peux me contacter et je ne me souciais pas vraiment de mon temps.

Finch souffla et leva les yeux au ciel. Le fait que Benedict soit si totalement raisonnable rendait ses réactions encore plus mélodramatiques. Il jeta un coup d'œil au chiot, endormi et content dans le creux du bras de Benedict. *Traître*. Mais il comprenait aussi exactement ce que ressentait le chiot – excepté qu'il était mignon et sans défense, là où Finch avait apparemment été idiot.

— Je ne pouvais pas le laisser en bas après l'avoir vu et je n'avais aucune idée d'où aller pour chercher de l'aide.

Il haussa les épaules. Il n'avait pas de meilleure explication.

— Nous pouvons dire que je connais cette sensation, grommela Benedict.

Finch n'était pas certain de devoir considérer le fait d'être comparé à un animal entêté ayant besoin d'un sauvetage comme un signe en sa faveur, alors il décida de ne faire aucune supposition. Ils traversèrent le champ et Benedict l'aida à passer par-dessus un mur de pierre bas qu'il n'eut aucun mal à enjamber tout seul.

—Comment m'as-tu trouvé ? demanda Finch alors qu'ils approchaient de sa voiture.

— J'étais en route pour te rejoindre – si tu te souviens – et j'ai vu ta voiture. Une bonne chose également, répondit Benedict, les narines se dilatant et secouant la tête. Je connais les ruines ici et j'ai compris que tu avais fait un détour pour les voir, mais après avoir fait le tour du site sans te trouver, j'ai commencé à appeler. De plus d'une façon.

Et comme à point nommé, le téléphone de Finch choisit ce moment pour trouver du réseau et sonner gaiement plusieurs fois.

Finch le vérifia et effaça les appels manqués et les messages de Benedict. Le chiot commença à remuer et Finch le prit. Non pas que Benedict s'en était plaint, mais la douce chaleur et l'acceptation du chiot lui manquaient et il en avait besoin. Une étincelle explosa entre eux quand sa main frôla celle de Benedict pendant l'échange. D'agacement de la part de ce dernier, peut-être.

Le chiot jappa de protestation quand Finch le fit bouger et il le retourna dans sa prise afin de voir son ventre. Un épais nœud de poils tâché de sang bougeait contre sa patte avant droite et Finch lâcha de petits bruits apaisants en allant jusqu'au coffre de sa voiture. D'une main, il défit l'attache de son kit de premiers secours, posa le chiot sur le pull qu'il avait laissé dans la voiture et palpa pour en trouver la cause.

Un morceau de bardane s'était logé et emmêlé dans sa fourrure. Finch le découpa prudemment et nettoya ensuite la petite coupure et les marques d'irritation avec un coton antibactérien, soulagé de ne voir aucune vraie blessure. Il ajouta une dose de crème antiseptique et chercha d'autres morceaux mais n'en trouva aucun.

— Tu penses que quelqu'un l'a balancé dans cet… endroit ? demanda-t-il, caressant le ventre trop mince du chiot avec la jointure de ses doigts.

— C'est une possibilité, mais je dirais très probablement, quelqu'un l'a jeté dans la campagne en pensant qu'il trouverait une maison accessible. Il est trop mince et mal soigné pour s'être éloigné de ses maîtres. Cela n'excuse pas la personne qui l'a abandonné, bien sûr, mais cela arrive, commenta Benedict, observant Finch ranger ses fournitures de premiers secours. Pour quelqu'un qui ne pense pas à prévenir qui que ce soit quand il va faire une randonnée solitaire, tu es bien préparé. Et avec un toucher délicat en plus.

— Je suis infirmier, répondit Finch en haussant les épaules. Les vieilles habitudes ont la vie dure. Le premier arrêt que j'ai fait après avoir récupéré la voiture de location a été dans une droguerie. Euh, chez un pharmacien, corrigea-t-il, utilisant le terme britannique.

— En chirurgie ? Médical ?

— Les deux et aucun à cet instant – aux urgences. Mais ça pourrait changer.

Finch reprit le chiot pour éviter de regarder Benedict en disant ce pieu mensonge.

— Un autre changement ? demanda celui-ci avec un petit bruit pensif tout en observant Finch, puis la voiture et le champ. Que dirais-tu si nous revenions pour les ruines un autre jour ? Pour l'instant, je suggère que nous allions dans un lieu que je connais qui sera sympathique et accueillant pour vous réchauffer et vous sécher tous les deux.

Benedict leva un sourcil en question, comme si c'était soumis à discussion et pas un ordre gentil.

Finch hocha la tête. Un petit déjeuner dans un endroit confortable et calme paraissait si bon.

— Je dis que ça semble bien. Devrions-nous y aller ensemble ? Ou je te suis ?

Quand il leva un bras pour faire un signe, il remarqua l'état de son tee-shirt.

Des taches de boue et des marques vertes créaient un dessin abstrait sur son torse et ses bras et il y avait un trou sur le coude droit. Finch se demanda si le trou pourrait être rapiécé. Il l'espérait. C'était un de ses tee-shirts thermiques préférés et il n'en avait pas amené d'autres. Il enfila le pull et découvrit Benedict en train de l'observer quand sa tête émergea par l'encolure, les cheveux en désordre et les joues rougissant.

— Nous prendrons ta voiture et je vais conduire. La mienne sera en sécurité où elle est pour le moment.

Benedict tendit une main et Finch y laissa docilement tomber les clés.

Il ne devrait vraiment pas laisser Benedict être aussi impérieux et le mener ainsi à la baguette, mais il était toujours secoué et essayait de cacher le choc d'avoir été coincé dans la grotte. Se forcer au pragmatisme pendant qu'il endurait le sombre espace étroit l'avait secoué presque autant que son intense envie et besoin que Benedict arrive de nulle part pour le sauver.

Finch failli monter par la portière côté conducteur, s'arrêta et contourna la voiture. Il s'installa à l'intérieur, positionna le chiot sur ses genoux et regarda fixement par la vitre. Cela réussit à le distraire du profil magnifique de Benedict et combien la carrure de celui-ci rendait la voiture confortablement intime et exiguë.

— Finch ? demanda Benedict, se tournant sur son siège pour lui faire face.

Il fredonna en réponse, surpris de découvrir à quel point ses mains tremblaient quand Benedict tendit la sienne et les recouvrit. Il tapota ses mains tandis qu'elles reposaient au-dessus du chiot et resta assis là, gardant un léger contact jusqu'à ce que le choc de Finch soit passé.

—Aimes-tu la crème au citron ? Les propriétaires du pub font la leur et la servent avec pratiquement tout.

Benedict alluma le moteur, fit reculer la voiture sur le chemin et les fit tourner dans la bonne direction.

Il ne dit ou ne fit pas plus de commentaire, au grand soulagement de Finch.

— Nous ne pouvons pas aller dans un pub.

— Et pourquoi pas ? s'enquit Benedict avec un sourcil levé.

— Il vient juste d'être sauvé et je ne vais pas le laisser dans la voiture après ça, expliqua-t-il en serrant le chiot un peu plus fort.

— Tu n'auras pas à le faire.

Benedict observa le trafic, s'inséra dans un rond-point et prit la troisième sortie.

— Je ne le laisserai pas non plus attaché quelque part, souffla Finch, agacé.

— Ah, répondit Benedict avec un hochement de tête. Tu n'auras pas à le faire parce qu'il peut entrer dans le pub avec nous.

— Vraiment ?

— Sans aucun doute.

— Je ne suis pas aussi préparé pour ce voyage que je le pensais, avoua Finch en grattant l'oreille du chiot. Je devrais avoir lu autant sur l'Angleterre moderne que toute la lecture historique que j'ai faite.

— Même ainsi tu ne pourrais pas tout savoir, assura Benedict en riant doucement. De plus, raisonnable Finch, tu ne te serais pas autant amusé si tu t'étais volé le plaisir d'apprendre de nouvelles choses.

Il tendit le bras et caressa le chien et leurs mains se chevauchèrent.

Les orteils de Finch se recourbèrent et Benedict sourit avant de tourner vers un parking.

Le pub était si parfaitement un pub Anglais comme Finch aurait pu l'imaginer qu'il en rit presque. Son toit de chaume roulait en de nombreuses bosses sur des corniches d'angle et des pitons, au-dessus d'une façade de pierre et d'un revêtement marron de style Tudor sur un enduit blanc. Benedict dut se baisser pour entrer et Finch suivit en tenant le chiot, mais s'arrêta juste à l'extérieur.

Benedict se retourna et lui fit signe d'entrer.

— Je te promets que ça ira. Maintenant venez tous les deux à l'intérieur.

Il prit le bras de Finch et le tira.

Ils avancèrent directement vers le feu, brûlant vivement et il ne fut pas nécessaire de dire au chiot de rester tranquille une fois posé par terre. Il se roula en boule près du large foyer en pierre et tomba dans un sommeil épuisé.

Rassuré que le chiot ne serait plus un problème, Finch alla aux toilettes et se lava les mains et le visage. Il avait des égratignures et un ongle cassé, mais autrement les dommages pouvaient être arrangés avec du savon et de l'eau chaude. Une peur extrême suivie par le fait d'être galamment sauvé lui avait fait du bien. Ses yeux brillaient et un sourire engageant s'attardait sur sa bouche.

— Comment devrions-nous l'appeler ? demanda Benedict quand Finch s'installa sur la chaise en face de lui.

Finch se demanda si on leur donnerait des menus et ce que coûtait une théière. Il jeta un coup d'œil vers les autres tables, cherchant une liste de prix ou un genre de menu.

— César, peut-être ? Même si ce ne sera pas moi qui lui donnerai un nom – ce n'est pas comme si je pouvais le ramener chez moi.

Du regret pinça sa poitrine et il l'écrasa.

— César. Très approprié, répondit Benedict, laissant un sourire glisser vers le chiot endormi. Je prends toujours la même chose comme petit-déjeuner – ou second petit-déjeuner – ici. Prenons-nous ça ?

— Bien sûr. Ça paraît bien. Quoi que ce puisse être.

Finch sourit également et il se jura de ne pas se soucier de l'argent. Il pourrait sauter le dîner ou se prendre un paquet de chips bon marché au magasin près de l'auberge.

Benedict interrompit les pensées de Finch.

— J'ai une ardoise ouverte ici, alors partager l'addition serait trop compliqué pour s'en soucier. Mais puisque nous avons utilisé ton essence pour arriver ici, nous devrions être à peu près quittes.

Finch leva un sourcil peu convaincu.

— Ne discute pas. Ou du moins, mangeons d'abord.

Il soutint le regard de Finch, hocha la tête de manière impérieuse et à l'accord de ce dernier, il leva une main vers le bar.

Ce geste déclencha tout.

Une vieille femme aux joues ridées posa devant eux une énorme théière marron et un service pour deux. Elle versa le thé et jeta ensuite une serviette par-dessus la théière pour la garder au chaud.

— On va vous faire commencer avec ça, donc. Avec un tel temps, vous en aurez besoin. Et ce n'est que le début.

Fidèle à ses paroles, assez vite, des saucisses et du bacon, des œufs et des tomates cuites, des haricots et une quantité interminable de toasts remplirent toute la capacité de la table. C'était tout à fait le genre de nourriture réconfortante dont Finch avait besoin et le tout servi avec une théière sans fond. Benedict mangea toute sa part et les morceaux que Finch ne put finir.

Il se renfonça dans son siège, une tasse de thé en équilibre sur sa cuisse.

— C'était fantastique, dit-il alors qu'il finissait son dernier toast badigeonné de crème au citron.

— Rien de mieux qu'un solide petit déjeuner pour se relancer, admit Benedict en posant sa tasse sur la table et se levant. Je ne serai pas long.

Il revint avec un large panier ovale. Il transféra le chiot du foyer au panier et le laissa devant le feu.

— Les propriétaires ont accepté de le garder jusqu'à ce que quelque chose de plus permanent puisse être arrangé, expliqua-il.

— Génial, soupira Finch de soulagement avant de rire. Je me serais inquiété toute la journée, autrement. Je me serais inquiété pendant tout le trajet de retour jusqu'aux États-Unis, probablement.

Une ombre passa dans les yeux de Benedict mais s'éclaircit par la suite.

— Nous y allons, alors ? Je crois que nous avons un château et un manoir médiéval à visiter.

Finch s'accroupit près du feu et gratta les oreilles de César.

— Au revoir, petit gars. Tu es en sécurité maintenant.

César s'étira et bâilla, puis lécha les doigts de Finch, mais ne se réveilla jamais pleinement. Le cœur de Finch se pinça un peu.

— Et les jardins victoriens du château et le pigeonnier, ajouta-t-il envers Benedict pour dire quelque chose.

— Nous pouvons commencer avec les jardins, puis voir la maison après que la cohue du déjeuner l'a vidée, répondit ce dernier en emmenant Finch vers la voiture.

— Parfait, approuva-t-il.

Pendant que Benedict conduisait, Finch oublia les sensations sombres et tendues de la grotte, suffisamment pour apprécier les visites, le fait d'être en Angleterre et voir des choses extraordinaires et la compagnie de Benedict.

CÉSAR engloutit la dernière couenne de bacon et se glissa entre Rufus et Bertie alors qu'ils étaient étalés devant la cuisinière. Puis, enfin à cours d'énergie, le chiot s'endormit. Pas vraiment en accord avec leur tempérament maniéré de pures races, mais ils l'avaient rapidement adopté. Tatty, la chatte, les regardait avec prudence depuis son perchoir sur une chaise à proximité.

Benedict se tenait dans son immense cuisine, le regardant et il secoua la tête. Il se demandait comment il avait réussi à ramasser pas un, mais deux perdus délaissés en moins d'une semaine.

Il attrapa l'assiette de biscuits sur le grand îlot de boucher et se dirigea vers son bureau. Le lendemain, Finch et lui devaient aller voir un cromlech néolithique un peu à l'écart, une maison des années 30 et une fonderie. Ce serait leur dernière journée ensemble avec le pass de Finch. Il essayait de ne pas inventer des façons de garder Finch dans les parages plus longtemps. L'américain avait d'autres régions d'Angleterre à explorer et s'était assez bien adapté au fait d'être ici.

Malgré tout, il en était venu à attendre avec impatience leurs visites et la compagnie de Finch.

Ce matin-là l'avait grandement perturbé – arriver à leur premier arrêt pour découvrir Finch absent – et il s'était obligé à rester calme pendant qu'il appelait et cherchait. Quand il avait trouvé la voiture de Finch, il avait essayé de ne pas imaginer le pire, mais l'appeler dans les ruines sans obtenir de réponse n'était pas une expérience qu'il souhaitait répéter. Il aurait bien tiré les oreilles de Finch pour avoir ignoré le bon sens et être descendu dans cette grotte pour aller chercher César sans attendre de l'aide.

Il ignora les responsabilités pressantes qu'il aurait dû assumer et parcourut les étagères de livres du sol au plafond pour trouver des ouvrages de référence. Il sortit de vieux guides touristiques sur les lieux qu'ils verraient et les ramena dans sa chambre pour les lire au lit. Il avait une remise à niveau à faire.

Chapitre Quatre

FINCH tendit une main et quand Benedict la prit, il dit son petit discours bien appris.

— C'était génial de te rencontrer et de passer la semaine à utiliser mon pass acheté par erreur. Je suis content que nous ayons pu si bien l'utiliser.

— Je devrais te remercier, Finch Mason du Delaware, répondit Benedict, son accent montant sur l'adresse de Finch comme si c'était un titre. J'ai passé une semaine très agréable.

— Prends soin de toi. Si jamais je reviens dans le voisinage, je t'inviterai à boire un thé – mais c'est moi qui paierai cette fois.

Finch sourit puis se recula et Benedict le laissa partir.

Ils se quittèrent au bord de la pelouse du parking. Il s'était garé à un bout, Benedict à l'autre et il marcha avec détermination et fit un signe de la main avant de monter dans sa voiture. Finch regarda dans le rétroviseur pour avoir un dernier aperçu et s'assit sur sa main pour s'empêcher de l'agiter à nouveau ou se retourner tandis que Benedict le regardait s'éloigner.

Leur dernier jour ensemble avait été horrible et magnifique. Finch avait bouillonné d'envie de questionner Benedict sur tellement de choses – étendre leur semaine et en faire deux, Benedict avait-il une petite amie ou un petit ami, Finch pouvait-il être ce petit ami s'il n'y en avait pas. Mais il avait réussi à maintenir une conversation normale et à se laisser captiver par la fonderie et ne pas s'appesantir sur le fait qu'ils se sépareraient bientôt. Trop tôt.

Leur journée avait suivi le même schéma que toutes les autres et il s'était imprégné de chaque instant des sites du Trust avec Benedict. En seulement une semaine, il s'était créé des souvenirs pour toute une vie. Il prévoyait de les chérir et d'être reconnaissant. Se lamenter que cela n'ait pas été plus long, ou plus que cela, dégraderait les souvenirs et il voulait retenir seulement les bonnes choses.

Le trajet familier jusqu'à l'auberge parut rapide. Il ne remarqua pas le paysage dans la lumière déclinante, et comme il ne devait pas parcourir un nouveau territoire, il resta facilement sur le bon côté de la route. Il n'avait pas prévu d'être dans cette région plus que quelques jours. Il avait voulu rouler jusqu'à la côte et faire des escales au fur et à mesure, voyant par conséquent autant qu'il pouvait de l'île. Il était parti en sachant qu'il y avait bien plus de sites du Trust qu'il ne pourrait jamais en visiter, mais il avait réservé ceux ayant le plus d'intérêt et calculé les distances, les heures d'ouverture et celles des visites pour en caser autant que possible.

Tout cela était passé à la trappe avec Benedict. Il serait allé au Moulin Maylenwick chaque jour de la semaine passée si cela signifiait qu'il était avec Benedict.

Il entra dans le village qui lui avait fourni une base agréable pendant la semaine et ramena sa voiture de location. Puis il fit une dernière promenade, dépassa l'église et le parc et il attrapa des horaires à la gare. Le lendemain, il devait commencer à serrer encore plus son budget. Des bus au lieu de sa propre petite voiture et, pensa-t-il avec ironie, de l'eau chaude au lieu du thé. Ce n'était pas beaucoup moins cher, mais chaque petit bout faisait une différence. Il prit une pomme au magasin du coin. Ajoutez un paquet de porridge et une théière, et il aurait un dîner assez substantiel.

Les cheveux sur la nuque de Finch se dressèrent quand il entra dans l'auberge de jeunesse silencieuse et approcha de la chambre qu'il partageait avec un couple de randonneurs. Quelque chose n'allait pas.

Quand il alluma, il laissa tomber la pomme et l'entendit rouler sur le sol inégal, jusqu'à ce qu'elle cogne le mur du fond.

42

Des affaires jonchaient la pièce saccagée, avec la literie, des vêtements et la poubelle retournée éparpillés partout. Finch reconnut plusieurs choses. Son cœur se coinça dans sa gorge et il tituba jusqu'au coffre que l'auberge fournissait pour les objets de valeur. Il avait été détruit à coups de marteau et éventré. Ils avaient tout pris.

Finch s'effondra sur la couchette inférieure du lit qu'il avait utilisé et laissa tomber la tête dans ses mains. Il avait un peu d'argent liquide et ce qu'il avait toujours sur lui, mais ce ne serait pas suffisant pour survivre une semaine de plus. Ils avaient même pris son porridge instantané. L'énormité de la situation commença à le submerger alors qu'il listait mentalement ce qu'il devrait faire, ce qu'il avait perdu, ce qu'il devait remplacer et ce qui était irremplaçable.

Il s'autorisa plusieurs profondes inspirations tremblantes, puis il se redressa et se leva. Il devait s'occuper de tout cela et ne pas se tourmenter. Finch ne s'arrêta même pas pour réfléchir ou s'autoriser à penser à la suite. Il activa son téléphone du pouce et appela Benedict.

— Finch ? répondit celui-ci après une sonnerie.

— Je suis à l'auberge. Je viens juste d'arriver. Je vais bien mais tout a disparu, dit-il, essayant d'être direct, mais sa voix tremblait. J'ai été cambriolé. Je pense qu'il reste une chemise ici qui est à moi ? Et je porte mes chaussures de marche, alors c'est bien, mais je ne sais pas ce que je vais faire. Je pensais que tu pourrais peut-être me dire qui je devrais appeler ou aller voir. J'ai déjà ramené la voiture de location, ajouta-t-il d'un air perdu.

— Tu vas laisser la chambre exactement comme tu l'as trouvée, descendre et attendre.

Finch se demanda s'il y avait une bibliothèque ou un magasin où il pourrait imprimer son billet pour son vol de retour. Ou un endroit avec du Wi-Fi. Il pourrait alors le télécharger sur son téléphone.

Benedict lâcha un son bref.

— Finch, es-tu certain que ça va ?

— Oui, répondit-il, arrêtant ses pensées désordonnées. Je n'étais pas là quand c'est arrivé. C'est simplement le choc, je pense. Merci de m'avoir laissé t'appeler. Tu m'as déjà sorti de cette grotte et c'était la fin de notre semaine, alors après aujourd'hui, je m'étais promis que je ne te dérangerais plus jamais et…

— Finch, ça va aller. Descends et attends. Nous nous occuperons de tout ça, mais commençons par le début.

— D'accord, d'accord. Je descends maintenant.

Finch ferma les yeux face à la chambre dévastée et descendit les escaliers en courant, il sortit de l'auberge et attendit sur le trottoir.

— Je suis dehors. Devrais-je aller voir le gérant ? Les autres clients ? Il n'y en a pas beaucoup, mais peut-être que quelqu'un a été blessé. Ou appeler la police ?

— Ne bouge pas. Je dois raccrocher, mais tu ne resteras pas longtemps seul.

Finch put entendre les touches d'un clavier et des papiers remuer. Il hocha la tête et déclara ensuite :

— Compris. D'accord. Au revoir.

Il ne voulait pas raccrocher et perdre leur lien, mais après le grognement de Benedict, il mit fin à l'appel.

Quand il était arrivé en Angleterre, il avait décidé que la petite auberge exiguë avait du caractère et que la rue miteuse donnait une couleur locale. Cela ne l'avait pas dérangé que ce ne soit pas un hôtel cinq étoiles et il ne s'était jamais senti en danger. Se faire cambrioler changeait tout ça. Le téléphone serré dans la main, il remua les pieds, le regard agité et les nerfs tressautant à chaque bruit.

Une voiture tourna au coin pour se glisser le long du trottoir. Une vieille Bentley argentée bien entretenue, avec l'emblème pour indiquer qu'elle était personnalisée. Finch se recula et la fixa, attendant que quelqu'un sorte et demande son chemin.

— Monsieur Mason ?

L'homme qui sortit du siège conducteur était mince, avait les cheveux blancs et une posture parfaite. Il n'était pas habillé comme un chauffeur, mais il n'était pas non plus dans une tenue de ville.

Finch hocha la tête.

— Bonjour, Monsieur. Juste à l'endroit où on m'a dit de vous retrouver. Content de vous voir. Nous étions tous inquiets d'entendre votre situation. Monsieur Benedict m'a envoyé vous chercher, avec le regret de ne pas pouvoir venir lui-même. Il s'occupe de vos ennuis, vous comprenez.

Il ouvrit la portière arrière et invita Finch à monter, puis retourna au siège conducteur.

— Mon nom est Croft. Je suis avec la famille de Monsieur Benedict depuis des années. Vous vous mettez simplement à l'aise et je vous déposerai en un rien de temps.

— Déposer ?

— À la demeure principale, Monsieur Mason. Ce n'est pas un long trajet, mais pas besoin de faire la conversation. Je peux comprendre si vous n'êtes pas en état pour ça. Ou déversez vos inquiétudes, ce que vous préférez.

Croft tapa un doigt contre son front en salut et les emmena loin de l'auberge.

— Merci. Et s'il vous plaît, appelez-moi simplement Finch. J'entendrai Monsieur Mason et me demanderai à qui vous parlez.

La tension le rongeait. Il avait tant de choses à gérer et aucune idée par où commencer. La peur d'un vol d'identité et d'avoir ses comptes en banque vidés lui traversèrent l'esprit, poursuivis d'autres soucis – comme avoir perdu toutes les notes qu'il avait écrites durant la semaine passée s'ils avaient volé son carnet, et la violation pure et simple d'avoir eu ses affaires fouillées et volées.

— Comme vous voulez, Monsieur Finch. Reposez-vous un peu. Madame Croft est prête avec un bon souper et du thé quand nous arriverons.

Il prit un rond-point et suivit la route que Finch se rappelait avoir prise pendant sa première matinée.

À la mention de nourriture, le ventre de Finch gronda et il soupira, se rasseyant dans le siège. Pendant qu'ils s'éloignaient, des lumières clignotantes apparurent et une voiture de police se gara devant l'auberge. Il n'avait jamais été dans une voiture de luxe avant, et maintenant il y était assis, il était trop anxieux pour apprécier. Il ne pouvait commencer à deviner où Croft l'emmenait, alors il arrêta d'essayer et ferma les yeux. Ils restèrent fermés jusqu'à ce que la voiture ralentisse et prenne un virage serré.

Finch regarda par la vitre pour les voir passer les piliers en pierre d'un large portail et avancer doucement le long d'une allée sablée. Puis Croft prit une allée circulaire et s'arrêta. Finch reconnut le portail pour avoir presque tourné dans cette direction quand il avait essayé de trouver le Moulin Maylenwick.

Croft sortit, ouvrit la portière pour Finch et lui laissa un instant pour observer la maison. Ce qu'il pouvait voir était énorme et bien plus disparaissait dans l'ombre au-delà de ce qu'atteignaient les lumières de l'entrée principale. Cela rappela à Finch un mélange de lieux dans ses films préférés – Kellynch Hall et Manderley – et il regarda Croft avec les yeux écarquillés.

— Bienvenue au Manoir Crestmoor, Monsieur Finch. Entrez.

Il mena Finch en haut des escaliers, à travers des portes en chêne semblant aussi épaisses que le torse de ce dernier et dans un hall d'entrée imposant.

— J'ai comme instructions de vous conduire directement à la cuisine. Madame Croft pourvoira à vos besoins et je préviendrai Monsieur Benedict que vous êtes arrivés.

— Euh, oui. D'accord.

Il suivit Croft dans un couloir, dépassant des escaliers en cascade, plus profondément dans la maison. Des portes furent ouvertes et refermées. Il n'eut pas vraiment la possibilité de tout voir, mais aperçut des meubles anciens, des tapisseries et des sols en parquet. Ils atteignirent une porte battante matelassée et Croft l'ouvrit pour révéler une cuisine gigantesque, chaude et confortable. Croft fit entrer Finch et indiqua un fauteuil carré près d'une énorme cuisinière Aga en fonte.

— Merci, Croft. Merci d'être venu me chercher et d'avoir été si gentil et tout, dit Finch en tendant une main. J'ai dû interrompre vos projets et j'espère ne pas avoir gâché votre soirée.

— Rien de tout ça, Monsieur Finch, sourit Croft, en prenant sa main. Nous sommes très contents d'aider un ami de Monsieur Benedict. Puis-je prendre votre manteau et votre bonnet ?

Finch tendit les deux et s'assit tandis que Croft disait un mot à la femme qu'il présuma être Madame Croft. Au lieu d'être grande et mince, elle était petite et ronde, avec un air maternel rassurant. Croft lui murmura plusieurs choses, offrit une brève révérence et partit.

Finch eut l'impression d'avoir remonté le temps. Les manières guindées mais amicales de Croft, la maison insensée, la cuisine en faïence bleue et blanche de Delft avec son ancienne cuisinière en fonte, le four à pain, les plans de travail brossés, les sols de pierre, et les touches modernes bien camouflées.

— Voilà pour vous, déclara Madame Croft en posant un plateau de thé et sandwichs sur la table basse à côté du fauteuil de Finch. Attaquez tout de suite. Monsieur Benedict va tout vous arranger, comptez là-dessus. Le dîner ne sera pas long.

Elle lui lança un signe de tête et retourna à l'îlot central.

— Les sandwichs seront plus que suffisants, affirma Finch, un déjà à moitié mangé.

— Quelle bêtise. Monsieur Benedict peut manger deux fois ça, et vous aussi. Vous en avez besoin après cette frayeur, lui lança-t-elle avec un coup d'œil rapide mais gentil. Et vous êtes trop mince en plus.

Il mangea docilement les sandwichs, puis la soupe, une part individuelle de parmentier de mouton et une épaisse part de gâteau. Il finissait une seconde théière quand la porte de la cuisine s'ouvrit.

Trois chiens s'entassèrent sur le pas de la porte et un alla tout droit jusqu'à Finch. Cela le surprit de voir César, le poil lisse et bien soigné, la queue remuant si fort à leurs retrouvailles que tout son arrière-train se tortillait.

Finch mit le chiot impatient sur ses genoux et lui dit bonjour au milieu de baisers mouillés, qui cachèrent commodément une soudaine montée de larmes. Retrouver César si heureux et bien traité dans la maison de Benedict calma une partie de son esprit, alors qu'il n'avait même pas réalisé être encore inquiet à ce sujet. Cela l'aida aussi d'avoir un accueil joyeux après les émotions fluctuantes de la journée et son incertitude à propos de sa présence ici.

Il se présenta lui-même aux deux autres chiens – de magnifiques et robustes labradors chocolat, qui reniflèrent son poing puis acceptèrent des caresses sur les oreilles l'un après l'autre.

— César s'est parfaitement ajusté, de plus d'une façon, déclara Benedict, avançant depuis la porte, les chiens reculant pour s'asseoir à ses pieds. Voici Rufus et Bertie – des noms royaux, si tu vois ce que je veux dire.

Finch en savait assez pour reconnaître les surnoms d'anciens rois Britanniques et hocha la tête.

— Ah oui, je vois. C'est amusant que j'aie pensé à l'appeler César, et maintenant voici les tiens.

Il posa César et se leva, se sentant désavantagé et dépassé. Il voulait tout demander d'un coup, mais put seulement fixer Benedict et se délecter de sa vue rassurante.

— Ou pas du tout amusant.

Le ton de Benedict était insondable. Il regarda Finch de haut en bas, puis tendit une main pour la poser sur son épaule.

— Tu ne sembles pas blessé. Est-ce le cas ?

— Oui. Comme je l'ai dit, je suis arrivé à ma chambre bien après le cambriolage.

La peau de Finch picota et ses nerfs s'éveillèrent quand Benedict commença à tracer une ligne distraite sur le tendon de son cou.

— Bien.

La prise de Benedict passa de son épaule à son bras, puis il se tourna légèrement et dit :

— Madame Croft, je vois que vous offrez le meilleur à Finch. Vous ne connaissez aucune autre manière. Merci. Je dois enlever Finch à vos soins pour discuter dans mon bureau. Si vous pouviez apporter du café ?

— Bien sûr, dit-elle, commençant à pousser Finch vers Benedict et la porte. Ne vous inquiétez pas, très cher. Comme je l'ai dit, Monsieur Benedict aura tout arrangé en un rien de temps.

Elle donna une petite tape à Finch, une petite poussée et il fut reparti.

Il découvrit qu'il la croyait sans poser de questions.

Benedict changea à nouveau sa prise pour poser la main à l'arrière de l'épaule de Finch et le guida avec une douce pression. Les chiens vinrent avec eux, à travers encore plus de couloirs et au-delà des escaliers, puis à gauche de l'entrée. Benedict les mena dans une pièce plus petite et attendit pendant que Finch se tournait pour tout regarder. Des décors en ébénisterie tapissaient trois murs, avec des rayonnages de livres jusqu'au haut plafond sur le quatrième. Un plafond, remarqua Finch, avec un coffrage en chêne sombre et des médaillons en plâtre sculpté. Un magnifique et robuste bureau en acajou dominait la pièce et deux baies vitrées encadraient un âtre énorme où crépitait un feu.

Des photos du Moulin Maylenwick étaient accrochés au-dessus du manteau de la cheminée. Elles avaient été manifestement prises par la même personne que celles dans le salon de thé du moulin. Finch les regarda en clignant des yeux et des soupçons commencèrent à se former alors que du ressentiment s'enroulait dans son ventre.

Quand Benedict le lâcha enfin, son épaule parut froide et il frissonna. Ce contact sûr et ferme lui manquait. Il s'assit sur un des fauteuils en cuir près du feu et Benedict prit l'autre et ils attendirent jusqu'à ce que Madame Croft arrive avec un plateau du café demandé, une assiette de cookies et roulés à la saucisse. Finch ne prit pas de café lorsque Benedict lui en proposa.

Ce dernier but une tasse en quelques gorgées ordonnées, s'en versa une deuxième et la tint sur sa cuisse quand il se rassit sur le fauteuil.

— Débarrassons-nous d'abord de ce qui t'ennuie. Ensuite nous pourrons discuter de ta situation délicate car tu seras dans un meilleur état d'esprit.

Finch ouvrit et referma la bouche avec incrédulité. Puis il secoua la tête et dit :

— Rien ne m'ennuie à part ma situation délicate, dont j'aimerais discuter maintenant.

— Être assis comme si tu avais un tisonnier dans le dos, les mains serrés sur les genoux et sans même remarquer César à tes pieds demandant de l'attention ? demanda Benedict en levant un sourcil. Non. Quelque chose a changé ton comportement depuis la cuisine et donc j'en déduis que cette colère est séparée du cambriolage et de ce qui doit être fait à propos de ça, continua-t-il son ton s'adoucissant. Vide ton sac et nous avancerons. Je peux mieux t'aider si tu n'es pas distrait par ça.

— J'espère simplement que tu t'es bien amusé ou quoi que ce soit, à me laisser bavasser et tout te raconter sur le moulin et le reste, quand tu le possèdes. Et peut-être tout ce que nous avons vu, railla Finch. Pas étonnant que tout le monde au moulin me fixait. Et il n'y a jamais eu de bons pour le thé, n'est-ce pas ? Ou de besoin que tu utilises mon pass, autrement que pour prétendre être un touriste à mes frais.

L'humiliation gonfla et Finch rougit puis se recroquevilla. César se souleva pour poser une patte sur son genou et il y tira le chiot en serrant la mâchoire. La semaine passée avait-elle été un amusement pervers pour Benedict ? De la charité – ou pire, de la pitié ?

— Merci pour ton aide et pour avoir envoyé Croft me chercher, mais je pense que je devrais partir, dit-il avec raideur.

Il fixa le feu et imagina son plan d'action pour la suite.

— Si ça ne te dérange pas, j'aimerais que Croft m'emmène au commissariat. Ils pourront me conduire à une ambassade ou quelque chose.

— Ça me dérange, beaucoup. Aller voir la police et espérer que plus d'aide sera obtenue, une fois là-bas, n'est pas un plan et pas quelque chose que je t'autoriserai à faire. En particulier à cette heure.

— M'autoriser ? renâcla Finch.

— Tu es sous ma garde, que tu le veuilles ou non et j'ai l'intention de faire mon devoir, répliqua Benedict les lèvres serrées.

— Je vois, dit Finch, soudain fatigué.

Car la fatigue pouvait surpasser la profonde tristesse qui le saisissait à l'intérieur. Il avait été une nouvelle distraction et maintenant il était un devoir.

Ils restèrent assis en silence jusqu'à ce que Finch ose un coup d'œil vers Benedict, qui soutint son regard.

— J'ai énormément apprécié notre journée au moulin, Finch. Toute notre semaine, en fait. Et je devais être là-bas – certaines responsabilités font partie de mon héritage familial –, mais je ne possède plus directement le moulin. C'est le Trust qui le détient, expliqua Benedict avec un froncement de sourcil. Il y a une décennie, il était pratiquement en état de délabrement. Je ne pouvais plus l'entretenir tout seul et équilibrer les besoins de la maison et du domaine, alors je l'ai cédé au Trust. Ce n'était pas facile, mais c'était nécessaire. Le moulin est la facette historique la plus intéressante du domaine, et donc le plus adapté pour le Trust. Et ensuite, sans cette charge, la maison et les terres en ont bénéficié.

Benedict versa plus de café pour lui-même et Finch. Il ajouta du sucre et du lait à celui de Finch – tout comme il l'avait observé prendre son thé – et lui tendit la tasse.

— Je ne m'attendais pas à notre rencontre ou à ce que tu connaisses ma vraie situation, alors il n'y avait aucun intérêt à te l'expliquer. Je comprends comment tu pourrais interpréter mes actions, mais sois assuré que je n'avais pas d'arrière-pensée.

Il s'arrêta pour regarder le feu et revint ensuite à Finch.

— Je suis désolé que tu aies dû l'apprendre ainsi, en plus du choc des événements de ce soir. Mais je ne suis pas désolé que tu m'aies invité à partager ton pass, ou pour avoir accepté ton invitation et je ne suis pas désolé que tu sois ici.

Finch avait la sensation indubitable que Benedict ne s'excusait pas souvent. Il saisit les mots et le ton de Benedict et hocha la tête.

— Tu aurais pu me le dire, dit-il, avec une dernière touche de défi.

— Et alors tu aurais été en admiration devant moi et aurais évité d'interagir avec moi jusqu'à pouvoir t'échapper et notre semaine se serait terminée avant d'avoir commencé, dès le guichet d'entrée.

Les yeux de Benedict brillaient. Il prit une gorgée délibérée de café et quand il parla de nouveau, son expression était neutre.

— S'il te plaît, pardonne toute offense que mes actions ont infligé à tes sentiments. Hum ?

Finch découvrit qu'il ne pouvait pas refuser. L'éclair dans les yeux de Benedict à l'instant, César au chaud et en sécurité chez lui, cet homme intervenant sans poser de questions pour l'aider quand il l'avait appelé dans le besoin. Cela éteignit sa colère et l'acceptation remplaça la sensation d'avoir été utilisé. Au moins, Benedict semblait sincère et Finch voulait le croire.

— Oui. D'accord. Merci pour l'explication, accepta-t-il, prenant deux cookies, en cassant un en deux pour donner de petits bouts à César et se mettant à l'aise. Alors. Pouvons-nous passer à la discussion sur ma situation et comment y remédier ?

Benedict étudia Finch et il hocha ensuite la tête, semblant satisfait.

— J'ai contacté la police. Ils enquêtent sur l'incident. Un représentant viendra pour prendre ta déposition demain.

— Ils ne veulent pas que je reste là-bas ? Ou que j'aille au commissariat demain ?

— C'est peu orthodoxe, mais pas inédit. Il n'y a rien que tu puisses offrir sur place qui serait différent de ce qu'ils peuvent apprendre ici. De plus, la police locale me connaît et me fait confiance. Je ne donnerais pas asile à un suspect potentiel ou ne te permettrait de partir sans témoigner.

— Tu as tiré quelques ficelles, n'est-ce pas ? demanda Finch, les sourcils brusquement levés.

— Non. J'ai défendu ta personnalité, suggéré que tu serais plus à l'abri ici qu'à l'auberge et entièrement à leur disposition, en tant que mon invité. Ils ont accepté, déclara Benedict, s'avançant dans le fauteuil, les coudes sur les genoux, mains entrelacées. Tu devras peut-être y retourner pour examiner la scène avec eux, et une fois toutes les preuves recueillies, fournir une liste complète de ce qui a été volé. Si on a besoin de toi à l'auberge, ce ne sera qu'après ton entretien avec eux et je t'accompagnerai. Alors il n'y a aucune raison pour laquelle tu ne devrais pas être ici.

Finch essaya de tout absorber pendant qu'il maintenait ses pensées errantes et inquiétudes à distance. Il avait tant à faire et il était assis là, à ne rien faire, buvant du café dans une maison plus grande que tout ce qu'il avait visité, avec l'homme qu'il s'était juré de bannir de son esprit, autrement que dans de bons souvenirs. Des souvenirs qu'il n'évoquerait pas avant d'être revenu sans encombre aux États-Unis et que le pincement au cœur d'avoir quitté l'Angleterre – et Benedict – soit non seulement émoussé, mais impossible à changer.

Benedict se leva et alla jusqu'au bureau.

— Nous devrions commencer par cette liste de tout ce qui a été probablement volé. Tu peux ensuite, bien sûr, utiliser le téléphone et un ordinateur afin de prendre les mesures nécessaires pour désactiver cartes de crédit et autres. À cette heure, continua-t-il après un coup d'œil à sa montre, tu risques de ne pouvoir joindre personne aux bureaux gouvernementaux –

ici ou aux États-Unis –, mais peut-être que tu peux commencer le processus en ligne pour déclarer le vol de ton passeport.

— Ça, je l'ai au moins, dit Finch avec un soulagement visible.

— Oui ? Très bien. Je savais que ces yeux montraient que tu avais une présence d'esprit que tes cheveux roux essayaient de démentir. Mon Finch raisonnable.

Avec un sourire, il centra un stylo et du papier sur le bureau et tapota le sous-main vert foncé.

— Et environ vingt livres, alors une fois que le police sera venue me voir, je pourrai résoudre le reste.

Finch finit son café et glissa de sous César pour rejoindre Benedict au bureau.

— Nous aurons cette partie de conversation plus tard, promit Benedict avec un ton ferme. Voilà.

Il tourna la chaise de bureau vers Finch. Il posa le téléphone fixe plus près du clavier et tira un tiroir pour bouger la souris. L'énorme écran plat sur le bureau s'alluma.

— Je vais rester au cas où tu aurais des questions ou que je doive parler à quelqu'un pour toi.

Finch s'assit, utilisant un bureau qui coûtait probablement plus que son salaire mensuel, nota tout ce à quoi il pouvait penser et toutes les personnes à contacter. Quand il marquait une pause, Benedict vérifiait s'il se souvenait de ceci ou cela, s'il avait des cartes de membres avec des informations personnelles, s'il avait voyagé avec une tablette ou un ordinateur portable, jusqu'à ce qu'ils aient dressé une liste exhaustive.

Madame Croft arriva avec un autre plateau – du thé cette fois, avec différents cookies et des sandwichs revigorants – et Benedict s'installa dans le fauteuil près du feu.

Finch ouvrit dans différents onglets les sites internet des lieux qu'il devait joindre. Il apprécia la compagnie constante et calme de Benedict et s'arrêta assez longtemps pour que celui-ci lui jette un coup d'œil. Finch sourit – surpris à le fixer mais trop reconnaissant pour le cacher – puis il décrocha le téléphone et commença à appeler.

BENEDICT leva les yeux alors qu'il tisonnait le feu quand Croft entra dans son bureau.

— Monsieur Finch est confortablement installé dans la chambre que vous avez spécifiée, Monsieur Benedict. Y avait-il autre chose ce soir ?

— Merci, Croft. Rien de plus pour moi ce soir, mais s'il vous plaît, faites savoir à votre épouse que je m'attends à ce que Finch soit notre invité pour la semaine, pour qu'elle puisse préparer les repas et le reste. Je ne suis pas certain de ses dates de voyages, mais je le découvrirai.

— Bien sûr, répondit Croft avec un hochement de tête. Une personne supplémentaire ne sera pas une difficulté, en particulier une aussi polie et prévenante que Monsieur Finch. Nous sommes contents de l'avoir ici et d'aider comme nous le pouvons, naturellement. Est-ce qu'il se joindra à vous pour le petit déjeuner ?

Benedict se levait et commençait toujours sa journée tôt.

— Je n'en suis pas certain. Il n'a jamais eu de mal à me rejoindre le matin, mais après tout ce qui est arrivé ce soir, il pourrait avoir besoin de dormir.

— Nous passerons voir comment il va et il y aura du thé sur un plateau quand il se réveillera. S'il manque le petit déjeuner de bonne heure, Madame Croft aura plein de choses pour le tenter, assura-t-il en rangeant le bureau de Benedict avant de dire, bonne nuit.

— Bonne nuit, Croft. Encore merci d'être allé chercher Finch à la dernière minute et de votre assistance aujourd'hui pour gérer la situation.

— Je n'aurais manqué ça pour rien au monde, assura ce dernier avec un sourire.

Il était loyal à la famille et un bon ami pour Benedict, mais aussi content de prendre un peu part à une intrigue.

Croft prit congé et Benedict recommença à tisonner le feu.

Cet après-midi quand il avait dit au revoir à Finch, il avait été désolé que leur semaine ensemble se termine. Quelques heures plus tard, il était coincé à s'occuper du bien-être de Finch et avec le besoin de faciliter le processus et résoudre la situation.

Benedict enfonça le tisonnier dans une bûche rougeoyante pour faire éclater et voler les braises. Il plissa le front. « Coincé » n'était pas exact ni juste. Il était content que Finch l'ait appelé à l'aide – content à un niveau qu'il ne pouvait pas tout à fait définir – et il avait le pouvoir à sa disposition pour aider, alors il n'y avait aucune raison pour lui de refuser. Ils étaient en quelque sorte devenus amis, après tout, et au-delà de ça, il maintenait son devoir concernant les gens dans sa région. Même les pénibles américains roux.

Il jeta une autre bûche sur le feu et s'assit dans son fauteuil. Rufus haleta contre sa cuisse et le nez humide de Bertie poussa contre son autre main. Il sourit et leur donna l'attention qu'ils avaient patiemment attendu toute la soirée et fit de la place à ses pieds pour que César se couche.

L'idée que Finch reste toute la semaine était apparue pendant qu'il parlait à Croft, mais en y repensant, il vit que c'était une bonne solution aux soucis de Finch. Celui-ci n'aurait pas les moyens de loger autre part, encore moins dans une auberge bon marché et l'esprit de Benedict serait apaisé de connaître sa situation et sa localisation. Il appréciait la compagnie de Finch et veillerait à ce que la semaine ne soit gâchée pour aucun d'eux.

— Bien, alors, dit-il aux chiens, penchant la tête en arrière et fermant les yeux. Demain sera chargé mais ça se calmera après.

Les chiens grognèrent et se blottirent un peu plus pour montrer leur accord.

Chapitre Cinq

QUAND Finch se réveilla, la lumière pâle précédant l'aube donnait à sa chambre un éclat glacial surnaturel. Sa magnifique chambre à Crestmoor – la maison de Benedict – avec son énorme lit à baldaquin, des meubles anciens à utiliser tous les jours comme des pièces en kit et une vue de la mer au-delà du paysage de jardins en palier et de développements naturels.

Une fois qu'il avait eu fini de contacter chaque représentant pour sécuriser ses cartes de crédit volées et tout ce qui était lié à son nom, Croft l'avait conduit à travers l'immense maison, avait ouvert les portes vers la salle de bain et le salon attenants à cette chambre et lui avait souhaité une bonne nuit. Croft lui avait parlé sur le ton de la conversation de la femme qui venait chaque semaine pour aider sa femme à nettoyer, des deux jardiniers, d'une pension pour chevaux qui s'autofinançait et d'autres que Croft avait rassemblés comme étant « divers employés nécessaires ». Finch n'était pas certain d'avoir compris toute la hiérarchie, mais il ne serait pas là assez longtemps pour que cela ait de l'importance.

Il s'était douché, reconnaissant pour le grand choix de produits de toilette, l'eau chaude sans fin, les serviettes douces aussi grandes que des draps et un peignoir moelleux accroché dans la salle de bain. S'il avait un jour séjourné dans des hôtels de luxe, ils auraient pâli en comparaison. Il avait quitté la salle de bain et découvert un pyjama neuf sur le lit, et pendus dans l'armoire ouverte, des vêtements qu'il pouvait emprunter. Rien d'extraordinaire – un tee-shirt, un pull épais et un pantalon trop long pour ses jambes –, mais le tout dans une fabrication et des tissus bien plus beaux qu'il aurait pu un jour se permettre.

Il roula hors du lit et enfila le pull alors qu'il avançait vers une fenêtre. Il y en avait quatre, reliées par un balcon de pierre et il sortit dessus. Le sol de pierre était froid sous ses pieds mais c'était agréable – terre à terre, rafraîchissant et réel. Il observa le brouillard rouler depuis la mer pour remplir les creux et le soleil se lever pour rétro-éclairer la brume, donnant au paysage l'aspect d'une forêt coincée dans de l'ambre éthéré.

Un bruit de sabots résonna, se rapprochant. Finch regarda et lâcha ensuite un rire étrange lorsque Benedict passa en flèche devant la maison sur une magnifique monture alezan foncé. Parce que, bien sûr. Bien sûr, Benedict sortait chevaucher au petit matin, manifestement doué et élégant, fait pour toutes les choses à la fois traditionnelles et clichées allant avec le fait d'être le seigneur du manoir.

Il regarda jusqu'à ce que Benedict disparaisse et que ses pieds protestent. Puis il revint dans sa chambre. Finch bâilla et n'ayant aucune idée de ce qu'il pouvait faire d'autre, il se rallongea et sommeilla. Quand il vérifia son téléphone, une heure s'était écoulée. Un mal de tête d'avoir flemmardé trop longtemps menaçait, alors il abandonna l'excuse de pouvoir se reposer un peu plus, s'habilla et décida de se diriger vers la cuisine.

— Bonjour, Monsieur Finch. J'espère que vous avez trouvé votre chambre confortable, déclara Croft, traversant l'entrée alors que Finch descendait les escaliers. Par ici pour le petit déjeuner.

Finch le suivit docilement, puis ressortit presque de la salle à manger après y avoir seulement mis un pied. Benedict était assis à la table, ses cheveux encore humides d'une douche.

— Voilà, dit Croft, tirant une chaise pour Finch.

La salle à manger ne déparait pas du reste de la maison. Il y avait aussi du parquet avec des bords marquetés, des tapis persans dans des tons terreux doux, d'étroites fenêtres à grands carreaux carrés donnant sur les jardins à l'avant et une table faite pour des dîners officiels. Le plafond était orné de médaillons de plâtre sculptés et les murs étaient en tons sur tons de crème avec des inserts en bois et des appliques en filigrane. Finch observa le contenu d'un buffet à proximité, chargé de plus de nourriture sur des assiettes et des plats couverts qu'il ne pourrait manger en une semaine.

Benedict était assis tout au bout de la table, des enveloppes et papiers éparpillés autour de lui.

Finch s'assit et hocha la tête quand Croft offrit du thé.

Benedict demanda de derrière le journal qu'il lisait :

— As-tu réussi à dormir ?

— J'ai réussi à dormir. Merci.

Finch prépara son thé et dit ensuite la première chose qui lui vint à l'esprit.

— As-tu un chargeur de téléphone que je puisse emprunter ?

— Oui, répondit Benedict en repliant la moitié supérieure du journal pour le regarder. Je suis certain qu'il y en a un en plus qui traîne quelque part. Tu auras besoin d'un adaptateur aussi, je pense.

— Oui. À moins que le mien n'ait pas été pris avec tout le reste. Waouh, désolé. Je n'ai même pas dit bonjour, remarqua Finch, la bouche tendue et une rougeur picotant ses joues.

— Tout à fait pardonnable. Je parie que ton téléphone traîne la patte à trois pour cent et tu es préoccupé par tout ce que tu perdras sans lui. Nous nous reposons beaucoup sur les téléphones de nos jours, même si c'est juste comme réveil le matin. Je voudrais également obtenir un chargeur à toute vitesse, si j'étais dans une position similaire, convint Benedict, un sourire furtif taquinant sa bouche. Je demanderai à Croft de trouver ça. Autre chose ?

— Je ne sais pas vraiment, répondit Finch en secouant la tête avant de beurrer un toast et de le mâcher pensivement. Je n'ai rien, mais je ne sais pas non plus ce qui est encore à l'auberge. Me laisseront-ils récupérer ce que les cambrioleurs ont laissé ? Je veux dire, ce ne seront pas des preuves ou autre chose, n'est-ce pas ?

— Je soupçonne que non, étant donné qu'ils ont toute la pièce et peut-être d'autres dans l'auberge comme scène de crime. Mais on nous le dira sans aucun doute et nous pourrons décider en conséquence, après.

Le regard de Benedict retraça le col bas du pull de Finch, puis la façon dont les manches étaient roulées.

— Y compris des vêtements qui te vont mieux.

Finch tendit les bras et les regarda.

— J'aime ce pull. Il est confortable.

Il avait d'épais revers et cols tricotés. Un croisement entre pull d'un érudit et d'un grand-père qui lui donnait une impression de chaleur et de sécurité.

— Et petit pour moi, dit Benedict presque dans un murmure.

Ses yeux brillèrent quand il inclina la tête pour voir à quel point le pull tombait bas sous la taille de Finch. Puis il bougea le journal et commença à parcourir une lettre. Après une longue pause, il demanda, son ton toujours doux mais plus aussi intime :

— Avais-tu une assurance voyage ?

— Non, répondit Finch, ne voulant pas trouver des excuses ou se défendre. Je ne pouvais pas me le permettre.

— Mais tu peux te permettre de remplacer toutes tes possessions ?

— Bien sûr que non. Et je n'aurai pas à le faire puisque je reste ici seulement une semaine de plus. Je prendrai le strict nécessaire et laisserai le reste pour quand je rentrerai.

La pensée de rentrer – de ne plus jamais être avec Benedict – se nicha dans son cœur avec un désespoir plus fort que son angoisse sur l'avenir.

Benedict fit un bruit qui pourrait être interprété comme de l'acceptation ou du dédain, mais ne dit rien de plus là-dessus. Le toast éveilla l'appétit de Finch et il mangea du bacon, des œufs pochés et presque la moitié d'une miche en toasts recouverts de beurre et dégoulinants de confiture.

— Puis-je ? demanda-t-il, au milieu de leur repas.

— Peux-tu quoi ?

En réponse, Finch rassembla les piles étalées de chaque côté de Benedict, les organisa en tas séparés de lettres sensibles, d'encarts à jeter et d'enveloppes, puis les mit en pile nettes sur la table à côté de l'assiette de Benedict.

— Es-tu certain d'être infirmier et pas le secrétaire efficace de quelqu'un ? s'enquit celui-ci en regardant le travail rapide que Finch avait fait avec son désordre.

— Je suis l'infirmier très efficace de quelqu'un. Crois-moi, cela fait toute la différence si tu peux mettre la main sur ce dont tu as besoin quand un médecin vient demander des notes, ou pour que tes collègues puissent comprendre la garde que tu viens juste de terminer. Toutes les infirmières n'ont pas mon approche, ce qui est mauvais. Ça prouve encore plus que mon approche est la bonne, expliqua Finch, piquant puis mâchant une

58

tomate. Bien sûr, j'ai aussi été bien entraîné par des parents qui détestaient le désordre et donc j'ai naturellement pris exemple sur eux.

— Détestaient-ils aussi les doigts collant de confiture et les récréations bruyantes ? demanda Benedict, semblant désapprobateur.

— Pas du tout, répliqua Finch avec un sourire. Mais ils avaient leurs habitudes et leurs préférences bien établies avant que j'arrive et savaient comment m'intégrer au mélange.

— Ainsi que des frères et sœurs ?

— Non. Mes parents ont commencé tard et fini tôt – je suis tout, expliqua Finch avec un haussement d'épaules. Ça ne m'a jamais dérangé. J'ai apprécié les choses calmes et ringardes qu'ils faisaient – j'apprécie toujours, comme tu l'as appris – et ça ne m'a jamais vraiment énervé d'avoir ces options en grandissant.

— Alors, reprit Benedict après un doux son, il n'y a aucun doute qu'ils sont contents que tu aies fait ce voyage pour explorer toute une autre palette de choses calmes et ringardes que vous aimez tous.

Finch essaya de trouver comment répondre. Ce n'était plus difficile, mais ce n'était jamais facile à dire dans une conversation normale. Il écarta les mains en un geste apaisant, quelque chose qu'il avait appris à faire quand il révélait cela.

— Je sais qu'ils le seraient s'ils étaient toujours là. Ils sont morts il y a plusieurs années. Papa a eu une crise cardiaque et Maman n'a pas tenu six mois après ça.

— Je suis vraiment désolé, Finch, offrit Benedict dont l'inquiétude était sincère.

— Merci, mais ça va. Je l'ai accepté depuis un moment. C'était difficile, bien sûr, mais j'y suis parvenu depuis.

— C'est bon à entendre et quelque chose que je peux respecter, admit Benedict, les yeux plissés. Alors il y a au moins un ami proche content que tu fasses ce voyage. Ou quelqu'un de spécial qui n'a pas réussi à t'accompagner ?

Finch fit tourner sa tasse de thé en cercles lents sur la soucoupe. Chad passa brièvement dans son esprit et il lâcha un petit bruit d'agacement.

— Des amis qui sont contents, oui, mais tous aussi occupés que moi quand je suis à l'hôpital, alors je sais que je suis la dernière chose qu'ils ont à l'esprit. Ils pourraient se rappeler de demander comment s'est passé le voyage à mon retour, expliqua-t-il, sa voix accrochant sur le mensonge avant de finir son thé. Et non, personne de spécial. Pas de petit ami… ou quelque chose comme ça.

De la couleur monta de son cou et s'étala sur ses joues, mais Benedict hocha simplement la tête et accepta la révélation imprévue que Finch avait lâchée sur le fait d'avoir ou de vouloir un petit ami.

— Finis ton petit déjeuner, dit Benedict après avoir vérifié sa montre, car nous devrions y aller. Notre rendez-vous est à neuf heures.

— Quel rendez-vous ? demanda Finch, attrapant un des délicats pancakes beurrés et se levant.

— Viens, fut tout ce que dit Benedict.

Ils quittèrent la salle à manger et prirent le couloir vers la porte d'entrée. Benedict le conduisit dans une petite pièce relativement peu meublée à la droite de l'entrée. Une salle de réception ou parloir, avec des meubles Hepplewhite gris tourterelle et acajou, décorée avec des aquarelles des jardins du domaine. Il s'assit sur le bord d'une chaise et attendit.

Quelques minutes après, Croft accueillit une personne à la porte d'entrée et la conduisit au parloir. Finch se releva.

— Ah, Inspecteur Hinton. Merci d'être venue, déclara Benedict en serrant sa main. Je suis reconnaissant que ceci puisse être fait ici, bien que nous soyons à vos ordres si vous avez besoin de Monsieur Mason pour autre chose que sa déposition.

— Parfait. Merci, Monsieur Witheridge. Je suis tellement désolée que ceci soit arrivé, Monsieur Mason, dit Hinton avec un soupir. Terrible et vraiment inhospitalier. Ça ne devrait pas prendre longtemps.

Elle avait une attitude vive et une longue tresse marron.

Benedict la fit asseoir et agita ensuite deux doigts vers son majordome.

— Du café, s'il vous plaît, Croft.

Celui-ci partit sans un mot et le parloir devint silencieux pendant qu'elle préparait son carnet et tapotait sur son téléphone. Comme si cela avait déjà été convenu, ils attendirent que Croft revienne – aussi longtemps qu'il fallut pour aller à la cuisine et revenir. Puis, une fois installée avec du café, Hinton commença à poser des questions à Finch.

Il décrivit le couple avec qui il avait partagé la chambre, des occupants qui semblaient suspects ou étaient nouveaux le jour du cambriolage, si un autre client s'était plaint d'objets qui avaient disparu.

— Mais pour être franc, je n'étais pas beaucoup là. Je me levais et sortais tôt et j'étais parti toute la journée pour faire des visites. Je dînais dans la seule salle commune – avec personne d'autre autour, je suppose que c'est parce qu'ils étaient plus adeptes de la vie nocturne ou assistaient à des spectacles – et j'allais me coucher, expliqua Finch, pas gêné de ressembler à un vieux retraité en excursion en bus. J'ai seulement vu le couple partageant la chambre le matin et ils étaient toujours endormis.

— Vous n'avez pas du tout été blessé ?

— Non, répondit Finch, relâchant ses mains aux poings serrés. Je suis revenu à la chambre à l'auberge et j'ai découvert le cambriolage. Le couple était parti, mais je ne sais pas quand. Je pense que c'était avant le cambriolage, puisqu'ils ne l'ont pas signalé.

— Personne ne l'a signalé, aussi étrange que ça puisse paraître, commenta Hinton, gribouillant plusieurs choses dans le carnet. Pensez-vous pouvoir dire ce qu'il manque ?

— Bien sûr. Ça devrait être facile – j'ai commencé une liste.

Comme à point nommé, Benedict tendit la main vers sa poche de revers, en sortit la liste et la tendit à Hinton.

— C'est tout ? demanda-t-elle en la parcourant.

— Je ne voulais pas traîner une grosse valise, dit Finch avec un haussement d'épaules, alors je me suis obligé à seulement amener vingt-cinq objets qui tenaient tous dans mon sac à dos et ma besace.

— Pour combien de temps ? demanda-t-elle.

— Deux semaines.

— Waouh. J'admire votre auto-discipline, s'exclama Hinton avec un rire désarmant. Je n'aurais jamais réussi.

— On apprend à vivre sans, dit Finch avec une familiarité qui révélait beaucoup à ses interlocuteurs. Voyons. Il n'y avait rien de valeur autre que mes cartes de crédit et mon MP3. Et le montant que j'ai noté en argent liquide. Je suis certain que nous réalisons tous que ces choses ont disparu depuis longtemps, mais peut-être qu'ils ont au moins laissé les aimants souvenir ou des sous-vêtements ou pantalons derrière eux.

Il pensa au boxer qu'il portait, trop grand à la taille et large mais pas inconfortable, et évita délibérément de regarder Benedict. Le vêtement pourrait être à n'importe qui, bien sûr, ou même neuf pour en avoir sous la main au cas où un invité en aurait besoin. Mais Finch rougirait et bafouillerait dans tous les cas à l'idée de porter des sous-vêtements fournis par son hôte.

— Ai-je besoin de venir voir ce qui est à l'auberge ?

— Non. Ce ne sera pas nécessaire. Nous avons examiné la scène. J'ai donné à Croft un sac rempli de tout ce qui était récupérable et qui a été laissé. Ce n'est pas grand-chose, mais c'est toujours rassurant et agréable d'avoir quelque chose à soi après un incident comme celui-ci, admit Hinton, commençant et finissant son café en une longue gorgée. Il y a eu une vague de cambriolages le long de la côte. C'est le plus récent de la série, mais ce ne sera probablement pas le dernier.

Benedict remua depuis son perchoir et s'appuya sur le manteau décoré de la cheminée en pierre.

— Quelqu'un a-t-il été blessé ? Y a-t-il des pistes ?

— Non aux deux.

Finch soupira, longuement et tout bas. Il savait déjà que ses affaires ne seraient pas retrouvées et le cambriolage ne serait probablement jamais résolu, mais ces mots semblaient définitifs. Eh bien, quelle importance, de toute façon. Il détestait l'idée de ses affaires dans les mains d'un étranger, analysées pour avoir des informations et refourguées, ou quoi qu'il leur arrive. Mais il ne pouvait pas changer ça, et s'y appesantir n'aiderait pas. Et il ne penserait simplement pas à l'argent qu'il avait perdu.

Benedict s'arrêta derrière la chaise de Finch et l'encadra des deux mains sur le dossier.

— Finch risque-t-il quelque chose puisque ses effets personnels sensibles ont été volés ?

La capacité que Benedict avait d'anticiper les pensées de Finch était troublante et le laissait réconforté plutôt que dérangé. Il se tordit le cou pour lever les yeux vers lui. Leurs regards se croisèrent brièvement et il sourit. Benedict ne rendit pas le sourire, mais sa main bougea pour serrer son épaule.

— Je suppose que non, fit Hinton en refermant son carnet. Ce travail était presque du vandalisme, sans indication qu'ils aient été exigeants sur ce qui était pris ou qu'ils cherchaient quelque chose en particulier. Je pense qu'ils vont essayer d'utiliser les cartes de crédit au moins une fois. Vous les avez déclarées volées et annulées ?

Finch hocha la tête.

— Très bien. Une fois qu'ils auront vu que les cartes ne leur sont d'aucune utilité, ils s'en débarrasseront. Vous n'aviez pas d'ordinateur portable ou de tablette avec accès à plus, alors à moins qu'ils soient plus sophistiqués ou très déterminés, il n'y a pas grand-chose qu'ils puissent faire. Mais soyez attentif et surveillez tout, pour être certain, conseilla Hinton, une main planant au-dessus de la cafetière.

— Nous ferons attention. Et je vous en prie, servez-vous.

Benedict appuya sur un bouton discret glissé à côté de la cheminée et bougea de derrière la chaise.

— Merci. C'est mon premier de la journée. Il est délicieux.

Elle ferma les yeux au-dessus de la tasse et la vida. Puis elle se reprit et se leva.

Finch se leva aussi et Benedict s'avança.

— Merci encore de nous avoir rencontrés ici. C'est un soulagement que Finch soit en lieu sûr et que l'enquête commence si rapidement. Comme je l'ai dit, si vous avez besoin d'autre chose, s'il vous plaît, faites-le moi savoir.

Benedict serra la main de Hinton et à point nommé, Croft apparut à la porte.

— Croft, y a-t-il un petit déjeuner à emporter pour l'inspecteur ? Et du café, je pense. J'ai bien peur que nous ayons bouleversé sa routine matinale.

— Facile à réparer. Juste un instant.

Croft hocha la tête et disparut à nouveau dans le couloir. En quelques minutes, il revint avec un petit sac en toile.

— Madame Croft a mis plusieurs friandises, toutes faciles à manger à la main pour un en-cas en voiture. Et une tasse jetable, mademoiselle.

Hinton fut abasourdie mais se reprit rapidement.

— Merci.

— Parfait, dit Croft.

Il attendit à la porte pour la reconduire.

— Merci, Inspecteur Hinton. Cela m'a un peu secoué, mais je me sens mieux d'avoir tout examiné avec vous, admit Finch en partageant une poignée de main avec elle. Avez-vous besoin de mes coordonnées pour mes cartes de crédit ou autre chose ?

— Pas plus que la liste que vous avez fournie. Nous ferons un suivi avec les fournisseurs appropriés, dit Hinton, hochant élégamment la tête. Vous êtes entre de bonnes mains et clairement un ami de Monsieur Witheridge, alors je peux avoir confiance quand je dis espérer que le reste de votre voyage sera sans souci et agréable, ce sera vrai. Nous savons comment vous contacter et vous tiendrons informés des avancées de l'enquête.

Finch hocha la tête et se rassit tandis que Benedict la suivait hors de la pièce, dépassant Croft attentif et prêt.

Benedict devait lui avoir dit qu'il venait du Delaware. Il se demanda quels autres détails Benedict avait pu fournir simplement en ayant écouté d'une oreille attentive ses divagations pendant la semaine passée. Il se demandait également ce qu'il avait glané entre les lignes.

Il ajouta ceci à la liste des choses auxquelles il n'allait pas trop penser. Il ferait uniquement une fixation dessus et serait frustré et angoissé par des questions qui resteraient sans réponse.

— Retirons-nous au salon et nous pourrons discuter de la semaine qu'il te reste à passer en Angleterre, dit Benedict depuis le pas de la porte.

Finch acquiesça et le suivit, perplexe mais ayant besoin de parler.

Il s'arrêta pour admirer le salon, immense mais pas imposant, avec une cheminée assez grande pour qu'il y entre et des meubles habilement arrangés. Il y avait des chaises devant les fenêtres avants, des étagères le long du mur intérieur, des canapés et fauteuils entourant la cheminée et des bancs surplombant les jardins à l'arrière. Malgré les lambris en bois sombre, la pièce était lumineuse et ouverte – vert jade et bleu avec des accents kaki sur les tissus d'ameublement, les tapis et les coussins décoratifs.

Ici et là, des tables d'appoints et des lampes en vitrail remplissaient la pièce en groupes plaisants, trop pour le goût de certains, mais il était fan de beaucoup de tables et de lampes en vitrail. Les tables étaient remplies de livres et de piles d'anciens numéros du *National Geographic* et *Country Life* et sur la plus grande devant la vaste fenêtre arrière se trouvait un puzzle partiellement fait. Les chiens étaient devant le feu et sur le canapé qui n'était pas orienté vers le foyer se trouvait la boule duveteuse d'un chat assoupi.

César jappa en le voyant et vint vers lui alors qu'il s'asseyait près du chat. Rufus et Bertie baillèrent et s'étirèrent mais n'abandonnèrent pas le feu.

— Devrais-je t'appeler Monsieur ou autre chose ? demanda Finch avec prudence.

Il ne voulait pas offenser, mais il ne savait s'il avait piétiné toute l'étiquette. Un nuage noir assombrit l'expression de Benedict.

— Tu ne devrais certainement pas.

Il jeta une bûche dans le feu, provoquant une pluie d'étincelles dansantes, poussa ensuite un soupir et s'assit en face de Finch sur un fauteuil extra large.

Extra large si on n'était pas Benedict, décida ce dernier.

— Le domaine n'a plus de titre héréditaire. Ce serait sans importance même s'il en avait encore un. Puisque tu me connais comme étant juste Benedict, s'il te plaît continue à m'appeler juste Benedict.

— Je peux faire ça, juste Benedict.

Le nuage s'éclaircit et la bouche de celui-ci tressauta.

— Merci, dit-il en tendant les mains et les entrelaçant derrière sa tête. Maintenant, pour le temps qu'il te reste en Angleterre.

— Excusez l'interruption, dit Croft alors qu'il entrait dans la pièce.

Il ne semblait jamais faire de bruit quand il bougeait et se faufilait derrière eux en toute impunité. Benedict pouvait y être habitué, mais Finch ne l'était pas.

— Le sac que l'Inspecteur Hinton a laissé pour vous, Monsieur Finch. Je pensais que vous seriez impatient de le passer en revue.

Finch sourit et prit le sac. Il se sentait impatient et inquiet.

— Il y avait des vêtements. Madame Croft a pris la liberté de les laver, expliqua Croft avec ce qui aurait pu être un froncement de sourcils. J'espère que cette intrusion ne vous dérange pas.

— Pas du tout, assura Finch, sa gratitude évidente. Merci, Croft. Et s'il vous plaît, dites merci également à votre épouse.

Croft attendit un instant, mais Benedict ne fit aucune demande et avec son bref salut particulier, il sortit.

— Et si tu continuais de parler pendant que je regarde ça ? demanda Finch alors qu'il posait le sac au pied du canapé.

— Ma proposition est assez simple. Tu resteras ici en tant qu'invité, commença Benedict en regardant Finch sortir du sac un stylo, des articles de toilettes et un bracelet en cuir. Tu es libre d'utiliser la Mini et il y a beaucoup de sites du Trust dans la région à visiter. Des sites qui ne font pas partie du Trust aussi, si tu en as déjà eu assez.

Finch plia son écharpe écossaise et la rangea dans son petit sac vide. Presque tout ce qui restait de valeur entrerait dedans, mais Hinton avait eu raison. Il serra contre son torse le cahier rempli de notes de voyage, réconforté d'avoir récupérés ses affaires et par la légère sensation de contrôler un peu plus la situation.

— Je ne peux sans doute pas rester, mais merci pour cette généreuse invitation. Je me suis déjà trop imposé et je ne veux pas être encore plus un fardeau pour toi. Ou Croft et Madame Croft, répondit Finch, parcourant les pages du cahier et lisant des bribes de la semaine passée. De plus, il y a certaines choses que je veux visiter et elles ne sont pas à proximité.

Cela et il avait besoin de s'éloigner de Benedict.

— Je serai une gêne, raisonna Finch.

— En quoi ? ricana Benedict. Nous pourrions être tous les deux ici tout le temps et ne pas croiser l'autre. Tu m'as toléré bien plus longtemps que ça pendant les visites. Que tu restes ici ne serait pas un arrangement très différent. Plus précisément, ce serait l'inverse. Nous partagerions le petit déjeuner et ensuite tu irais découvrir les merveilles de l'Angleterre et nous nous retrouverions pour le dîner les soirs où je suis à la maison. Est-ce si odieux ?

Finch n'avait jamais été bon pour savoir quand quelqu'un était intéressé ou voulait plus que de l'amitié. Il plongeait trop tôt et faisait des suppositions basées sur de minces indices qui ne valaient rien ou il ne reconnaissait jamais les ouvertures, malgré des amis qui lui assuraient qu'il y avait des signes évidents. Chad avait fait une fêlure dans son cœur – et son assurance – alors il devrait éviter d'être stupide à propos de Benedict et de se faire briser le cœur pendant qu'il en avait l'opportunité.

— Bien sûr que ce n'est pas odieux. Mais je suis sérieux dans mon envie de voir des lieux qui ne sont pas à un jour de distance d'ici, expliqua Finch en jetant un coup d'œil autour de lui. Et je réalise que nous pourrions coexister dans cette immense maison et ne jamais nous croiser, mais ce n'est pas ainsi que ça devrait être. Je ferais des bruits auxquels tu n'es pas habitué ou interromprais ton travail ou même ton temps de repos, parce que tu te sentirais obligé de me divertir. Ce que tu ne devrais pas faire. Ce n'est pas ce que je veux dire.

— Ah, est-ce que tu t'inquiètes de t'ennuyer ici ? Nous avons tout le confort moderne, tu sais. Internet et une télévision et tout. Bien trop loin de la ville pour des sorties nocturnes, cependant, j'en ai peur, répliqua Benedict avec une pointe vive dans son ton.

— Quoi ? Comment cette maison extraordinaire pourrait-elle être ennuyeuse ? Je pourrais probablement passer chaque jour de cette éventuelle semaine à parcourir joyeusement les greniers et les vitrines à bibelots et le cellier du majordome et à me gorger des thés de Madame Croft près du feu, avoua Finch en secouant la tête. C'est vraiment génial que tu le proposes mais si les autorités locales sont d'accord pour que je voyage, je suis prêt à avancer.

Les sourcils de Benedict se levèrent face à Finch si sérieux et définitif.

— J'en suis arrivé à la conclusion éclairée que les discussions avec toi doivent être progressives. J'ai fait une offre, coupa Benedict en levant une main quand Finch allait riposter. Réfléchis-y avant de décider et nous avancerons demain. Alors qu'aimerais-tu faire aujourd'hui ?

— Pas grand-chose. Le cambriolage et revenir dessus avec Hinton a en quelque sorte coupé mon élan, admit Finch, fixant ses genoux. Est-ce que ça irait si je faisais le tour de Crestmoor et des terres et que je ne trouvais pas ça du tout ennuyeux ?

La demande déconcerta momentanément Benedict, mais ensuite il sourit – un sourire plein montrant ses fossettes. Cela transforma son visage et le fit paraître plus jeune.

— C'est très bien. Je vais te faire visiter moi-même. Nous pouvons faire les pièces principales et les deux étages supérieurs, puis déjeuner, puis jeter un coup d'œil aux greniers et aux passages étranges et coins laissés par des générations d'ajouts. Après le thé, nous pouvons faire une longue promenade dehors. La propriété va jusqu'à la mer. Je me plais à penser que les falaises seront un fait marquant pour toi.

— Je me plais à le penser aussi, lâcha Finch, cachant son souffle coupé. Ça semble plus grand et majestueux que tout ce que nous avons vu ensemble. Mais ce n'est pas imposant. C'est réel et habité, si tu sais ce que je veux dire.

— Je le sais. Comme nous en avons discuté précédemment.

Benedict regarda Finch pendant un long moment, puis il claqua ensuite ses cuisses des deux mains et se leva.

— Eh bien, si nous voulons voir toute la maison, nous devons démarrer. Allons dans le petit salon – tu ne l'as pas encore vu – puis les étages et les escaliers de service. Je veux garder le jardin d'hiver pour la fin.

Le petit salon était éblouissant, mais comme le reste de la maison, il avait une atmosphère accueillante. Des lambris blancs surmontés de peintures de scènes hollandaises en bleu foncé sur un papier toilé dominaient l'ensemble, mais tous les coins et espaces offraient des délices visuels si on prenait le temps de faire attention. Et Finch prit le temps.

— Oh, regarde, dit-il.

Il pointa du doigt un oiseau en porcelaine perché sur un moulage d'éventail au-dessus d'une fenêtre. Puis il secoua la tête et laissa retomber sa main.

— Tu n'avais aucune idée qu'il était là avant que je dise quelque chose, pas vrai ? ajouta-t-il avec un rire sec.

— Absolument aucune, répondit solennellement Benedict.

Finch fut autorisé à tout étudier de près – des gravures sur os de baleine, des cristaux et une collection de netsukes dans des vitrines, jusqu'à l'immense salle de bal, où il put seulement se tenir bouche ouverte et yeux écarquillés. Il y avait plus de pièces qu'il ne put en tenir le compte et si quelques-unes des « petites pièces » à l'étage supérieur étaient combinées,

67

cela égalerait la superficie de la maison où il avait été élevé. Les Croft avait un appartement dans une des ailes, relié à la partie principale de la maison avec des escaliers cachés et des passages secrets.

Le déjeuner et le thé furent délicieux – ce à quoi il s'était déjà attendu. Le jardin d'hiver méritait bien d'être gardé pour la fin, avec sa fontaine coulant goutte à goutte et des délices cachés de sculptures, plantes et mondes miniatures de forêts magiques et cascades. Au centre d'un regroupement de fleurs se tenait une urne presque assez grande pour qu'on puisse se tenir dedans.

Finch s'en approcha et donna un petit coup d'ongle contre le bord. Elle chanta avec un son distinct d'authenticité et quelque chose que Benedict avait dit pendant une de leurs visites des sites du Trust lui revint.

— Comment oses-tu, lâcha Finch.

Benedict sut ce qu'il voulait dire.

— Si tu peux te sentir mieux, ceci est un héritage familial venant du côté néerlandais – des navigateurs marchands et commerçants – et il a été transmis au fil des générations. Il n'a pas été acheté à un prix astronomique comme les objets anciens en atteignent de nos jours.

Finch appuya ses index sur ses tempes et secoua la tête.

— Presque mieux.

— Tu as promis qu'un Dynastie Qing serait acceptable.

Benedict avança derrière lui et passa une main sur le goulot de l'urne.

— Oh ! Tu m'as eu là.

Finch se pencha en arrière jusqu'à ce que son épaule entre en contact avec le torse de Benedict et prétendit que ce n'était pas délibéré.

— Tant que tu n'as pas un Ming.

— Nous n'en avons pas, répondit Benedict, ses mots chatouillant l'oreille de Finch. Simplement le jumeau du Qing ici – derrière toi.

Il réprima un frisson et se retourna pour regarder, et le vase se tenait au milieu d'un autre amas de fleurs et de verdure. Benedict resta près de lui, et quand Finch leva les yeux, toute protestation joueuse à laquelle il aurait pu penser mourut sur ses lèvres.

— Ils sont magnifiques, dit-il alors que son regard passait des yeux et de la bouche de Benedict au ciel à travers la verrière qui réchauffait doucement l'air. Même si je ne peux imaginer posséder une telle chose.

— Tu t'y ferais et y arriverais très bien, j'en suis certain. Raisonnable Finch. Et merci.

Benedict soutint le regard de Finch et ses yeux tombèrent sur ses lèvres. Puis il bougea et le monde s'ouvrit à nouveau.

L'absence de Benedict laissa Finch froid et il cacha les mains dans les manches trop longues de sa chemise et les serra autour de lui.

— Les falaises sont-elles la *grande* apothéose, alors ?

— En effet.

Benedict le refit passer dans la maison, il enroula une écharpe et un manteau autour de Finch, lui tendit un bonnet, puis fit de même et ils se mirent en route.

Les falaises étaient extraordinaires. Il resta immobile pendant un long moment, content de se tenir là silencieusement, émerveillé par la vue, la sensation du vent fouettant autour d'eux, et Benedict patient et semblant tout aussi content à ses côtés. Elles n'étaient pas d'une hauteur vertigineuse, mais elles étaient spectaculaires, se découpant par intermittence, avec des bras de végétation se tendant par-dessus le bord et les vagues frappant et s'enroulant autour des rochers en bas.

Cela termina leur journée ensemble. Ils retournèrent à la maison sans reprendre leur conversation, marchèrent le long de la large allée en herbe bordée d'arbres qui montrait la maison depuis la mer – ou la vue de la mer depuis la maison – et ensuite à travers les jardins classiques avec leurs haies de buis et les buissons de roses taillés pour l'hiver. Croft les trouva dans la cuisine, sur le point d'être réchauffés par le thé alors qu'ils s'asseyaient près de la grande cuisinière en fonte.

— Un appel pour vous, Monsieur. Mademoiselle Edelston. J'ai été informé que c'est urgent, expliqua Croft sans expression.

Finch pensa presque remarquer de la désapprobation dans la voix de Croft.

Benedict ferma brièvement les yeux, puis il se leva.

— J'espère que tu as apprécié le grand tour de ma maison aujourd'hui. Excuse-moi, s'il te plaît.

— Merci, j'ai apprécié, répondit Finch au dos de Benedict qui s'éloignait.

Il accepta le thé que Madame Croft offrit mais n'y goûta pas.

— Dîner ici ou dans la salle à manger, alors, Monsieur Finch ? demanda-t-elle tout en travaillant une sorte de pâte. L'appel téléphonique urgent de Monsieur Benedict s'est transformé en appel à l'extérieur urgent.

Contrairement à son mari, sa désapprobation résonnait comme une cloche.

— Quoi ? Oh. Ici, s'il vous plaît, si ce n'est pas trop dérangeant.

Finch ne voulait pas bouger, ni s'asseoir dans la grande salle à manger tout seul.

— Pas dérangeant du tout, comme si vous pouviez l'être. Juste un instant, et je vous préparerai un petit quelque chose.

Elle épousseta ses mains et commença à composer un plateau. Elle le posa sur la table de Finch et prit la théière.

— Je la remplis à nouveau ou souhaitez-vous quelque chose de plus fort ?

Finch savait que s'il prenait du vin, il s'endormirait assis là.

— Encore du thé, s'il vous plaît. Et cela a l'air délicieux, merci.

Il mangea une tourte croustillante remplie de viande et de légumes, un bol de fruits à l'étuvée et du pain frais. Aussi délicieux que prévu, mais manger seul après le départ abrupt de Benedict lui ôta tout plaisir.

Finch bâilla plusieurs fois et fixa d'un œil vague la cuisinière en fonte. Le sommeil de César blotti à côté de lui n'aidait pas. Il s'étira et se leva, César grommela et bougea sur la place chaude qu'il laissa derrière lui.

Il ramena le plateau à l'îlot central.

— Où devrais-je poser ça ? Et puis-je faire la vaisselle ?

— Seigneur, non, vous ne pouvez pas, répliqua Madame Croft, prenant le plateau, le posant et mettant les mains sur ses hanches. Non pas que je n'apprécie pas votre offre.

Il bâilla encore et ne put penser à quoi faire ensuite.

— Allez vous coucher, Monsieur Finch. Ne vous endormez pas ici. Ça, je ne pourrais pas le nettoyer.

Elle lui fit un clin d'œil et le guida vers la porte, puis dans le couloir.

— Dormez bien, alors.

— Bonne nuit. Merci pour le dîner.

Il resta dans le couloir sombre pendant un instant, rassemblant ses esprits. Puis il partit retrouver sa chambre.

Il resta éveillé, se demandant qui était Mademoiselle Edelston, pourquoi elle avait appelé et ce qui faisait que Benedict abandonnait tout pour elle. Finch se résigna à une nuit sans sommeil, à cran à cause d'un méli-mélo de trop de choses – des doutes et de la déception qui suivaient le cambriolage, la charmante journée avec Benedict, puis être ignoré. Mais il s'endormit rapidement et n'entendit pas Benedict revenir, des heures plus tard.

BENEDICT rentrait chez lui à toute allure. Par un coup de la providence, on lui avait fourni la réponse parfaite à la fois pour le refus de Finch à rester et au problème qui l'avait entraîné loin de la compagnie du jeune homme et dehors si tard.

Que Finch n'ait pas simplement accepté son invitation lui restait en travers de la gorge. Ce n'était pas comme si Crestmoor ne pouvait pas accueillir un invité ou que ce soit un mystère pour Finch que c'était possible. Benedict grogna – qu'il s'impose ou occasionne du travail en plus. C'était ridicule. Madame Croft préparait toujours assez de nourriture pour nourrir une armée et était ravie d'une compagnie à tenter avec ses plats, et Croft serait imperturbable face à tout un car de voyageurs arrivant pour annoncer leur projet de rester pendant un mois.

Et qu'est-ce qui était désagréable dans le fait de passer plus de temps avec lui, se demanda Benedict. Finch et lui étaient compatibles. Ils appréciaient les débats et partageaient des informations intéressantes et des silences agréables. Même aujourd'hui, alors qu'il avait donné à Finch carte blanche pour regarder dans chaque coin et recoin de la maison, ils avaient passé un bon moment. Benedict pouvait encore voir les expressions de Finch, fascination ou humour ou sentimentalisme – son appréciation de la maison chérie de Benedict qui rendait l'invitation facile à offrir.

Il avait pensé que Finch voudrait explorer plus la maison et la région, mais ce n'était pas grave. Une autre option s'était présentée – une option que Finch aurait du mal à refuser et qui permettait encore à Benedict de savoir où il se trouvait et qu'il était en sécurité. Il devait seulement les amener au jour suivant et ce serait arrangé.

Benedict hocha la tête, satisfait de la solution qu'il avait trouvé pour deux problèmes délicats.

Chapitre Six

FINCH se réveilla avec du thé sur un plateau, ses vêtements lavés soigneusement pliés sur le banc recouvert au pied du lit et la douce chanson que Madame Croft fredonnait tandis qu'elle se glissait dans le couloir et refermait la porte. Il s'assit, s'appuya contre la tête de lit et grignota un cookie – non, un biscuit digestif. Si avoir ce genre de service n'était pas aussi agréable, ce serait plutôt effrayant.

Il finit son thé et admira la vue, mais Benedict ne passa pas au galop. Puis il s'habilla, débrancha son téléphone du chargeur emprunté et ajouta un sac pour ses affaires à la liste de ses dettes envers Benedict.

Quand il arriva à la salle à manger, Benedict se leva au bout de la table.

— D'accord, donc. Attrape un toast ou autre chose et suis-moi.

— Où ? demanda Finch, échouant à comprendre.

— Je t'expliquerai dans la voiture, offrit Benedict, en avançant vers la porte.

72

— Euh, non. Je ne vais pas faire ça, dit Finch, prenant son siège après un instant. Premièrement, je refuse d'avaler un truc pris au hasard sur le pouce, et deuxièmement, en aucune circonstance, je ne risquerai d'amener une nourriture beurrée, graisseuse ou autrement dangereusement dans une de tes voitures de luxe.

Benedict se tourna pour le regarder.

Finch sourit pendant qu'il étalait de la confiture sur un pancake.

— Je ne serai pas long.

Il n'y avait pas grand-chose que Benedict puisse faire, à part se rasseoir et finir son café.

Finch tint parole. Il mangea et se releva en quinze minutes. Il s'arrêta près de la chaise de Benedict, rangea la pile désorganisée de courrier et contourna la table par l'autre côté et attendit à la porte.

— Oh, eh bien. Prêt alors ? demanda Benedict par-dessus sa tasse de café.

— Oui, merci.

Finch brandit la main en faisant quelques tours, fit une révérence et attendit. Benedict se leva et passa devant lui.

Croft apparut dans le couloir avec un manteau pour Finch et une mallette mince pour Benedict. Ce dernier tendit la mallette à Finch alors qu'il montait dans le vieux Range Rover, qui était déjà démarré et chaud.

— Je n'aurais quand même pas mangé un sandwich graisseux au bacon là-dedans, dit Finch alors qu'il refermait la portière.

— J'ai des livraisons à faire et j'apprécierais ton aide, expliqua Benedict avec un sourire.

Il fit avancer la voiture et ils s'engagèrent sur l'allée bordée d'arbres, assez tard dans la saison pour que presque toutes les feuilles soient tombées et que l'herbe soit terne.

— D'accord, répondit Finch en tripotant les attaches en laiton de la mallette et ordonnant ses mots. Après avoir fini, je peux faire mes bagages et me mettre en route. Devrais-je faire le point avec l'inspecteur Hinton d'abord ? Et je déteste demander, mais j'ai besoin d'emprunter un sac pour mes affaires et j'aurai probablement besoin qu'on m'emmène à la gare aussi.

— Hinton a envoyé un mail tard hier soir. Ils suivent des pistes mais ne s'attendent pas à avoir besoin d'autre chose de ta part.

Benedict ralentit près d'un portail, tourna sur une route bien cachée et s'arrêta devant une loge. Il leva le menton.

— Il y a plusieurs enveloppes là-dedans. Trouve celle pour Prestbrook Lodge. Elle va ici.

— Un endroit en particulier où je devrais la mettre ? demanda Finch en la sortant.

— Dans la boîte aux lettres, accrochée au mur près de la porte d'entrée.

Benedict tendit le bras par-dessus Finch et ouvrit la portière. Celui-ci sauta au sol, laissa l'enveloppe dans la boîte et prit un instant pour admirer la loge avec son toit en chaume et ses énormes murs en pierre de taille.

— Ensuite vient Lehman Cottage.

Finch trouva puis posa sur sa cuisse l'enveloppe demandée avec son adresse dactylographiée. Benedict fit le tour de la petite allée circulaire près de la loge et prit ensuite la route principale pour tourner sur un chemin plus accidenté. Quand ils s'arrêtèrent devant le cottage, Finch mit l'enveloppe dans la boîte aux lettre accrochée près de la porte d'entrée sans qu'on lui dise et dès qu'il remonta dans la voiture, Benedict repartit.

— Entrer et sortir de la voiture prend beaucoup de temps, bien sûr. Être deux pour ce travail fait une telle différence. Le presbytère est le suivant.

Il se concentra sur la route pleine d'ornières et avança tout droit jusqu'à ce qu'ils arrivent à une autre route pavée.

Dès que Finch avança sur le porche du presbytère, la porte s'ouvrit d'un coup et une jolie jeune femme presque sculpturale tendit la main vers l'enveloppe.

— Désolée de vous avoir surpris. J'ai entendu la voiture et j'ai pensé dire bonjour. Vous entrez pour le thé ? appela-t-elle derrière Finch en faisant un signe de la main à Benedict.

La vitre de la voiture s'abaissa et Benedict sortit un bras pour rendre le salut de la main.

— J'ai bien peur que nous n'ayons pas le temps aujourd'hui.

— Dommage. Mère a fait ce cake aux fruits que vous aimez. Le mois prochain.

Elle regarda Finch et leva un doigt.

— Attendez ! dit-elle avant de disparaître dans un recoin de la maison

Finch regarda après elle et vit les grandes pièces carrées confortablement meublées. Il entendit ses pas s'éloigner, puis revenir.

— Voilà, dit-elle, tendant une boîte en fer à Finch. Je suis Olivia, au fait.

— Finch. Heureux de vous rencontrer.

Ils se serrèrent la main sous la boîte et il l'accepta.

— Ooh, un américain. Ici pour un petit voyage où vous avez le temps de regarder aux alentours ? Ami de la famille, donc ?

— J'ai déjà vu beaucoup de choses géniales. Et maintenant, je dois y aller, dit-il pouvant sentir l'impatience de Benedict. Merci.

— Salut !

Olivia lui fit un signe de la main alors que Finch quittait le porche et montait dans la voiture. Benedict rendit le salut mais démarra avant qu'elle puisse leur courir après et continuer à parler.

— Une fille adorable. Elle sera la bonne épouse de quelqu'un un jour – les dirigeant lui et les enfants avec une poigne de fer si douce qu'ils n'y verront que du feu.

Finch posa la boîte au sol entre ses pieds.

— Elle est très gentille, approuva-t-il. Et... intense. Je n'ai pas dit grand-chose, mais elle était très curieuse à propos de moi. Désolé pour ça.

— Aucune excuse nécessaire. Je t'ai poussé à aider en connaissant les risques, après tout, répliqua Benedict avec un haussement d'épaules. Et euh, les filles de pasteur. Elles semblent génétiquement programmées pour être des moulins à paroles pleins d'entrain.

— C'est bien pour les réceptions, je parie. Aussi clairement excellentes pour les visiteurs inattendus.

Finch ressentit un pincement en imaginant Olivia au bras de Benedict, accueillant des invités à Crestmoor. Il ne put écarter cette image, bien qu'infondée, ce qui l'irrita autant que l'idée d'Olivia attrapant Benedict.

— Tout à fait, dit celui-ci de son ton le plus neutre. Avec joie, mais aucun des miens.

Finch rit et l'image éclata. Il lâcha un long soupir et se détendit.

Ils s'arrêtèrent à cinq autres cottages, puis une ferme. Dans chacun, à l'exception d'un cottage silencieux, quelqu'un sortit et discuta avec Finch. Ils remarquèrent invariablement son accent, posèrent des questions sur son voyage, firent l'éloge de Benedict et espérèrent que Finch appréciait son séjour en Angleterre. Celui-ci fut content de parler mais ne s'attarda pas. Il finit avec une miche de pain faite maison, un morceau de fudge et du miel de fin de saison. Chaque fois qu'il remontait dans le Rover, il relatait la conversation à Benedict et brandissait le cadeau avec aplomb. Il se retrouva à apprécier ces courses et l'humeur légère de son chauffeur.

— Je n'avais même pas réalisé que quelqu'un vivait ici, dit Finch.

Il regardait à travers le pare-brise le pignon filiforme attaché au groupe de bâtiments du Moulin Maylenwick.

— Un gardien vit ici depuis des générations. Actuellement, le vieux Modge connaît parfaitement le moulin et réside également ici. Il est toujours en bonne santé et continue de faire tourner le moulin.

— C'est une continuité personnelle incroyable, s'étonna Finch face à ce concept. Je parie que Maylenwick et sa lignée successive de gardiens sont plus anciens que mon pays.

— Je n'y ai jamais pensé de cette façon – la continuité personnelle, je veux dire, fit Benedict avec un sourire. C'est une bonne pensée.

Il sortit de la voiture et fit le tour pour ouvrir la portière côté passager avant de continuer :

— Je ferais mieux de t'accompagner. Modge peut être du genre suspicieux et entrer dans la résidence peut être délicat.

Benedict tint le coude de Finch alors qu'il descendait, comme s'il n'avait pas pu monter et descendre du Rover sans assistance durant tout ce temps. Finch ne le fit pas remarquer ou ne fut pas du tout dérangé que Benedict maintienne sa prise tandis qu'ils passaient sous les bassins d'eau du moulin, puis par une entrée sur le côté du pignon.

Benedict montra à Finch comment appuyer sur le coin supérieur d'une porte cachée pour que le loquet se détache et s'ouvre sur les marches raides et étroites d'un escalier en spiral. Il fit sonner une vraie cloche qui pendait à un ressort en métal, puis appela :

— Modgy ? Tu es là-haut ?

Le sol craqua au-dessus de leur tête, quelque chose cogna et une voix bourrue cria :

— Qui d'autre attendiez-vous donc ?

Benedict se pencha suffisamment en arrière pour laisser à Finch la place de passer.

— Je vais attendre ici, dit-il en le poussant doucement.

Les marches protestèrent à chacun de ses mouvements, mais il gagna l'étage supérieur sans passer au travers.

— Bonjour ?

Finch cligna face au contraste entre l'intérieur feutré et la lumière vive du soleil venant des deux fenêtres légèrement de guingois.

La pièce avait des murs rougeâtres, sentait la sciure de bois et l'huile et le plafond reposait sur les murs comme un chapeau tordu de sorcier. Il put distinguer un lit, un bureau et tout ce qu'un séjour demandait, mais presque tout le nécessaire semblait miniature. Finch imagina ça comme le cadre parfait pour un orphelin ou une créature magique ou une princesse perdue dans un conte enchanté.

— Cela fait de vous un ami de Monsieur Benedict selon moi, puisque vous étiez ici il y a juste quelques jours, dit un fort accent irlandais derrière lui.

Il se retourna sur place et grimaça alors que l'escalier couinait et grognait. Modge était assis sur un banc circulaire coincé dans le peu d'espace derrière le palier.

— Vous n'êtes pas un employé. J'en aurais entendu parler.

— Avez-vous entendu dire au moins que je suis Américain ? demanda Finch en tendant l'enveloppe.

— Ouais.

Modge accepta l'enveloppe et ne dit rien de plus.

— Je suis désolé qu'on ne se soit pas rencontrés plus tôt, quand je suis venu ici avant. J'aurais apprécié de tout apprendre de vous sur le moulin, avoua Finch en tapotant la rambarde. Benedict dit que vous êtes l'expert et un gardien expérimenté, et vu comme le moulin tourne bien, il a manifestement raison.

— Il a dit ça ? Et je vous remercie de dire ça, garçon. Quand vous reviendrez, je vous expliquerai tout. Dites à Monsieur Benedict de bien se porter, fit Modge en tapant l'enveloppe contre son front.

— Bien sûr. Prenez soin de vous.

Finch ne pensa pas qu'il était important de mentionner qu'il ne reviendrait pas. Il descendit l'escalier bruyant et retourna dehors.

— Comment as-tu trouvé le vieux Modgy, alors ?

Benedict tenait deux gâteaux framboise et amande venant de la boulangerie. Il en tendit un à Finch.

— Est-ce ma récompense pour avoir fait un bon travail ? Je la prends, sourit Finch. Je l'ai trouvé intéressant et agréable.

— Agréable est très sûr, ricana Benedict, et intéressant est plutôt diplomate. Bien joué.

Finch prit une bouchée et y réfléchit.

— Il a dit de te souhaiter une bonne santé. Et il est définitivement malin comme un singe, mais il a aussi dit que je reviendrais à coup sûr, et qu'alors il me dirait tout sur le fonctionnement du moulin.

— Eh bien, il a rarement tort sur certaines choses – nous verrons, dit Benedict, coupant la réplique de Finch en montant dans la voiture.

Celui-ci souffla et grimpa sur le siège passager sans essayer de monter sur celui du conducteur d'abord.

— Et avec cette livraison, nous avons fini. Merci pour l'aide.

Benedict posa le coude sur le volant et se tourna vers Finch.

— Ce gâteau m'a uniquement fait réaliser que j'avais faim. Ça te tente de déjeuner à l'extérieur ? Il y a un pub plutôt agréable à proximité.

— Est-ce que ça irait si nous rentrions simplement à la maison – je veux dire, à Crestmoor ? demanda Finch repliant les mains sur la mallette. Non pas que je serais contre le pub si tu avais besoin d'y aller, mais j'apprécie ta maison et la cuisine de Madame Croft est meilleure que la plupart des restaurants où je suis allé. Et je dois commencer à faire des projets sur ce que je vais faire ensuite, alors rentrer semble simplement le mieux.

— J'appréciais vraiment la direction que ça semblait prendre, mais maintenant j'ai l'impression de devoir discuter où ça s'est fini, dit Benedict, les sourcils froncés alors qu'il faisait un demi-tour avec la voiture sur le parking du moulin. Nous pouvons certainement déjeuner chez moi et Madame Croft sera enchantée de t'entendre penser ainsi.

— Il n'y a rien à discuter. C'est simplement la vérité, rétorqua Finch en plissant les lèvres mais sans insister. Qu'était exactement cette course que nous venons de finir ? Si ça ne te dérange pas de me le dire.

Benedict conduisit jusqu'à la route qui revenait vers la maison principale.

— Ça ne me dérange pas du tout. Durant la dernière semaine de chaque mois, chaque résidence du domaine reçoit une brève lettre d'information et des avis de loyer, enfin d'une certaine manière. Plus tard, je livrerai des cartes de Noël. J'aime les envoyer séparément des affaires.

— Oh, ce sera amusant.

Finch leva les yeux au ciel face à son manque total de calme ou de filtre entre le cerveau et la bouche.

— Je veux dire, c'est très bien pour toi. Que veux-tu dire par « d'une certaine manière » ?

Ils arrivèrent et Croft ouvrit la portière de Finch avant même que Benedict ait éteint le moteur. Finch se précipita à l'intérieur, chassé par un vent coupant et attendit dans l'entrée.

Benedict suivit à une allure plus modérée, imperturbable, bien que le vent ait taquiné une mèche jusqu'à ce qu'elle se dresse sur sa tête. Finch ricana et tendit la main pour arranger cela. Son ventre se serra tandis qu'il lissait les cheveux de Benedict et ses doigts le démangeaient de s'enfoncer pour avoir une meilleure prise. Il obtint un sourcil levé pour sa peine, contra en haussant une seule épaule et enleva son manteau.

— Je pense que c'est une journée pour manger dans la cuisine.

Benedict posa une main au creux du dos de Finch et le poussa vers le couloir avant de continuer :

— Par « une certaine manière », je voulais dire que beaucoup de propriétés viennent avec d'anciennes obligations, comme Prestbrook Lodge devant fournir un abri pour les voyageurs, ce qui est inestimable. Dans la plupart des cas, le loyer est réduit en retour de ces services. C'est une façon de s'assurer que personne ne paie plus qu'ils ne peuvent aisément se permettre, sans qu'ils aient la sensation qu'on leur fait la charité. Certains des locataires paient une bonne part, mais ils peuvent se le permettre. Les avis de loyer sont surtout une formalité, mais nous les aimons ici et je maintiens volontiers la tradition.

— Hum. J'aime bien ça aussi.

Finch s'arrêta et se retourna et Benedict lui fonça presque dedans.

— Alors comment se fait-il que je ne sois pas installé à la loge ?

Avant l'impact, les mains de Benedict vinrent se poser sur les flancs de Finch. Ce dernier l'avait surpris par cette question – on pouvait le dire –, mais l'effet fut fugace.

— Plusieurs raisons. La pratique est obscure, surtout. Et tu es mon invité, pas un voyageur inconnu errant en quête d'abri.

Sa prise se resserra et ils se rapprochèrent jusqu'à n'être qu'à un souffle. Puis Benedict se redressa.

— De plus, j'étais responsable de superviser tes contacts avec la police, quelque chose que je n'aurais pas esquivé ou déposé à la porte de Prestbrook.

— Oui. Exact. À propos de ça… commença Finch en se reculant.

— Le déjeuner d'abord, dit Benedict sans le lâcher. Nous pouvons discuter du reste après avoir mangé.

Finch protesta mais fut sommairement retourné et emmené vers la cuisine, où Madame Croft fit marcher sa magie avec deux places installées à l'îlot central.

— Rien d'extravagant, mais j'ai réussi à préparer quelque chose. Des restes et du pain frais. Puis un trifle aux fruits pour le dessert.

Elle indiqua à Benedict le tabouret tout au bout et à Finch celui d'à côté.

— Besoin de plus d'espace, pour Monsieur Benedict, dit-elle à Finch en remuant les coudes.

Benedict lâcha sans remord un bruit tout bas et prit trois tranches de pain.

Le « rien d'extravagant » de Madame Croft aurait bien nourri Finch pendant des jours – du poulet froid, des friands aux saucisses, des tranches de rôti, des légumes et de la purée, et un pudding du Yorkshire.

— Je suis encore en train de m'habituer à l'idée que ceci est un pudding, admit Finch, plantant sa fourchette dans une des tourtes croustillantes et la posant sur son assiette. Et que tous les desserts ici sont du pudding, y compris la tourte.

— À moins que ce soit une tourte à la viande, dit Benedict en prenant un friand.

— Exactement, plaisanta Finch en le poussant un peu. Qui décide de ça ? C'est de l'étymologie familière, j'te le dis.

— C'est clair.

Benedict accentua la fin pour que cela sonne presque américain et leurs regards se croisèrent.

Les efforts de Finch pour ne pas réagir furent anéantis alors qu'il regardait Benedict lutter pour ne pas faire pareil. Il craqua et détourna les yeux. Puis il entendit le rire de Benedict, ce qui ramena son regard vers lui. Quand il vit son large sourire, il éclata de rire.

Il sourit durant le reste du repas et fredonna joyeusement en avalant un chocolat chaud fait maison et le trifle avec de la crème fouettée. Les trois chiens étaient entassés entre eux pour voler les petits morceaux qu'aucun d'eux n'admettrait offrir.

— Madame Croft, c'était merveilleux comme d'habitude, dit Benedict en se levant et jetant sa serviette sur le comptoir.

— Ce n'était rien du tout, Monsieur Benedict. Mais je suis contente que vous ayez apprécié, bien sûr.

Les joues roses comme des pommes de Madame Croft démentaient ses manières sans chichis.

— Oui, merci, c'était délicieux, déclara Finch en se levant également.

— C'est loin de n'être rien du tout, indiqua Benedict en se tournant vers Finch. Il a refusé une invitation au Sheep and Stag pour un autre de vos repas. Alors, vous voyez.

— Oh, partez, dit-t-elle avec un claquement de langue.

Elle donna à Finch une pile de cookies, semblant sortis de nulle part et les chassa de la cuisine.

— Vous aurez la même chose pour dîner si vous ne me laissez pas tranquille.

— Ça me va, plaisanta Finch alors qu'il s'éloignait.

Mais d'un autre côté, il n'était pas certain s'il serait toujours là pour le dîner, pas s'il avait la chance d'attraper le dernier train qui partait n'importe où loin de Benedict.

Comme S'il anticipait que Finch évoquerait de nouveau ce sujet, Benedict siffla et les chiens obéirent avec enthousiasme, et il les guida le long d'un passage, par une passerelle avec barrière et vers l'arrière de l'aile sud de la maison. Il ne donna pas d'explications. Il lança juste un bonnet et une écharpe à Finch et poussa de l'épaule une lourde porte en chêne qui ouvrit sur les pelouses du domaine loin des jardins ordonnés dans la partie principale de la demeure.

Benedict enroula une main autour du biceps de Finch et les conduisit à partir d'un chemin vers des arbres plus grands et même quand ils eurent réglé leur allure, sa main resta en place. Ils marchèrent une certaine distance avec les chiens faisant d'énormes tours puis revenant pour voir où ils étaient. Enfin, ils arrivèrent à un bâtiment moderne, long et étroit avec un toit en voûte douce, dessiné pour se fondre dans le paysage environnant.

— Nous ne sommes pas venus jusqu'ici hier et je sais que tu seras intéressé.

Il sortit une clé et ouvrit une porte bien cachée à une extrémité. Il tendit la main, alluma les plafonniers et les fit entrer. Il laissa les chiens sur le tapis près de la porte et ils se couchèrent, haletants et calmés par la longue course.

— L'effet est plus grandiose quand il ne pleut pas. Tu devrais voir ça durant l'été.

Des regrets ralentirent le sourire de Finch mais il réussit à hocher la tête et regarder autour de lui et il vit ce que voulait dire Benedict. Un long mur tourné vers la forêt était constitué de bois dégrossi et le toit voûté avait des velux incurvés qui s'étendaient jusqu'au long mur opposé fait d'immenses fenêtres encadrées d'acier.

— C'est assez grandiose sous la pluie, souffla Finch, le pensant vraiment. J'aime le son – les gouttes de pluie sur le toit et les fenêtres – et le ciel s'accorde à l'acier et aux dalles.

Benedict lâcha un petit bruit pensif et hocha la tête. Puis il alluma une autre série de lampes. Elles étaient petites et braquées pour mettre l'accent sur l'énorme collection d'objets présentés sur le mur sans fenêtres en groupe, des dioramas sous de petites vitrines et de longues étagères.

— Je t'en prie, invita Benedict, laissant Finch explorer.

Il le fit. Il passa sur chaque détail de toute la collection – des fragments de poteries aux pièces complètes, des outils de ferme en métal avec poignées en bois ayant depuis longtemps pourri, des éclats de silex, des coquillages de toutes sortes, des morceaux de verre, des poupées faites de tissus noués. La collection était sans fin.

— Il y a quelques années, j'ai voulu moderniser et renforcer les fondations de la vielle remise à calèches, et au lieu de faire ça, j'ai fini par financer une excavation de tout ceci. Apparemment, cela a été un tas d'ordures pendant des décennies, peut-être plus longtemps. Ne le dis à personne.

Benedict ramassa une délicate figurine en verre et la tendit à Finch, avec ce demi-sourire particulier qui signifiait, avait appris Finch, qu'il se sentait satisfait et à l'aise.

La figurine représentait un chien, petit et maigre et ressemblant beaucoup à César, mais avec une patte arrière en moins. Cela rappela quelque chose à Finch.

— Il y en a un autre dans la maison, mais il a toutes ses parties. Et un vase en poterie bleue complet similaires à ceux là-bas, dit-il en indiquant l'étagère.

— Exact. D'autres pièces également. Ils ont aussi été trouvés dans les déchets, mais j'ai décidé de les garder dans la maison, expliqua Benedict avec un haussement d'épaules avant de regarder le mur. Mais je me demande… si leur place n'est pas ici ?

— Non, répondit Finch en secouant la tête. Une maison doit avoir ses propres trésors et simplement pour ceux qui sont invités à les partager.

Il prit tendrement le chien dans une main et s'écarta pour voir tout l'effet des étagères avant de reprendre :

— Et je m'attends à ce que tout ceci sera – ou est déjà – accessibles au public ? Ce qui semble plus qu'assez comme empiétement et partage.

— Parfaitement, concéda Benedict, saisissant son ton et riant

Il rejoignit Finch mais se tourna dans l'autre sens pour faire face à la vue pluvieuse.

— Quiconque ici plantant une pelle dans le sol a une bonne assurance, car presque tous ceux qui ici plantent une pelle dans le sol déterrent quelque chose d'historique pour ralentir leur projet prévu. Ça ne me dérange pas, mais je suis content que le travail puisse maintenant commencer sur la remise à calèches. Nous avons fini tout ceci il y a seulement quelques mois. Ça ouvre au public le printemps prochain, mais avec des cartes d'information et un genre de brochure expliquant tout ça, je crois.

— Waouh. C'est une sacrée ressource que tu offres aux touristes intellos et aux locaux.

Benedict fixa Finch pendant un instant et ses yeux brillèrent.

— Un sacré allègement d'impôts aussi, dit-il pince-sans-rire.

Finch rit, puis il regarda tout une dernière fois avant de remettre le chien dans la vitrine avec les autres figurines.

— Être en charge de tout ceci – apprendre l'histoire, la raconter aux gens –, ce serait extraordinaire. Je suis content d'avoir pu voir ça.

— Je le suis aussi, admit Benedict, les sourcils plissés. Tu veux t'attarder ? Ou devrions-nous retourner à la maison en passant par la digue ?

— Oh, la digue, définitivement. Merci de m'avoir montré ça, dit Finch en suivant Benedict alors qu'ils quittaient le petit musée.

— Je suis certain que tout le plaisir était pour moi, répondit-il en mettant le verrou. Par ici. Nous allons passer à travers les arbres puis reprendre le chemin.

Les chiens semblaient connaître la route que suggérait Benedict et partirent d'un coup. À partir de là, la journée se déroula à un rythme calme, avec le thé prêt à leur retour pour les réchauffer au coin du feu dans le petit salon. Ils dînèrent bien plus tard et Finch passa une soirée tranquille à parcourir l'énorme bibliothèque et admirer la collection de fleurs séchées et de papillons qu'une arrière-arrière-grand-mère de Benedict avait amassée. Finch fut couché et presque endormi avant de réaliser que Benedict avait habilement détourné l'attention ou carrément ignoré ses tentatives pour discuter le fait de partir.

Cela ne le dérangeait pas – et il détestait que ça ne le dérange pas –, mais au matin, il devrait insister pour que Benedict l'écoute à propos d'autres projets.

BENEDICT somnolait près du feu et grattait d'une main paresseuse la tête de Rufus. Il avait fait plus que distraire Finch jusqu'à ce qu'il puisse mettre ses projets incontestables en route. Il avait passé une journée totalement agréable.

— Je devrais aller au lit avant de m'endormir ici, grommela-t-il aux chiens.

Il envisagea de bouger pendant un instant, puis ferma les yeux, pas tout à fait prêt à ce que la journée ou la sensation chaleureuse de contentement due à la bonne compagnie se terminent. Bertie, sentant son humeur, grogna et s'allongea sur ses pieds.

— Hum, brave bête, parfait.

Chapitre Sept

FINCH s'assit pour le petit déjeuner et commença par une assiette de fruits. Il avait mangé plus substantiellement et richement durant la semaine passée que pendant des années à vivre sur un maigre budget et les en-cas que permettait l'emploi du temps d'un infirmier. Il sourit autour d'un gros morceau de melon et ses yeux dansèrent quand il dit merci à Croft pour avoir apporté une théière personnelle avec son mélange préféré infusant à l'intérieur.

Benedict repoussa son assiette et n'accorda que la moitié de son attention à trier son courrier.

— Puisque tu t'es opposé à rester ici pour le reste de ton voyage, j'ai une proposition différente. Une qui serait à la fois une aide pour moi et utiliserait tes capacités professionnelles, tu n'aurais ainsi aucune raison de voir ça comme de la charité ou être un fardeau.

Finch arrêta de beurrer un petit pain pour lever les yeux. Benedict ne semblait pas vouloir une réponse autre que de savoir qu'il écoutait, alors il fit tourner le pain en l'air et hocha la tête.

— Demain, ma grand-mère part pour la maison de sa sœur à Leyde. Aux Pays-Bas, clarifia-t-il et Finch acquiesça de nouveau. J'aimerais t'engager pour l'accompagner. Tu verras bien plus pendant ton voyage que ce que même l'Angleterre peut offrir et être dédommagé en même temps. Tous les frais de voyage seront couverts, bien sûr.

Le cerveau de Finch dérapa au mot « engager », puis repartit, bien trop tôt. Il savait ce que Benedict voulait dire, bien sûr, mais son cœur se laissa quand même aller à une brève palpitation. Il posa son pain à moitié mangé et colla son masque professionnel disant « oui, j'écoute. »

— Elle n'est pas infirme, et sa santé n'est pas vraiment un gros problème, mais elle prend un régiment de cachets et diverses physiothérapies devenues nécessaires et inévitables pour une personne de son âge, expliqua Benedict, lisant l'adresse d'expédition d'une enveloppe et s'en débarrassant sans l'ouvrir. Elle est une voyageuse nerveuse et a des vertiges. Quand elle est simplement en vadrouille près de chez elle, je n'insiste pas pour qu'elle soit accompagnée par une infirmière, mais quand les destinations de ses voyages sont plus éloignées, j'aime savoir que quelqu'un d'autre s'assure de s'occuper des détails.

— Où habite-t-elle ? demanda Finch, comme point de départ sûr.

— Londres, sourit Benedict. Ce sera un bénéfice en plus. S'il y a des démarches officielles dont tu doives t'occuper à propos de tes biens volés, nous pourrons les faire à Londres, et remplacer ensuite tes affaires, pour faciliter ton voyage avec Mamie. Tu auras du temps pour toi, bien sûr, mais aucune réelle chance de faire du shopping ou de prendre des choses sur le champ. Mieux vaut s'en occuper dès le début.

Finch voulait crier que oui, oui il le ferait. À la place, il dit :

— Tu ne sais même pas si je suis vraiment infirmier.

Benedict se mit à l'interroger sur plusieurs choses, des procédures médicales au traitement des blessures spécifiques en cas d'urgence.

— Viens-tu juste de chercher tout ça sur Wikipédia ou autre chose ? interrogea Finch en secouant la tête. Et que j'aie les réponses ne prouve quand même pas que je sois infirmier.

— Bien sûr que je n'ai pas cherché et oui, ça ne prouve rien. Je connaissais les questions à poser, et je connais les réponses. De plus, ce n'est pas comme si découvrir si Finch Mason est vraiment infirmier dans le Delaware est très difficile de nos jours.

— C'est vrai, soupira Finch. Il y a aussi ça.

Il se demanda si Benedict avait passé des appels et aussi découvert qu'il était un infirmier sans emploi.

— Ne me dis pas que tu es médecin, en plus d'être un lord et propriétaire terrien et que sais-je d'autre.

— Pas tout à fait, répondit Benedict avec un haussement d'épaules. Le mari de Mamie était médecin. Un éminent chirurgien, en fait. Il était Hollandais et voilà donc notre lien familial avec ce pays. Du moins, celui dans les livres d'histoire récents dont nous sommes conscients. La sœur est celle de son mari, clarifia-t-il. Mais ça fait peu de différence pour elles. Elles sont comme les doigts de la main, ces deux-là.

— Mon grand-père était plombier. Je ne saurais pas par où commencer pour installer un nouvel évier, répliqua Finch avec un sourcil levé.

Les lèvres de Benedict se comprimèrent, mais après un instant elles se relâchèrent.

— Ah, tu m'as eu là. J'ai commencé un diplôme de médecine, mais à la fin, j'ai changé de direction. Je voulais vraiment suivre les pas d'Opa, mais Crestmoor avait besoin de moi plus que je n'avais besoin d'être chirurgien. Ou même généraliste.

— Je suis désolé.

Finch tendit le bras pour toucher la main de Benedict sur un coup de tête. Le poing de celui-ci se déplia sous la légère caresse et il sourit, incitant Finch à reprendre

— La décision pourrait avoir été décevante et un rêve difficile à abandonner, mais de ce que j'ai vu du domaine – ce qui est beaucoup en fait –, tu as fait un travail extraordinaire comme régisseur. Je parie que tu aurais fait un excellent chirurgien, mais Crestmoor en bénéficie à coup sûr. C'est amusant, Je suis infirmier par obligation familiale. Enfin, j'ai plutôt pensé qu'être infirmier avec des parents âgés serait une bonne idée. J'aime ça et c'est gratifiant, mais ce n'était pas la seule chose que j'avais en tête, conclut Finch, son sourire s'effaçant

Benedict tourna la main, attrapa celle de Finch dedans et ne sembla pas conscient de l'avoir fait.

— Un autre jour, je te demanderai ce que tu avais d'autre en tête. Mais ce matin, j'ai besoin de ta réponse – si tu acceptes de voyager avec Mamie.

— N'y a-t-il pas une agence que ta grand-mère pourrait employer pour trouver un accompagnant infirmier approprié ?

Finch voulait accepter. Il le voulait vraiment et accepterait certainement, mais la fierté l'obligeait à demander.

— Oui. Il y en a très certainement. Mamie en a déjà pris et renvoyé deux venant des meilleures agences et cela en deux jours pendant les préparatifs du voyage.

— Alors qu'est-ce qui te dit qu'elle ne fera pas pareil avec moi ? demanda Finch, en clignant des yeux.

— Mamie va t'apprécier. Je ne l'aurais pas suggéré si je pensais le contraire, assura-t-il, inclinant la tête avec une garantie autocratique. Et elle devra t'accepter. Je lui ai dit que le troisième serait le bon, étant donné que nous sommes à court de temps.

— Oh.

Finch réussit à sourire, mais le monde autour de lui s'estompa. Il était une fois de plus réduit à être au bon endroit au bon moment et Benedict utilisait ça.

— J'ai des questions – logistiques et les attentes pratiques et tout –, mais oui, j'accepte.

— Merveilleux. Nous allons devoir partir rapidement pour arriver à Londres et jusqu'à Mamie pour le thé. Son voyage est réservé pour demain.

Benedict bougea et l'action sembla lui rappeler qu'ils se tenaient toujours la main. Il tapota celle de Finch une fois puis se recula.

— Merci, Finch. Ça me soulage d'un énorme poids et c'est une grande faveur pour moi. Je te suis redevable.

— À peine, contra Finch, recourbant les doigts parce qu'ils brûlaient encore de la chaleur de Benedict. Peut-être que ça nous met à égalité, avec le fait que tu viennes à ma rescousse deux fois et que tu aies tout relié pour me donner ce travail. Un que je ne suis pas en position de refuser.

— Ce qui signifie ? demanda Benedict, la lueur satisfaite dans ses yeux devenant plus sombre.

— Ça signifie que je suis reconnaissant, c'est tout. Que pourrais-je être d'autre ? Tu connais le reste – comment pourrais-je raisonnablement dire non au fait de gagner de l'argent et qu'on me promette un voyage sûr vers de nouveaux lieux ? C'est très commode pour nous deux, expliqua Finch, essayant de ne pas paraître amer ou résigné. Ces énormes soucis tournaient au-dessus de ma tête depuis le cambriolage et les voilà, résolus.

Après un silence, Benedict hocha la tête.

— Raisonnable et rien que je ne puisse discuter. Bien. Très bien.

Il se leva, ramassa le courrier et laissa le reste à Croft.

— Est-ce qu'une demi-heure est suffisante pour que tu sois prêt à partir ? Je peux répondre à toute question et revoir les détails pendant le trajet.

— Laisse-moi dire au revoir à Croft, Madame Croft et aux chiens, répliqua Finch avec un rire, et je pourrais passer la porte d'entrée. Ce n'est pas comme si j'avais beaucoup de choses à ranger.

— Eh bien, j'ai besoin d'une demi-heure, grogna Benedict. Retrouve-moi à la cuisine.

Il partit en grommelant et Finch savoura la petite victoire en finissant son thé. Il se rendit dans la chambre où il avait dormi pour récupérer ses quelques affaires et trouva une besace en toile qui avait été laissée sur le lit. Les objets que l'inspecteur Hinton avait ramenés et ses vêtements propres y entrèrent très largement. Il rangea, jeta un dernier regard autour de lui et se retrouva assis près de la cuisinière en fonte avec César sur les genoux en dix minutes environ.

Madame Croft s'affairait et Tatty, la chatte, rejoignit César pour s'asseoir sur son autre jambe. La nature raisonnable de Finch prit le dessus. Il vit le bon côté des opportunités présentées par l'offre de Benedict et saisit aussi l'échappatoire.

Il avait besoin de cet argent. Il verrait Londres, traverserait la Manche et voyagerait à travers d'autres pays sur la route de Leyde, où il pourrait passer une soirée ou deux à explorer. Plus important, son échappatoire venait sur ordre de Benedict. Il n'aurait pas à inventer des raisons pour ne pas pouvoir rester ou voir la réaction de celui-ci face à ses excuses. Du dédain, il pourrait faire avec, de la flatterie n'arriverait jamais, mais le pire serait la déception.

Finch ne pensait pas que Benedict se plaindrait de son absence, mais il pouvait voir où Benedict pourrait être froissé. Parce que les raisons de Finch pour partir seraient bien minces face au fait qu'on lui ait offert un abri sûr et luxueux pour le reste de son voyage. Benedict considérerait probablement ça comme un affront personnel.

Mais il pouvait faire ce travail, et avec ça, rembourser un acte de bonté. Même si cet acte était plus lié par le devoir qu'un investissement personnel. Ça lui permettrait de rester en contact avec Benedict, même faiblement. Il pourrait avoir de la chance et apprendre quelque chose sur ce dernier par Mamie durant leur voyage.

La perspective d'apercevoir les Pays-Bas envoya un frisson d'anticipation à travers lui. Le sens de l'aventure qui l'avait ravi depuis qu'il avait décidé de faire ce voyage bouillonna à nouveau. Il était impatient de rencontrer Mamie, de prendre le thé à Londres et de voyager – sans avoir à s'inquiéter de comment il pourrait se le permettre. Il espérait que Mamie ne le détesterait pas immédiatement et en voudrait à Benedict d'être passé outre sa volonté de le renvoyer comme elle l'avait fait avec les autres.

— Des petites choses à grignoter et des petites tartes au jambon qui sont les préférées de Madame Betty, dit Madame Croft alors qu'elle posait un panier au bout de l'îlot. Des gâteaux framboise et amande que vous aimez aussi, Monsieur Finch.

Son esprit revint au thé du moulin, le seul endroit où il avait pris ces gâteaux.

— Comment saviez-vous que j'aime ceux-là ? Et bien sûr, vous en êtes la pâtissière. Tout ce que j'ai mangé et que vous avez préparé était délectable.

— Oh, arrêtez, dit-elle en agitant une main, mais ses joues étaient roses. Monsieur Benedict a dit que vous aviez craqué pour ceux-là. Et heureusement, le moulin a sa propre pâtisserie.

Elle se tourna pour s'occuper à l'autre bout de la cuisine et ajouta par-dessus son épaule.

— En suivant mes recettes.

Il riait encore quand Benedict entra.

— Quelque chose qui vaut la peine d'être partagé ? demanda-t-il avec un coup d'œil au panier.

— Juste le plaisir de la compagnie de tout le monde.

Le ventre de Finch s'agita à la vue de Benedict dans un pull noir ajusté et un pantalon habillé gris anthracite, mais il réussit à rester extérieurement serein.

Benedict regarda la cuisine douillette, de Madame Croft occupée devant la cuisinière, Rufus et Bertie vautrés et détendus près d'elle et ensuite César et Tatty sur les genoux de Finch.

— En effet, dit-il.

Finch pensa que Benedict se moquait gentiment de lui, mais ensuite il se pencha pour gratter les oreilles des chiens, l'un après l'autre.

— Je suis on ne peut plus d'accord, admit-il.

Il passa un pouce sur les moustaches de Tatty et s'arrêta, à moitié penché et si près que son nez frôlait presque les cheveux de Finch.

90

Des picotements explosèrent à travers celui-ci quand leurs yeux se croisèrent et il dut se pencher en avant. Le regard de Benedict passa de sa bouche aux taches de rousseur sur ses joues et son nez avant de revenir à ses lèvres. Finch les humidifia avec la langue et les yeux de Benedict devinrent lourds, mais après un instant, il se redressa et recula. Finch lutta contre son pouls déchaîné et calma le grondement dans ses oreilles.

Madame Croft revint du bout de la cuisine et leur sourit.

— Je disais juste à Monsieur Finch qu'il y a là plein de bonnes choses pour votre trajet.

— Merci, Madame Croft. J'ai parlé à votre mari, alors il sait ce qui doit d'être fait pendant que mon absence, mais étant donné votre fiabilité sans faille, ce serait le cas même si nous n'en avions pas parlé. Prêt ? demanda-t-il enfin à Finch en soulevant le panier.

Finch fit bouger les animaux de ses genoux et eut un vertige quand il se leva. Tout ce sang fonçant dans tous les sens ne lui rendait pas service et sa détermination à rester calme près de Benedict s'effondrait bien trop facilement. Il s'agenouilla pour faire une dernière caresse à Rufus et Bertie, gratta le menton de Tatty et dit ensuite au revoir à César, qui le lécha et s'installa avec un soupir satisfait sur la chaise que Finch avait quittée. Au moins, un des rescapés de Benedict pourrait vivre dans une joyeuse splendeur.

— Je ne peux même pas commencer à vous remercier, pour cette merveilleuse hospitalité et tout, dit Finch, en approchant de Madame Croft avec la main tendue.

Elle le tira dans une brève étreinte et tapota sa joue.

— Tout le plaisir était pour nous et ne vous trompez pas, Monsieur Finch. Vous êtes exactement le bon genre de compagnie, si vous me comprenez, poli mais amical et n'hésitant pas à apprécier la maison et ma cuisine. Je peux seulement espérer que vous nous reviendrez bientôt, s'enthousiasma-t-elle.

Le sourire de Finch fut faible, mais il ne la corrigea pas que ce serait impossible pour lui de revenir un jour. Même s'il gagnait à la loterie et pouvait s'installer en Angleterre, il ne reviendrait pas ici, parce qu'être juste ami ou peut-être entretenir une relation polie avec Benedict serait trop difficile à supporter.

— Ma tête sera trop grosse pour passer la porte d'entrée, et pourtant elle est massive, dit Finch en riant.

Il serra brièvement son bras et hocha la tête, lança un dernier regard pour englober la cuisine et les animaux assoupis et suivit ensuite Benedict dans le couloir.

Croft, comme d'habitude, attendait au garde-à-vous.

— Monsieur Finch, si je peux me permettre, ce fut un plaisir, sourit-il.

Finch en fut presque bouche bée. Il ne savait pas que Croft pouvait sourire. Alors il offrit un large sourire et tendit une main amicale. Croft sembla content qu'on la lui offre.

— Merci beaucoup, Croft – pour être venu me chercher à l'auberge quand j'avais besoin d'aide et pour m'avoir donné l'impression d'être le roi du royaume depuis cet instant.

— De rien, Monsieur Finch. Dès que vous pouvez revenir, vous êtes certainement le bienvenu pour moi, dit Croft à son oreille.

Puis il inclina la tête, toujours aussi majestueux. Il les emmena jusqu'à la voiture et chargea leurs bagages.

— Prenez soin de vous, Croft. Je vous verrai dans quelques jours.

— Très bien, Monsieur. La maison sera heureuse de vous voir revenir.

Il les regarda partir le long de l'allée sinueuse. Finch se retourna afin d'avoir une dernière impression de Crestmoor, niché dans son berceau de vignes grimpantes, les arbres automnales et la sensation de la mer au loin. Puis il s'installa. La voiture n'était pas une Bentley, mais une Morgan sportive bleu nuit. C'était une magnifique voiture et même si Finch n'allait pas s'attarder sur son prix, il devina que rien que la console incrustée de bois et l'intérieur cuir valaient autant que son appartement.

Benedict n'était pas un conducteur hésitant ou frimeur et la voiture répondait parfaitement, les faisant filer sans heurt des chemins de campagne étroits jusqu'à une grande route.

Ce ne fut pas avant qu'ils l'aient rejoint que Benedict commença à expliquer les soins de sa grand-mère. La série de cachets devant être pris chaque jour, les exercices de physiothérapie pour un genou faible et les indicateurs généraux à vérifier. Rien de tout ça n'était compliqué – Finch avait pris en charge des cas bien plus complexes – et il commença à penser que ce serait plutôt comme des vacances avec un peu de travail et pas un emploi pendant ses vacances

Benedict confirma aussi que Finch reviendrait à Londres à temps pour attraper son vol de retour. Le voyage avec Mamie durerait trois jours. Il prendrait l'avion d'Amsterdam à Londres, y resterait pour la nuit et reprendrait l'avion pour rentrer aux États-Unis. Tandis que Benedict passait les détails en revue, Finch ne ressentait aucune envie de rentrer et la perspective d'être aux États-Unis ne sonnait pas vraiment comme être à la « maison ». Ses possessions matérielles étaient là-bas et sa résidence, mais aucun ancrage, rien ne le poussant à rentrer. Peut-être qu'il devrait chercher un travail à Washington ou dans l'Arizona ou le Maine et se diversifier, au lieu de rester dans le Delaware.

Cela ne réglerait pas tout, bien sûr, mais sortir de sa routine actuelle serait un bon début.

— Des questions ? demanda Benedict, ralentissant pour sortir de l'autoroute et prendre la première à gauche sur un grand rond-point.

— Je suis convaincu que tout est en place et que je ne manquerai pas mon vol. Et les soins nécessaires à ta grand-mère semblent simples, répondit Finch en tapotant l'accoudoir. Quand nous serons à Londres, je noterai tout, juste pour être certain.

Ils montèrent et descendirent des collines pendant qu'ils roulaient et une longue courbe finit par révéler une rivière pittoresque. Finch observa le filet d'eau argenté jusqu'à ce qu'il disparaisse à nouveau.

Benedict mena la voiture sur un petit parking et arrêta le moteur.

— Pas besoin. Il y a un dossier à Londres sur tout ce que je viens de te dire. Mais parfois je trouve qu'il est plus clair de discuter des instructions plutôt que de se reposer sur le texte seul pour faire passer le message. Mais une fois que tu l'auras parcouru, nous pourrons parler de tout éclaircissement que tu pourrais vouloir.

— Je suis certain qu'il n'y en aura pas. Je veux dire, je n'espère pas. Entre tout ce que tu viens de dire et avoir tout par écrit, si j'ai besoin d'éclaircissement, tu penseras que tu as pris la mauvaise personne pour ce travail, expliqua Finch en riant.

— Pas du tout.

Benedict semblait sûr de lui, mais Finch jura qu'il avait pu détecter un soupçon de plaisir dans son intonation. Il voulait que ce soit le cas, même si vouloir cela était dangereux.

Benedict sortit de la voiture. Il repassa la tête à l'intérieur pour regarder Finch

— Assez de tout ça. Tu vas apprécier.

Finch apprécia. Benedict les avait conduits à un point de vue où au loin, ils pouvaient voir la silhouette primitive d'un cheval cabré qui avait été sculptée à flanc de coteau. Il le reconnut d'après ses livres sur l'Angleterre – ou du moins, il savait qu'il y en avait plusieurs éparpillés dans la campagne – et il sourit à Benedict pour avoir pris le temps de lui en montrer un.

— Personne ne sait pourquoi ils ont été sculptés, mais personnellement, je suis content que ce soit le cas. Nous pouvons tous inventer nos propres raisons ou liens avec eux, je pense.

Benedict s'appuya sur le grand et solide panneau d'information détaillant le cheval.

— Je suis content qu'ils aient été préservés et conservés. Il y a quelque chose de très magique en eux.

Finch étudia le cheval, heureux d'être là avec Benedict et les rafales de vent le firent frissonner.

— C'est une bonne chose qu'avoir une bonne perception de ces chevaux ne prenne pas longtemps. Là, dit Benedict en laissant tomber un bras sur les épaules de Finch et les ramenant vers la voiture. Il fait trop froid pour une longue étude minutieuse.

Finch ne put résister à se blottir un peu plus contre Benedict.

— Je ne suis pas entièrement de cet avis. Il faudrait des années pour en avoir une bonne perception, je pense. Quand on les voit, c'est immédiat – dans le genre oh génial, d'accord, voilà –, mais comprendre ses propres impressions et sa folle imagination pour eux prendra un moment à débrouiller.

Benedict les arrêta et se tourna pour qu'ils soient face à face. Il prit la nuque de Finch dans sa main.

— Je reconnais mon erreur, dit-il, juste par-dessus le vent, les yeux brillants et pensifs.

Finch frissonna de nouveau et Benedict se trompa sur la raison, le poussant vers la voiture.

— Maintenant, allons-y. Il y a quelques arrêts en plus avant Londres.

— Tu n'as pas besoin de faire le guide touristique et de me divertir simplement pour nous emmener à Londres. Je suis content de regarder passer le monde que je n'ai jamais vu avant.

Finch vérifia l'horloge sur le tableau de bord. Ils avaient des heures pour couvrir une distance relativement courte, mais il ne voulait pas présumer ou abuser.

— S'il y a des affaires que tu veux régler avant l'heure du thé, ça me va. Je peux attendre en lisant ou autre chose.

— Il y a quelque chose que je veux faire avant l'heure du thé – et c'est exactement ce que je suis en train de faire, affirma Benedict avant de passer une vitesse, la voiture bondissant en avant. Nous avons quitté la maison aussi tôt pour une bonne raison.

Finch ne put argumenter contre ça.

Benedict les emmena à différents points d'intérêts et « sites remarquable », des choses ayant un grand attrait pour Finch mais rien d'aussi complexe qu'une visite. Alors qu'ils montaient et descendaient de la voiture pour voir les panoramas et les curiosités, le rapport qu'ils avaient connu pendant leur première semaine de visite avec le pass de Finch se réinstalla. Celui-ci lança des plaisanteries et ils échangèrent des traits d'esprit et des faits. Les petites rides qui se rassemblaient autour des yeux de Benedict en un subtil sourire furent rapides à apparaître et y restèrent.

— C'est notre dixième arrêt, dit Finch avec un rire depuis leur point de vue sur le Château de Windsor et Eton de l'autre côté de la rivière. Comment réussissons-nous à faire ça ?

— Comme ça. Tu as eu un bon aperçu ? Oui ? Bien. On y va, dit Benedict, poussant à nouveau Finch dans la voiture.

Ils firent trois arrêts supplémentaires, puis ils entrèrent dans la banlieue de Londres. Finch décida de rester assis en silence et de laisser Benedict se concentrer sur comment se frayer un chemin dans la circulation. Benedict savait pourquoi il ne bavardait pas, alors le silence ne fut pas tendu. Entre lire ses directions imprimées et se concentrer pour ne pas conduire du mauvais côté, Finch n'avait pas vu grand-chose de Londres à partir de Heathrow. Être passager lui permit avoir des aperçus et des scènes complètes et il absorba tout.

Une fois qu'ils furent sortis de l'autoroute, Finch se sentit perdu sans panneaux et avec les gratte-ciels visibles. La boussole sur le tableau de bord lui donnait leur direction, mais savoir où était le nord ou le sud ne signifiait pas grand-chose pour lui. Finalement, ils tournèrent sur Brook Street, une large avenue bordée de bâtiments historiques en briques douces avec des portes d'entrée en arc, des fenêtres à balcons étroits et des touches de fer forgé partout.

Ils s'arrêtèrent devant un bâtiment immense avec une façade en terre cuite, plusieurs drapeaux flottant au-dessus de l'entrée principale art déco et une enseigne discrète l'identifiant comme étant le Claridge's.

— Juste à temps pour prendre le thé avec Mamie, dit Benedict alors que le portier et un intendant s'occupaient de la voiture.

Finch lâcha une exclamation de désarroi. Il portait ses seuls vêtements décents, gardés pour la dernière journée où Benedict et lui étaient supposés être ensemble – un pantalon en velours côtelé vert foncé, un col en V violet avec une tache dessus et celle-ci cachée par sa chemise gris clair à encolure tunisienne –, mais rien d'approprié pour un hôtel cinq étoiles.

Benedict ne sembla pas s'en apercevoir et cela serait le cadet de ses soucis, pensa Finch avec agacement. Il prévoyait de prendre le thé dans un tel endroit comme un plaisir rare, une petite gâterie pour clôturer son voyage. Mais là, Benedict arrivait comme s'il venait tous les jours et que la présence de Finch était un simple aparté. Son humeur joyeuse venant de leur petit jeu de marelle dans la campagne s'évapora.

— Je pensais que tu voulais dire l'heure du thé, comme un moment de la journée – pas le thé d'après-midi dans un hôtel de luxe, siffla-t-il à Benedict alors qu'ils passaient la porte et arrivaient dans l'entrée.

Benedict s'arrêta, sans se soucier du personnel ou des clients entrant et sortant et lui lança un long regard appréciatif.

— Tu as l'air bien pour moi. Mais sois assuré, ajouta-t-il à l'expression vide de Finch, cela ne sera pas un problème. J'ai appelé à l'avance et expliqué ta situation délicate.

— Même si on ne m'avait pas tout volé, ceci est le mieux que je pourrais faire. Comme c'est pratique d'avoir la *situation délicate* comme excuse, ou cela aurait été mieux de me laisser dans la voiture.

Finch essaya d'être narquois, mais sa voix avait un ton révélateur. Il ne s'était jamais senti mal à l 'aise avec Benedict, même pas dans son imposante mais gracieuse maison, mais à cet instant, il voulait disparaître.

— Ne sois pas ridicule.

— Ce n'est pas ridicule d'avoir l'impression de ne pas être à ma place ici, lâcha Finch en croisant les bras de manière protectrice.

— Non, répliqua Benedict, la mâchoire serrée. S'ils n'étaient pas prêts à être conciliants sur quelque chose d'aussi mineur alors nous serions allés autre part. Ce n'est pas comme si tu avais un chandail sans manche et un caleçon.

— Chandail ? Caleçon ?

Finch imagina la grenouillère d'un enfant et un étrange legging.

— La tenue légère que portent les joueurs de football – pardon, de *soccer*. Mais c'est sans importance, rétorqua Benedict d'un geste de la main avant de prendre le coude de Finch. Tu es le bienvenu ici, point. Tu es aussi mon invité, alors même s'ils voulaient être dédaigneux envers toi, ils n'oseraient pas. Hum ?

Finch pensa qu'il devrait discuter plus et être dérangé par le traitement autoritaire de Benedict, mais il ne pouvait pas. Sa gêne faiblissait déjà, laissant un soulagement réticent que Benedict ait pensé à appeler en avance et le pur plaisir qu'il l'aurait défendu.

— Oui, d'accord. Merci.

Benedict hocha la tête avec satisfaction et les fit repartir, la main toujours sur le coude de Finch.

— Tout comme avant, tu aurais pu simplement me dire que nous venions ici et tout.

Finch se laissa guider pour pouvoir faire le curieux sur la splendeur du lieu.

— Alors cela n'aurait pas été une surprise, dit Benedict en s'arrêtant. Une déplaisante, semble-t-il, alors je m'excuse.

— Seulement au début, et je pense que c'est compréhensible. Je vais bien maintenant.

— Bien, fit Benedict avec un rapide sourire après l'avoir regardé, semblant s'en assurer.

Finch s'autorisa à apprécier de nouveau son environnement.

— C'était sur ma liste de lieux à voir à Londres.

— Encore mieux, dit Benedict, le regardant toujours.

Ils entrèrent dans une salle tout en blanc, avec des portes en arches, des panneaux en miroir et moulure blanches et un gigantesque arrangement floral au milieu. Benedict les conduisit vers une table dans un coin. Finch observa le bout usé de ses bottes de randonnée en contraste saisissant sur le moelleux tapis ivoire et concéda que ça avait du sens de s'asseoir dans un endroit discret.

Alors qu'ils approchaient, le trac de Finch s'intensifia mais il le calma. Il pourrait ne pas porter ses meilleurs habits pour faire impression, mais il était un excellent infirmier et c'était ce qui importait.

— Mamie, dit Benedict, se penchant pour embrasser sa joue. Tu as l'air plus jeune et jolie que jamais.

— Ben, bonjour chéri. Et comme toujours, tu es un baume pour l'ego d'une vieille femme, répondit-elle avec un rire.

Benedict lâcha enfin le bras de Finch pour les présenter.

— Voici Finch Mason, l'infirmier dont je t'ai parlé. Finch, je te présente ma grand-mère, Betty de Vries.

Les yeux bleu pâle de Mamie brillèrent avec intérêt et elle tendit une main. Elle était un mélange d'aristocratie et de malice – pas si différente de son petit-fils.

— Finch, on m'a dit que nous allions merveilleusement nous entendre, que nous le voulions ou non. Et puis-je vous appeler Finch, et pas Monsieur Mason ou Infirmier ?

— Oui. Cela va très bien. En fait, je préférerais.

S'attendait-on à ce qu'il lui baise la main ou ajoute une petite révérence à son salut ? Il ne le pensait pas, mais dit avec politesse et respect :

— C'est un vrai plaisir de vous rencontrer et je suis impatient de commencer notre voyage.

— Merveilleux.

Mamie lança un regard à Benedict, amenant Finch à se demander de quoi ils avaient discuté, puis elle sourit.

— Finch est un prénom trop beau pour être gâché par les formalités.

Finch n'avait pas eu une idée claire de Mamie dans son esprit, mais elle n'était en aucun cas ce qu'il avait imaginé. Étant donné la taille et la largeur de Benedict, Finch avait pensé à un genre de Julia Child, mais avec une allure plus majestueuse. À la place, Mamie était petite et robuste, portait ses cheveux légèrement lavande en une coupe courte et était vêtue d'un jogging pratique qui indiquait quand même une certaine fortune. Les lourds rangs de perles et les boucles d'oreilles pendantes qu'elle portait aidaient aussi pour cela.

— J'apprécie votre apparence, au moins. Des cheveux roux mais pas carotte, une bonne posture, et je peux dire que vous êtes intelligent sous toute cette réserve. De plus, vous opposez des arguments à Benedict, ce qui signifie que vous ne serez pas intimidés. Bon pour vous, mais peut-être moins pour moi. C'est un début providentiel. Asseyez-vous à côté de moi pour que nous puissions faire connaissance.

Elle avait une poignée de main ferme et tapota la chaise à côté d'elle.

Tandis que ses déclarations impérieuses s'entassaient une à une, Finch hocha poliment la tête et essaya de ne pas ressembler à un insecte sous un microscope. Il s'assit là où elle l'ordonna et à l'instant où ses fesses touchèrent le siège, une armée de serveurs apparut pour distribuer un assortiment de pâtisseries et demander leur mélange de thé préféré. Mamie et Benedict répondirent sans hésitation, mais Finch prit un instant pour étudier le menu.

— Je me suis permise de commander pour que tout soit prêt quand vous arriveriez. J'espère que ça ne dérange personne.

Mamie ne semblait pas du tout contrite et plutôt contente de sa prévoyance. Finch se décida et commanda du thé Emperor's Breakfast. Il avait besoin de quelque chose de fort.

— César te manque déjà ? murmura Benedict entre eux.

Finch rit et étudia ensuite la variété de gourmandises qui remplissait la table. Il y avait des scones, des sandwichs sans croûte en rangs serrés et des gâteaux géants à la crème, des truffes et des trifles élaborés qu'il eut peur de manger et d'abîmer.

Mamie n'eut pas de tels scrupules. Elle choisit une tartelette à la framboise avec un ornement en chocolat blanc dessus et y plongea sa fourchette.

— Pourquoi attendre de savourer tout ça quand c'est déjà ici ? demanda-t-elle rationnellement.

Finch approuva et prit la mousse au chocolat.

— Les gâteaux à la crème ne font pas partie de l'offre pour le thé habituel, bien sûr, mais je ne peux pas résister et je les commande en plus à chaque fois. Benedict, dit Mamie en levant sa fourchette, prenons notre thé en paix. De cette manière, nous pouvons tout apprécier sans la sensation de distraction inutile que c'est un entretien et converser comme des gens normaux apprenant à se connaître – ce que nous sommes. Une fois que nous aurons fini, tu pourras discuter des instructions et des ordres autant qu'il te plaira.

Benedict coupa un scone en deux et accepta sans sourciller. Finch cacha un sourire. C'était agréable que quelqu'un puisse le remettre à sa place comme ça.

La conversation resta douce et peu exigeante. Finch expliqua qu'il s'agissait de son premier voyage à l'étranger et Benedict combla les lacunes, mais il resta surtout un observateur silencieux de l'échange entre Finch et Mamie. Elle le bombarda de questions – quelle maison était sa préférée dans le quartier, avait-il voyagé beaucoup à l'intérieur des États-Unis, combien elle était désolée d'entendre parler du cambriolage – et Finch suivit le rythme de son esprit vif et des sujets divers.

Il sirota la première tasse de sa seconde théière. Il était presque plein à craquer quand Mamie replia sa serviette et étudia la table de pâtisseries anéanties. Elle leva deux doigts et comme par magie, un serveur apparut.

— Oui, madame ?

— Deux autres gâteaux à la crème et une assiette de fromage s'il vous plaît.

— Très bien, répondit-il, hochant la tête et commençant à repartir.

Mamie jeta un coup d'œil à Finch et rappela le serveur.

— Oh, et une boîte d'Emperor's Breakfast à emporter.

Le serveur n'était pas allé loin. Il inclina la tête et disparut à nouveau.

— Benedict n'aime pas trop les gâteaux à la crème, mais j'ai dans l'idée que vous et moi avons besoin d'un de plus chacun.

Elle se réinstalla dans son fauteuil et se tourna vers Benedict.

— Bon. Nous sommes fortifiés. Commence ton tir de barrage.

— Tu donnes l'impression que je vous emmène de force à la guerre, répondit Benedict. Je crois en fait qu'il n'y a pas grand-chose à discuter et ordonner, comme tu l'as dit. Je voulais être certain que tu pourrais t'entendre avec Finch et il semble évident que tu pourras. Le voyage jusqu'à Leyde est prêt. Finch comprend tes critères de soins.

— Critères de soins, railla Mamie avant de se tourner vers Finch. Ça donne l'impression que j'ai cent vingt ans, que je suis décrépite et que vous porterez une vieille capeline, me poussant dans une chaise roulante en osier, déclara-t-elle en se redressant et regardant son nouveau gâteau à la crème. Je suis reconnaissante pour l'aide de Finch, Benedict, mais pouvons-nous appeler ça autrement que « critères de soins » ? Le bien que tu as fait à mon ego en arrivant faiblit rapidement.

— Ça pourrait être pire, dit Finch alors qu'il cédait et prenait le dernier gâteau. Assistant médical, infirmier dédié aux soins privés, spécialiste pour les infirmes… je pourrais continuer.

Mamie lui lança un regard qui aurait fait reculer quelqu'un avec moins de trempe. Il ne réagit pas plus qu'en mangeant un morceau de gâteau.

— Hum, marmonna-t-elle. Comme je le pensais. Pas une chiffe molle.

Benedict lâcha un petit rire grondant.

— Et exactement ce dont tu as besoin, Mamie, à tous les niveaux. Soyez juste attentifs de coller à l'itinéraire de voyage. Sur ce, continua-t-il après avoir partagé un regard éloquent avec Finch et consulté sa montre, bien que le thé ait été délicieux, nous devons partir. La voiture sera là pour toi demain, en fin d'après-midi. Attends dans l'entrée et s'il te plaît, sois à l'heure.

— Bien sûr. Je sais comment me préparer pour voyager. J'ai mes ordres de marche et les suivrai à la lettre, rétorqua-t-elle, semblant exaspérée mais tendre. Finch, nous nous reverrons demain et j'attends notre voyage avec impatience.

— Providentiel en effet, murmura Benedict, se levant et embrassant sa joue. Repose-toi bien ce soir afin d'être fraîche pour le voyage.

Finch se leva durant leur échange et Benedict retrouva son coude pour le conduire hors du salon de thé et à travers l'entrée. La Morgan attendait au bord du trottoir quand ils sortirent.

— Ne devrais-je pas rester ? Enfin, si on attend de moi que je sois là pour aider ta grand-mère, ce sera difficile si je ne suis pas avec elle.

— Non. Ton travail avec elle ne commence pas avant que tu sois sur le ferry. Jusque-là, tout se passera bien pour elle et tous ses caprices seront satisfaits ici.

Benedict le regarda presque monter dans la voiture du côté conducteur et laissa échapper ce demi-sourire.

— Il y a d'autres affaires dont nous devrions également nous occuper avant que tu partes.

Finch leva les yeux au ciel, contourna la voiture et remercia le préposé pour avoir ouvert la porte. Il ne pouvait penser à rien d'autre dont il aurait besoin pour le court voyage jusqu'à Leyde – il avait son passeport et tout ce qui avait été sauvé à l'auberge – alors peut-être que Benedict avait des papiers à lui faire signer ou autre chose. Un contrat, peut-être ou un accord de service moins formel.

— Vêtements, chaussures, articles de toilettes – toutes choses dont une personne a besoin, même pour quelques jours. Non ? déclara Benedict plus qu'il ne demanda tandis qu'il roulait dans les rues congestionnées par les banlieusards de l'après-midi. Et une soirée tranquille pour toi avant que tu ne doives pointer, pour ainsi dire. Mais d'abord, à la maison.

Finch pensa avoir compris qu'ils ne retournaient pas là-bas, mais il ne demanda pas. Ce que voulait dire Benedict serait révélé bien assez tôt.

Le soleil de la fin d'automne se couchait rapidement et les ombres du soir tombaient sur la ville. Ils slalomèrent à travers Londres jusqu'à ce que Benedict tourne dans une rue bordée d'arbres avec des maisons éloignées de la route. Il prit une allée qui fit presque grimacer Finch tant il s'attendait à ce que les flancs de la voiture soient éraflés par les murs du garage. Mais Benedict ne tressaillit pas quand il s'arrêta dans une manœuvre nette et tendit le bras vers le siège arrière pour prendre une mallette. Il sortit de la voiture sans rien dire et Finch le suivit.

Une porte s'ouvrit et une lumière inonda l'arrière-cour.

— Monsieur Benedict, vous voilà. Bonsoir.

Finch cligna des paupières, parce que la femme les accueillant était une copie quasi conforme de Madame Croft. La porte qu'elle tenait leur permit d'entrer dans une cuisine efficace mais confortable et elle continua de les pousser le long d'un couloir jusqu'à ce qu'ils arrivent dans le séjour.

— Dîner dans un instant et votre rendez-vous est déjà dans le petit salon. Dois-je les faire entrer ?

— Merci, Madame Greer. Pour vous présenter officiellement, voici Finch. Finch, voici Madame Greer. Elle dirige ma maison de Londres d'une main de maître.

— Eh bien, mon fils passe effectuer les tâches les plus lourdes, bien sûr. Monsieur Finch, c'est un plaisir, dit-elle en serrant sa main, rayonnante sous les louanges de Benedict. Mettez-vous à l'aise. Et la prochaine fois que vous êtes en ville, restez pour plus qu'une nuit.

— Je ferai de mon mieux, merci, répondit-il avec un hochement de tête. Très heureux de vous rencontrer.

C'était une meilleure réponse que de mentionner que lorsqu'il partirait au matin, ce serait pour de bon.

Benedict attrapa une large pile de courrier sur un bureau et s'assit près du feu. Il en tria la majorité en jetant des enveloppes non ouvertes dans les flammes.

— C'est bon de vous voir, dit-il. Eh oui, faites-les entrer.

— Café et spiritueux ? demanda-t-elle par-dessus son épaule mais elle disparut avant d'obtenir une réponse.

Benedict fredonna son accord et finit de s'occuper du courrier. Puis il leva les yeux pour découvrir Finch en train de l'observer et leur regard s'accrochèrent. Son expression était pensive. Puis il sourit et commença à se lever. Mais la pièce explosa soudain dans une activité bourdonnante et ils oublièrent ce qui avait provoqué ce sourire et l'approche de Benedict.

Une équipe de trois personnes – deux femmes et un homme, habillés à la mode, soignés et parfaits – entrèrent en poussant un long portant dans la pièce, puis commencèrent à installer un paravent et à poser des boîtes à chaussures en rang.

Madame Greer revint avec un chariot à roulettes contenant un service à café, ce que Finch pensa être du brandy et une assiette de sandwichs et des petits pains avec du beurre.

— Tenues de voyage, sorties et décontractées, dit une des femmes, balayant d'un bras les trois sections du portant en parlant.

Elle semblait sévère, avec ses cheveux sombres lissés en arrière et un tailleur noir sur noir, mais quand elle sourit, ses yeux s'illuminèrent et elle eut une expression distincte d'anticipation satisfaite.

— Monsieur Mason ? C'est un plaisir, Monsieur. Je suis Amy Vinlay de chez Harrods. Mes assistants, Landon et Marlee, et je suis impatiente de vous habiller.

Finch écarquilla les yeux vers Benedict, qui s'appuya simplement en arrière avec une expression suffisante.

— Nous commençons ? demanda Amy, claquant les mains devant sa poitrine.

À l'acquiescement de Benedict, ils commencèrent.

Finch essaya une succession de jeans bleus de créateurs, des pantalons en toile de coton et en tweed, couplés avec des chemises, des gilets ouverts en laine, des polos et des pull-overs à losanges. Puis il y eut des vestes en tweed, des vestes sport et en sergé, un costume dont il savait qu'il n'aurait aucune utilité, et un étalage coloré de cravates et nœuds papillon parmi lesquels il fut encouragé à choisir. Il aimait presque tout, bien qu'il n'aurait pas été assez brave pour essayer la plupart des articles dans une boutique ou même risquer de regarder l'étiquette de prix pour savoir s'il pouvait se le payer.

Ce fut ensuite le tour des chaussettes et des sous-vêtements, tandis qu'on lui demandait encore et encore, de lever les bras et de tourner sur place pour qu'Amy et ses assistants puissent voir que tout allait parfaitement bien. Alors qu'il surmontait l'étrangeté de la situation, sa réserve fondit et il commença à s'amuser prudemment. Amy et son équipe l'occupèrent avec du bavardage constant, des idées pour comment mélanger et accorder ce qu'ils lui montraient et des soupirs d'admiration.

Benedict garda un œil bienveillant, bien qu'apparemment distant, sur tout le processus. Il sirota son brandy et lut le journal du soir.

— Quand quelqu'un porte des vêtements aussi bien que vous, Monsieur Mason, notre travail est un rêve.

Amy ne se soucia pas d'utiliser le paravent. Elle sortit Finch d'un pull à torsades beige et d'un tee-shirt à manches longues couleur beurre avec lequel elle l'avait apparié.

Finch se retrouva debout dans un pantalon couleur moutarde une taille et demie plus petite que ce dans quoi il était à l'aise de porter et n'avait aucune intention d'être convaincu de le prendre. Ils avaient apporté un miroir sur pied et il se tourna pour voir ses fesses. Quand il remarqua qu'il avait en fait un beau cul dans ce pantalon, une montée de vanité lui fit penser que peut-être un pantalon moutarde d'une taille et demie trop petite n'était peut-être pas une si mauvaise chose.

Benedict échangea un regard amusé avec son reflet et Finch rougit, mais haussa les épaules. Il était naturellement assez pâle pour que ses rougissements soient une ombre commençant de son cuir chevelu et qui s'éclaircissait tout du long jusqu'à ses hanches. Le regard de Benedict suivit le chemin de son rougissement et pendant un instant fou, Finch pensa que Benedict le regardait – regardait vraiment – et appréciait tout ce qu'il voyait.

— Définitivement pas celui-ci.

Il leva un doigt du journal pour indiquer le pantalon trop petit, le regard plissé sur le creux des reins de Finch. Après une minute, il secoua la tête et fut de nouveau inexpressif quand il dit :

— Tu feras craquer les coutures la première fois que tu sortiras d'une voiture.

Finch ravala une déception intense mais n'eut pas à penser une réponse, parce qu'Amy revint pour enlever le pantalon moutarde et lui faire enfiler autre chose.

— C'est si amusant d'habiller un rouquin, dit Marlee de dessous les nombreuses couches de la tenue suivante empilées sur ses bras tandis que Landon aidait Finch à les mettre. Enfin, un vrai roux, devrais-je dire. Des combinaisons de couleurs qui fonctionnent simplement sur vous et personne d'autre et nous n'essayons plus de camoufler ou désaccentuer le roux. Dieu merci.

— Dieu merci, répéta Landon pendant qu'il enroulait Finch dans une longue écharpe verte. Nous aimons nos roux par ici – des princes de rêve et tout, vous savez – alors vous êtes de bonne compagnie.

— Et ces cils et ces proportions entre les épaules et la taille et tout, dit Amy comme si Finch était un don du ciel plutôt qu'une personne normale.

Ils lui firent ensuite faire un crochet par les pyjamas et une robe de chambre moelleuse pour qu'il fasse une pause, puis passèrent à ce qu'ils considéraient comme des vêtements décontractés. Finch se tenait dans une tenue dont il n'avait aucune idée du numéro, parce qu'il avait perdu le compte, quand Benedict se redressa.

— Ça, là. Nous le prendrons à coup sûr – l'ensemble.

Amy arrêta de bichonner et d'ajuster le tombé des habits et lança à Finch un sourire triomphant. Elle s'adoucit un instant après et hocha la tête.

— Très bien, Monsieur Witheridge. Et, bien sûr, nous ramènerons tout ce que vous décidez de garder là où Madame Greer nous le dira.

Finch aplatit les mains sur son torse et baissa un regard critique jusqu'à ses pieds. Il espérait qu'il pourrait garder les chaussettes grises en cachemire qu'il portait depuis que Amy et son équipe étaient arrivés. Autrement, il n'y avait rien de très différent à propos de cette tenue par rapport à toutes les autres.

Un pantalon olive avec de larges rayures, une chemise bleue à carreaux, un gilet en tweed bruni, le nœud papillon argenté avec des rosettes orange qu'il avait choisi et un pull bleu foncé de grand-père avec ses pièces en cuir aux coudes. Ce n'était même pas si différent de ce qu'il avait porté la semaine passée. Mais il reconnaissait des distinctions importantes. Les vêtements étaient mieux coupés dans de meilleurs tissus et la coupe plus ajustée du pantalon et de la chemise accentuait sa minceur puissante, gagnée par les longues heures de travail et les randonnées sans fin pour relâcher la pression.

— Essayons ceci avec.

Landon drapa un trenchcoat Burberry classique sur les épaules de Finch.

— Oui. Très bien. Tu en auras besoin pour voyager, dit Benedict comme si le petit aller-retour de Finch jusqu'à Leyde nécessitait de dépenser une petite fortune pour un manteau. Et tout ce que votre expertise juge vital, Mme Vinlay. Je m'en remets à vous.

Son ton changea pour laisser entendre qu'ils devaient se dépêcher de faire le reste, puis il jeta un dernier regard à Finch et retourna à son journal, de nouveau désintéressé.

L'humeur de Finch s'enflamma. Ce n'était pas comme s'il avait arrangé tout ça, ou même dit quelque chose sur le besoin de faire du shopping et il n'avait pas forcé Benedict à s'asseoir là. Mais même s'il s'emportait facilement, sa colère ne durait jamais et son mouvement d'humeur se calma.

Marlee approcha de lui et dit :

— Essayons les chaussures et choisissons-en beaucoup trop. Ça fait toujours des merveilles pour moi.

Il accepta sans pitié d'avoir besoin d'oxfords marron acajou, de bottes ambrées qui fonceraient à l'usage, de trois styles décontractés en toile, daim et cuir et à la fois des baskets de course et multisport.

Puis Marlee envoya un manteau d'hiver anthracite, une doudoune sans manche céladon, une veste courte matelassée à motifs cachemire bordeaux et plusieurs sweats à capuche, pour faire bonne mesure.

À la fin, il classa le portant en fonction de ce qu'il n'avait pas aimé ou ce dans quoi il n'avait pas été à l'aise, parce qu'il semblait qu'il allait avoir la majorité de ce que Amy avait amené. Benedict n'avait aucun scrupule – n'en aurait probablement pas eu si Finch avait décidé de tout prendre – et ne tressaillit même pas quand on lui présenta la facture. Finch y réfléchit – la seule manière dont il pourrait la rembourser serait avec un plan de financement. Si Benedict acceptait une telle chose, cela prendrait des années. Alors, longtemps après avoir envoyé le paiement final, il porterait les vêtements et repenserait à son voyage, cette journée et Benedict.

Finch soupira. Pourrait-il un jour l'oublier ?

— Vous avez l'air formidable dans tout, trésor. Veinard, lui murmura Marlee.

Landon hocha la tête et tapota l'épaule de Finch.

— Plus que ça – vous avez l'air brillant dans tout ça, alors portez-le avec une brillance affirmée. Oh, je me sens comme une bonne fée.

— Eh bien, je ne suis pas vraiment Cendrillon.

Finch portait ses propres anciens habits, mais avec les chaussons en peau de mouton qu'ils avaient apportés. Parce que, pourquoi pas.

— Dommage, dit Marlee, levant un sourcil en direction de Benedict.

Finch réussit à rire avec eux et leur serra la main.

— Merci pour toute votre aide.

— Tout le plaisir était pour nous, croyez-moi. Et ce ne sont pas simplement des mots professionnels, répondit Amy, se retournant et embrassant l'air près des joues de Finch. Voici ma carte. Dans le monde de la mode, le printemps est presque là et vous aurez besoin d'un nouveau style complet d'ici là. Même si je ne peux vous convaincre de tout essayer, passez dire bonjour.

Finch lui serra aussi la main et resta ensuite en retrait pendant que Benedict réglait le côté commercial de leur présence. Amy, Landon et Marlee partirent avec un dernier geste de la main vers Finch, très peu de ce qu'ils avaient apporté et de généreux pourboires après qu'on leur eut proposé un dîner, ce qu'ils refusèrent poliment.

Finch tendit une main quand Benedict entra à nouveau pour le rejoindre.

— Ils pourraient ne pas vouloir dîner, mais moi si. Allons voir ce que Madame Greer a pour nous.

Benedict ignora Finch et les dirigea vers l'autre côté du couloir pour retourner à la salle à manger.

Finch résista et s'arrêta près de l'escalier qui donnait sur l'entrée. Il avait toujours la main tendue et Benedict tourna les talons pour regarder sa paume ouverte.

— Oui ?

— La facture, lâcha Finch avec un petit bruit mécontent. La facture pour tous ces vêtements et affaires et je sais que tu sais de quoi je parle.

— Je le sais ?

Benedict s'amusait et allait passer sous silence la demande de Finch. Celui-ci voyait les choses autrement.

— Tu sais. Je peux commencer à te rembourser quand je rentrerai. Tu devras accepter des mensualités, parce qu'il n'y a pas moyen que je puisse tout payer d'un coup.

— Tu n'as pas à payer.

La bouche de Benedict se pinça et son amusement se transforma en agacement. Presque de la colère.

Si Finch ne faisait pas preuve de bon sens, il aurait pensé que Benedict était déçu, blessé même. Mais il n'y avait aucune raison pour ça.

— Pour un pantalon et un tee-shirt, je pourrais être d'accord avec toi. Mais je ne peux pas te laisser me payer toute une nouvelle garde-robe. Pas pour quelques jours, même si je travaille pour toi, essaya de raisonner Finch en se pinçant l'arête du nez. Je n'aurais pas dû les laisser me convaincre de prendre tout ça, pour commencer. Tu penses que nous pouvons tout retourner ?

— Je ne ferais pas ce tort à Madame Vinlay et son équipe et que cela ait de mauvaises répercussions sur eux après toute leur attention.

Benedict tendit la main vers sa poche de revers et poussa une lourde enveloppe carrée dans la paume de Finch.

— Voilà. Choisis ce dont tu as besoin pour ton voyage en accompagnant Mamie, fais le total de ta part et laisse-moi m'occuper du reste autrement.

— Ne le dis pas comme ça – s'occuper du reste autrement – comme si je suggérais que ça devrait être jeté ou autre chose. Je veux seulement dire que je n'ai pas besoin d'autant… de manteaux, de chaussures et de plus de pulls que ce qui rentrera dans l'armoire de ma chambre

Des larmes de frustration piquaient les yeux de Finch et il les ferma pendant un instant.

Avec Benedict indifférent à sa demande, Finch prit l'enveloppe.

Elle s'ouvrit sur quatre plis et à l'intérieur se trouvait une note de remerciement venant Amy, une photo de l'équipe et la facture. Finch l'examina et blêmit aux milliers – et milliers – que Benedict avait dépensé sans ciller. Il ne pouvait même pas garder les chaussettes en cachemire et les sous-vêtements fins sans s'endetter.

— Benedict, commença-t-il, incertain de quoi dire.

— Déjà des doutes ? lâcha Benedict, presque méchant.

— Non, répliqua Finch en se redressant. Non, mais je ne sais pas comment dire ça. J'avais besoin de certaines choses manifestement, mais je n'avais pas besoin que ça vienne de chez Harrods et certainement pas comme ça. J'aurais pu aller dans votre version de Walmart et ça serait passé. Je ne peux pas te laisser dépenser autant d'argent juste pour moi.

Il fit tourner les bras pour englober toute la maison, tout.

— Je n'essaie pas d'être ingrat…

— Comme c'est gentil à toi. Et puisque que tu vas me rembourser, il n'y a besoin d'être reconnaissant ou ingrat. Alors c'est réglé, interrompit Benedict, en inclinant la tête vers la salle à manger. Nous y allons ?

Finch ne voulait pas se disputer avec Benedict pendant le dîner ou partager un silence froid. Ou pire, du bavardage poli.

— Je suis encore plein du thé et j'ai une longue journée demain. J'aimerais simplement aller me coucher, s'il te plaît.

— Compréhensible et probablement sage.

Benedict ne s'arrêta pas pour envisager la demande de Finch ou argumenter, un nerf tressaillant dans sa mâchoire, avant de continuer :

— Repose-toi, alors et je te verrai demain matin. Sois en bas à sept heures. Bonne nuit.

— Bonne nuit, répondit Finch au dos de Benedict.

Il soupira. Ce n'était pas du tout comme ça qu'il voulait que les choses se passent ou que sa dernière nuit avec Benedict se termine.

Il n'y aurait rien à gagner à se lancer à la poursuite de Benedict pour essayer d'expliquer, encore, mais il fit quand même deux pas, s'arrêta et fit un pas de plus avant de finalement laisser sa tête tomber dans ses mains. Ça faisait mal après coup. Ce qu'il avait demandé n'avait pas eu pour but d'être une insulte – Benedict devrait savoir qu'un infirmier voyageant avec un budget restreint ne pouvait pas acheter plus qu'une babiole chez Harrods –

mais peut-être qu'il avait fait une énorme infraction à l'étiquette. Ou peut-être qu'il devrait simplement être cupide et accepter la nouvelle garde-robe avec un merci blasé et demander ensuite s'il pouvait avoir un bourbon avant le dîner.

D'autres larmes montèrent et il en laissa échapper quelque unes.

Il resta debout dans l'entrée et se demanda s'il était autorisé ou attendu qu'il aille trouver une chambre quand Madame Greer émergea de l'arrière de la maison.

— Prêt pour aller au lit, donc, à ce qu'on m'a dit. Je ne peux pas dire que je vous en tiens rigueur, avec la longue route et l'excitation d'aujourd'hui et encore plus à venir demain, dit-elle en commençant à monter les escaliers. Monsieur Benedict vous a installé dans la Chambre Bleue. Vous y serez tout à fait à l'aise.

La Chambre Bleue était plus petite que celle où il avait dormi à Crestmoor et le décor plus simple, mais les meubles et aménagements étaient gracieux. Les murs étaient tapissés de rayures Empire effet velours bleu sombre et argenté, le lit une masse de bleu et blanc et le plancher en majorité recouvert d'un tapis en fibre teinte indigo. Finch ressentit presque une envie incontrôlable de tout cataloguer, à cet instant-là, et son regard se posa et identifia le style de meubles, un dessin textile spécifique ou ce fabricant de porcelaine.

Madame Greer fit le tour et alluma des lampes et la lumière de la salle de bain.

— Vos affaires sont rangées et pas besoin de vous inquiéter de faire vos bagages demain matin. Vous dormez simplement. Deb m'a dit comment vous prenez votre thé, alors il y aura un plateau prêt de bonne heure. Ensuite c'est en bas pour le petit déjeuner.

— Deb ?

Qu'elle bavarde et s'affaire ne le dérangeait pas, mais il voulait simplement plonger dans le lit et être tranquille pendant un moment.

— Oh. Ma sœur – mariée à Croft et qui travaille pour Monsieur Benedict, gardant la maison de campagne. Je suis Katy, indiqua-elle avec un clin d'œil. Cela explique la sensation étrange que vous aviez à propos de moi, hein ?

Les pièces du puzzle se mirent en place pour Finch et il hocha la tête.

— Oui. Oui, ça l'explique.

— Nous ne travaillerions pour personne d'autre, dit-elle avec une loyauté pittoresque avant de se retourner. Bonne nuit, alors, Monsieur Finch.

— Bonne nuit, Madame Greer. Merci.

Elle referma la porte derrière elle et Finch prit une longue inspiration, la retint puis la relâcha lentement. Il prit une douche rapide, trouva tous ses nouveaux vêtements bien rangés dans l'armoire et attrapa un pyjama. Puis il se mit au lit, prêt à bien ruminer. Mais il ne fallut pas long avant que la fatigue ne l'attire avec une pression plus forte que ses inquiétudes, perplexe sur le fait de voir Benedict le lendemain. Il dormit sans rêver.

BENEDICT gâcha le magnifique repas de Madame Greer en mangeant sur son secrétaire dans le bureau. C'était tout aussi bien que Finch soit allé se coucher. Il pourrait se perdre dans le travail et confirmer que tout était prêt pour le lendemain.

Il plissa le front après avoir payé la facture d'Harrods. Finch n'avait pas besoin d'en faire une telle histoire. Il avait approuvé une marge bien plus large quand Amy et lui avaient discuté de ce qu'elle devrait amener pour que Finch choisisse et il aurait tout acheté sans y réfléchir à deux fois. Ce que Finch avait pris ne revenait pas à grand-chose, même si, en toute honnêteté, Benedict était conscient que leurs situations étaient très différentes. Finch devrait réaliser qu'il pouvait tout à fait se le permettre.

Quand même. Puisque Benedict avait organisé le shopping et employait Finch – ce qui nécessitait qu'il voyage avec des vêtements aux besoins plus variés que simplement se promener – cela tombait sous le sens que Benedict paie. Il avait pensé que Finch le comprendrait dès le départ. Acheter ces quelques affaires pour Finch était une bonté facile et l'aiderait à s'adapter plus vite, une fois qu'il serait rentré. Benedict avait même apprécié la soirée.

La sœur de Tatty, Hatty, sauta sur son bureau, lui donna un coup de tête et il la laissa frotter son visage contre ses mains. Pouvoir emmener les chiens pour une longue promenade et discuter de choses avec eux lui manquait.

— Vouloir offrir quelques petites choses à Finch n'était pas si mal, n'est-ce pas ? lui demanda-t-il et elle répondit en claquant des dents.

Le lendemain il verrait la fin de ses responsabilités envers Finch, superviserait le départ des voyageurs et passerait à autre chose. Il avait émis des instructions pour que Finch le tienne informé par message de leur progression, s'était arrangé pour que Finch soit déposé sans encombre à

Heathrow et Finch rentrerait ensuite aux États-Unis et sortirait de sa vie sans autre obligation.

Quand il verrait Mamie la fois suivante, il pourrait entendre quelque chose sur les impressions de son voyage avec Finch, et ce serait tout. Il tambourina des doigts sur le bureau et grogna contre la fourrure de Hatty, parce que cette idée le troublait

Après plusieurs minutes à l'écouter ronronner, il secoua la tête, écarta les pensées errantes de Finch et recommença à travailler.

Chapitre Huit

FINCH ne savait pas à quoi s'attendre quand il se présenta pour le petit déjeuner, mais il arriva avec un courage renforcé par une nouvelle tenue. Il avait toujours pris soin d'avoir l'air calme et avait découvert que des vêtements de créateur et de bons tissus aidaient grandement sa cause. Cela ne l'avait pas dérangé d'acheter dans le coin des bonnes affaires et de faire des choix avisés dans les friperies, mais il y avait quelque chose à dire sur le fait de pouvoir acheter le meilleur. Un pantalon en laine bien ajusté couleur caramel foncé et une chemise vert menthe à fines rayures sous un pull en soie naturelle faisaient des merveilles pour son assurance.

Cela se vit dans son salut serein et son approche de la table où il rejoignit Benedict. Il prit du café, consulta le journal et pendant qu'il finissait son troisième toast, Benedict poussa un peu la pile désorganisée de courrier étalée sur la table. Finch rit, alors l'autre grogna et tandis qu'il l'arrangeait, la glace et l'angoisse de la confrontation de la nuit précédente commença à fondre.

— J'ai parlé à l'inspecteur Hinton et il ne te reste rien à faire là-bas ou à Londres, alors c'est réglé. Les pistes sont froides mais ils continueront à pousser l'enquête, bien que très certainement en vain, j'en ai peur, déplora Benedict en se levant et saisissant le dossier de la chaise de Finch. Très bien, donc. Prêt ?

Finch ne savait pas pour quoi, mais il hocha la tête. Quand il se leva, il se retrouva dans le cercle du bras de Benedict. Celui-ci était plus grand que lui d'une tête et Finch voulut s'appuyer contre son torse et se reposer dans le creux sous son menton. Malgré leurs différences et les circonstances qui les avaient rapprochés, il avait l'impression d'être là où avait toujours été sa place. Pas à cause du thé au saut du lit, des immenses maisons et des vêtements de luxe, mais par cette envie de s'appuyer contre Benedict et cette sensation infaillible et profonde que c'était là qu'il trouverait sa place parfaite dans la vie.

Il leva les yeux pour découvrir le regard aux paupières lourdes de Benedict sur lui.

— Je ne me souviens pas de ce pull, dit Benedict alors qu'il passait le doigt sur le bord du poignet de Finch avec sa main libre. N'est-ce pas terrible, étant donné que ça fait seulement une nuit que tu l'as ?

Finch l'avait choisi, avec plusieurs autres, dans une pile que Amy avait amenée et qu'il n'avait pas pris la peine d'essayer. Grâce à la chaleur et l'odeur de Benedict envahissant sa peau, il ne pouvait même pas respirer correctement.

Stupide. Ils se connaissaient à peine et ne se connaîtraient jamais. Il ne pouvait même pas s'imaginer comme des amis, encore moins un soupçon de plus. Sa sensation d'appartenance vacilla.

Il avait été un petit accroc aléatoire dans les journées de Benedict, un qui était sur le point d'être aplani quand Finch aurait déposé Mamie à Leyde et quitté l'Europe. La bêtise qu'il avait juré d'éviter prenait le dessus sur lui. Il lâcha un son tendu et s'écarta comme s'il fuyait un piège.

La main de Benedict était venue reposer au creux de son dos, mais il ne le remarqua pas dans son agacement. Il marcha d'un pas rapide de la salle à manger jusqu'à l'entrée et s'il n'avait pas déjà accepté le travail, il aurait continué jusqu'à la rue et bien plus loin.

Finch enfila son manteau et finissait de rentrer dedans une écharpe écossaise quand Benedict les conduisit à la voiture. Il n'avait aucune idée de leur destination. Leur route n'offrirait aucun indice, alors il fit la seule chose raisonnable et resta assis calmement jusqu'à ce qu'ils arrivent. Des monuments et gratte-ciels apparaissaient et disparaissaient à sa vue et les rues devinrent plus étroites et plus encombrées. Puis Benedict tourna vers un parking à étages et y arrêta la voiture.

— Nous avons sept heures, et comme je sais que beaucoup de marche rapide ne te dérange pas, nous avons plein de temps pour couvrir une grande partie de Londres, expliqua-t-il en consultant sa montre. Nous commencerons ici, mais la voiture sera amenée à notre terminus, pour que nous n'ayons pas à revenir en arrière. Tes affaires seront envoyées en avance pour nous retrouver à la jetée. Mamie préfère traverser par bateau.

Finch fit les bruits appropriés et hocha la tête comme si tout était acceptable et aussi commun que Benedict le faisait paraître.

Contrairement à leur première semaine ensemble, Benedict prit la tête, mais leur accord resta inchangé et la conversation fusa. Benedict faisait un bon guide touristique et la longue étude de l'Angleterre que Finch avait faite s'avéra faire le poids.

Ils entrèrent et sortirent des musées, grimpèrent tout en haut de la Cathédrale St Paul, prirent le thé dans un salon reculé sur lequel Benedict affirma être tombé par hasard une fois mais qu'il n'était pas certain de pouvoir retrouver, tout en passant par des places iconiques, des marchés et des bâtiments historiques.

Durant leurs pérégrinations, ils traversèrent la Tamise deux fois, virent le gros morceau de bois représentant tout ce qui restait du Pont de Londres d'origine, jetèrent un coup d'œil à l'intérieur du Globe et trouvèrent encore le temps pour que Finch examine de près les trésors du British Museum.

— Quand j'étais petit, j'imaginais toujours les Marbres d'Elgin comme d'énormes pierres rondes, dit Finch quand ils sortirent du musée. Comme si c'étaient des billes pour jouer, seulement de taille immense, trouvées dans un champ quelque part et abandonnées par d'anciens géants dans un but inconnu, puis roulées ici pour être exposées. Et même si c'est génial et significatif pour l'histoire et tout, j'ai toujours été déçu que ce ne soit pas ce qu'elles sont vraiment. [3]

Benedict s'arrêta sur la dernière marche pour lever les yeux vers Finch derrière lui. Il cligna et éclata ensuite de rire.

— Bien sûr que tu imaginais ça. Et ça a tellement de sens, avoua-t-il en attrapant le cou de Finch et les poussant tous deux en avant, riant

3 *Marbles* en anglais peut se traduire par marbre ou bille, d'où l'idée un peu déformée que ce faisait Finch des *Elgin Marbles*.

toujours. Ah, Finch, tu es le vrai trésor ici. Inhabituel en effet, de la meilleure des façons.

Finch se tendit et lutta contre l'envie de se rapprocher et de rester là et le large sourire de Benedict faiblit un peu alors qu'il le lâchait.

— J'ai gardé ceci pour la fin parce que je pensais que ça occuperait notre temps, nous avons encore une demi-heure. Envie de voir autre chose ou t'ai-je assez épuisé ?

Finch chercha une réponse dans sa tête mais fit chou blanc. Benedict avait presque réussi à les emmener à chaque endroit sur sa liste de souhaits à Londres et les quelques lieux qu'ils avaient manqués prendraient plus qu'une demi-heure à explorer.

— Que dirais-tu d'une dernière tasse de thé ? demanda-t-il.

Il avança sans direction, alors Benedict les dirigea vers le coin de la rue, les poussa à traverser et les emmena dans une gare avec un café attenant. Il ne prit pas le coude de Finch et cela lui manqua.

— Comme d'habitude ? Trouve une table et je vais chercher le thé, déclara Benedict, désignant les box alignés près des fenêtres.

Finch en choisit un et s'assit de manière à pouvoir observer le quartier animé.

Benedict revint, portant un plateau en plastique chargé d'un service à thé et de petits pains.

— Pas tout à fait le Claridge's, mais cela fera l'affaire en dernier recours.

Finch ne souligna pas que c'était le genre d'endroit auquel il était habitué et il ne crut pas un seul instant que Benedict ait eu un jour besoin d'un dernier recours. Mais il appréciait que celui-ci ne soit pas snob et ne prenne pas de grands airs pour manger ici et ils débutèrent une conversation relatant leur journée. Le thé fort lui donna du courage et le pain, bien que fade, remplit le creux dans son ventre. Peu de temps après, le téléphone de Benedict sonna, l'informant que sa voiture était à l'extérieur.

Cela ne le dérangeait pas qu'il soit l'heure d'y aller – un café de gare était peu mémorable –, mais il n'oublierait jamais les journées qu'ils avaient partagées. Il monta dans la voiture et observa Londres passer tandis qu'ils se dirigeaient vers la jetée.

— Mamie arrive mieux à tenir un horaire si, euh, des personnes neutres sont là pour la diriger. Elle peut traîner les pieds quand elle pense qu'elle peut s'en sortir en toute impunité, expliqua Benedict en lui jetant un coup d'œil. Tu devrais y arriver.

Finch comprenait son rôle comme infirmier de voyage pour Mamie, mais ça faisait quand même mal comme un coup de poing. Il se mordit la lèvre et hocha la tête, mais il ne se détourna pas de la fenêtre. Des panneaux pour Harwich et ensuite pour le ferry commencèrent à apparaître alors qu'ils quittaient Londres.

Benedict conduisit vers une zone séparée et ils s'y arrêtèrent. Finch sortit et étudia les files de voiture attendant de monter à bord et le vacarme général. Puis il revint au calme relatif où ils attendaient. Il avait regardé les voyages en ferry pour voir s'il pouvait faire une visite d'un – ou deux – jour en France ou plus loin. Le ferry ne ressemblait pas du tout à ce qu'il avait vu en ligne. Le bateau n'était pas plus petit, mais il semblait à Finch qu'il y avait moins de passagers et c'était clairement une première classe. Il n'y avait que Benedict pour leur réserver une telle traversée – et à un niveau d'exclusivité supérieur, en plus.

Des portiers étaient sur le pied de guerre et ils conduisirent Finch sur le ferry et jusqu'à une cabine de luxe de la taille de sa cuisine et son salon, avec une chambre de chaque côté. Les trois pièces avaient des fenêtres surplombant l'eau. Retourner en Amérique sur son siège étroit de classe économique allait constituer une cruelle comparaison. Mamie arriva, interrompant ses tentatives infructueuses pour composer quoi dire à Benedict comme au revoir.

— On croirait que la Manche va s'assécher si je n'arrive pas ici à l'heure que tu as dictée, lâcha-t-elle alors qu'elle entrait au bras de Benedict. Oh, Finch, bonjour. C'est si bon de vous voir. Je me sens plus calme et prête à traverser, rien que pour ça. J'aime être une voyageuse et me prendre pour une aventurière en partant loin, mais je déteste le trajet.

Finch hocha la tête avec compassion et passa en mode infirmier. Il guida la transition de Mamie sur le ferry et écouta ses petites angoisses et observations continues tandis qu'il l'installait sur une chaise avec une bouteille d'eau pétillante. Il enroulait une couverture autour de ses jambes quand elle tapota sa main et sourit.

— Je sais que c'est stupide et j'ai fait ça d'innombrables fois, mais je ne peux m'empêcher de m'inquiéter, soupira-t-elle. Je serai simplement contente quand nous y serons. Je suis mieux sur la terre ferme.

— Tout va bien, l'apaisa Finch.

Il la mit à l'aise et alla ensuite voir si Benedict voulait lui dire quelque chose avant qu'ils partent.

— La cabine à gauche est la tienne. La majorité de tes bagages sont dans la cale, mais des sacs de voyages vont arriver pour vous deux. Ne te soucie pas de défaire les bagages de Mamie ou autre chose – un steward sera là pour ça, indiqua Benedict avant de lui tendre une pochette souple avec une fermeture qui cliqueta. De l'argent liquide, des euros et quelques livres sterling, au cas où. Et ne sois pas pingre en l'utilisant si nécessaire. Il y a également un acompte sur ton salaire si tu voulais acheter des souvenirs ou autre chose. Ainsi que la feuille d'instructions promise et les comprimés de Mamie.

— D'accord. Merci. Je m'assurerai de tout noter.

— Je sais que tu le feras, affirma Benedict avant de montrer du doigt un téléphone accroché au mur près de la porte principale de la cabine. Décroche si tu as des questions sur la traversée ou si tu découvres qu'il te manque quelque chose. N'hésite pas à m'appeler pour quoi que ce soit.

La première cloche d'avertissement résonna et Benedict dit au revoir à sa grand-mère.

— Raccompagne-moi. Ça ira pour elle.

Ils sortirent sur le pont où Finch put avoir une bonne vue de la jetée et Benedict tendit une main.

— Merci de prendre ça en charge, Finch. Je sais que tu prendras bien soin de Mamie et j'espère que c'est une fin acceptable pour tes vacances ici, étant donné ce qui l'a provoqué.

— Eh bien, merci beaucoup, dit Finch.

Il serra la main de Benedict et essaya d'être bref, mais quand il aurait voulu s'écarter, cette main se resserra.

— Si mon voyage devait si mal tourner, je ne peux imaginer une meilleure façon pour que les travers se déroulent et se terminent.

Finch déglutit et la seconde cloche résonna et ils se tinrent là à regarder l'autre. Quand le ferry remua dans l'eau, Finch poussa Benedict.

— Tu devrais y aller avant d'être coincé ici avec nous, plaisanta-t-il, mais ses yeux étaient sérieux, presque mélancoliques. Au revoir, Benedict.

Celui-ci l'attira plus près grâce à leurs mains toujours serrées, se pencha et offrit à Finch un baiser court et dur. Il se recula assez pour le regarder et sembla presque décontenancé, et ses lèvres se courbèrent en ce demi-sourire que Finch trouvait si attachant.

— *Tot ziens*, Finch, lâcha Benedict avant de s'éloigner à grand pas.

Finch le regarda partir, déconcerté et figé sur place, les lèvres picotant et chaque terminaison nerveuse vibrant.

117

Après une minute, il se précipita vers la rambarde et découvrit Benedict sur la jetée en bas, montant dans la Morgan. Les moteurs du ferry grincèrent, il fit une embardée alors que l'eau commençait à bouillonner et ils partirent. Finch regarda jusqu'à qu'ils soient bien libérés des amarres, gardant tout du long la Morgan en vue. Puis les feux des freins brillèrent et la voiture lisse s'éloigna.

Finch lâcha la rambarde et retourna à la cabine. Mamie était restée seule trop longtemps, et son travail, qui était de s'occuper d'elle, avait commencé depuis plusieurs minutes. Il ne savait pas par où commencer pour analyse le baiser de Benedict.

Cela avait-il été un coup de tête parce qu'ils se disaient leur ultime au revoir ? Était-ce de la gratitude mélangée à du soulagement que toute la situation se soit si nettement résolue ? Finch ne voulait pas faire l'erreur – encore – de prendre ça comme un signe de véritable intérêt. Il avait déjà donné. Et s'était effroyablement trompé.

Non, mieux valait laisser ça comme une aberration de la part de Benedict et ne pas l'examiner de trop près. Il ne pouvait pas faire son travail et s'occuper Mamie s'il faisait une fixation sur le baiser et ses intentions, de toute façon.

Quand il revint dans la cabine, il s'aperçut qu'il n'avait pas besoin de se tracasser pour Mamie. Le capitaine et d'autres officiers étaient là pour l'accueillir à bord, lui parler du voyage et des prévisions météo et des conditions de navigation. Elle fit signe à Finch d'approcher et le présenta. Il serra la main des officiers, posa des questions intelligentes sur la traversée, puis avoua qu'il attendait avec impatience le dîner ce soir-là. Après leur départ, il offrit encore de l'eau pétillante à Mamie et s'assit sur la chaise face à elle.

— J'ai peur de ne pas être en état pour le dîner ce soir, alors j'ai demandé qu'il soit servi dans nos chambres. Mais vous devriez aller dîner avec les autres, si vous le souhaitez, dit-elle, semblant juste assez réticente pour que Finch se ravise.

— Oh, je serai heureux de manger ici. Nous avons passé une longue journée de tourisme, alors je serai content d'une soirée calme.

Finch n'avait pas à mentir. Il aurait apprécié de l'accompagner si elle avait eu l'intention de se rendre à la salle à manger, mais il ne voulait pas manger seul ou partager des mondanités avec les autres passagers. La longue journée l'avait rattrapé. Ça et ce ne serait pas pareil sans Benedict.

118

— Du tourisme. Comme c'est charmant. Alors vous avez pu faire l'expérience de certaines choses à Londres, donc. Je suis contente. Avec-vous fait une visite en groupe ?

— Non. Juste Benedict et moi – il m'a fait visiter la ville, et cela a bien fonctionné, vu qu'il est un chef exigeant et connaît tout de la ville, expliqua Finch avec un sourire et gardant sa voix légère.

— Il a fait ça ? demanda Mamie, les sourcils soudain levés. Ce n'est pas habituel pour lui, mais en même temps, je ne suis pas surprise. Il est reconnaissant que vous voyagiez avec moi et il se sent responsable envers vous, en plus, vu que vous êtes étranger et les ennuis qui vous sont tombés dessus. Et tout ça. Tout semble bien se terminer.

Le baiser était donc une étrange expression du fait d'être soulagé d'une situation délicate. Finch réussit à lâcher un petit bruit évasif et un hochement de tête.

— Que veut dire « tot ziens » ?

La question avait été dans son esprit depuis que Benedict était parti, mais il n'avait pas eu l'intention de la poser.

— À bientôt. C'est du Hollandais. Pourquoi ? demanda Mamie, les yeux plissés.

— Oh. Eh bien, répondit Finch avec un haussement d'épaules. C'est juste ce que Benedict m'a dit au lieu d'au-revoir et je me posais la question, c'est tout.

— Ah, je vois.

Mamie fit un petit bruit spéculatif, elle sourit et sembla prête à dire ou demander plus.

— Que diriez-vous de contrôler vos constantes, faire vos étirements et que vous puissiez ensuite faire une sieste ? dit-il pour changer de sujet.

Les sourcils de Mamie se levèrent mais elle laissa tomber. Puis ses yeux vifs brillèrent de reconnaissance.

— Si nous nous mettons d'accord que « une sieste » signifie que je lise calmement jusqu'au dîner ?

Finch se leva et trouva la trousse médicale qu'on lui avait laissée.

— Je peux faire ça. D'abord votre pouls et j'écouterai ensuite votre respiration

Il fit toute la batterie de tests – parce que c'était le premier examen qu'il lui faisait – et bien qu'il ait son dossier et les notes du médecin, il voulait avoir une bonne idée de son état de santé général. Comme l'avait dit Benedict, elle n'était pas infirme, mais son cœur faiblissait et une polyarthrite rhumatoïde avait commencé à s'installer dans ses articulations. Elle ne se plaignit pas quand il l'examina sous toutes les coutures, mais elle demanda si tout ce qu'il faisait était absolument nécessaire.

— Tout à fait nécessaire, dit Finch avec entrain, et elle ronchonna.

Mamie était charmante, gâtée mais pas méchante et très habituée à avoir ce qu'elle voulait. Finch avait soigné des patients plus difficiles. Elle ne le décontenançait pas.

Pour finir leurs étirements, Finch la fit marcher jusqu'à sa cabine.

— Voulez-vous vous changer ? Je vais ouvrir le lit.

La chambre était large, décorée dans des tons neutres et un énorme panier de fruits et fleurs était posé sur la table entre les fenêtres. Mamie passa dans la salle de bain et ressortit enveloppée d'un pyjama et d'un peignoir à volants.

— Prenez ce que vous voulez dans le panier, mon cher. Oh, excepté le chocolat au rhum, sourit-elle.

Son livre était déjà sur la table de chevet et Finch le lui tendit après avoir remonté les couvertures.

— Je viendrai voir comment vous allez un peu plus tard. Le dîner est à vingt heures, alors vous avez quelques heures pour vous reposer. Faites-moi savoir si vous avez besoin de quelque chose.

— Benedict avait raison, ce satané garçon, dit-elle en couvrant sa main. Il a toujours raison. Je suis contente du compagnon de voyage alors que j'ai insisté n'en avoir aucunement besoin, et j'aime que ce soit vous.

— Bien, parce que je suis content d'être ici. Alors comme vous l'avez dit, tout semble bien se terminer.

Finch fit une double vérification de la chambre, attrapa une grappe de raisin et éteignit le plafonnier.

Mamie s'endormit alors qu'il traversait le salon jusqu'à sa cabine.

Bien que plus étroite et petite que l'autre, il la trouva plus que suffisante. Un pyjama en flanelle était plié au pied du lit et quelqu'un avait déballé le sac de voyage que Benedict avait mentionné. Finch inspecta le petit placard et jeta un coup d'œil dans la salle de bain et découvrit ce dont il pourrait avoir besoin. Un coffret-cadeau du Claridge's était posé sur le lit – le thé Emperor's Breakfast que Mamie avait demandé. Il le toucha, content qu'on se soit souvenu de lui et cela lui donna l'idée d'utiliser une partie du cachet d'être dans une cabine de luxe et sonna pour avoir du thé.

Un serveur efficace, habillé en blanc éclatant, l'apporta sur un plateau robuste et Finch le savoura pendant qu'il parcourait le dossier. Tout était clair et ses responsabilités étaient simples. Un emploi du temps décrivait leur arrivée à Amsterdam, le voyage jusqu'à Leyde et comment Finch retournerait à Londres. Il aurait une journée entière à Leyde avant son vol de retour, alors un petit guide touristique de Leyde était inclus dans le paquet.

Il étudia le bref message que Benedict avait griffonné.

F — Il n'y a pas d'emploi du temps fixe, alors ne laisse pas Mamie monopoliser tes journées. Assure-toi de prendre du temps pour toi comme tu le mérites. Rembrandt est né à Leyde – ne rate pas les canaux et le Rijksmuseum en particulier. Amicalement, B.

L'écriture de Benedict était tout juste lisible, forte et étalée et elle fascina Finch. Il retraça plusieurs fois d'un doigt la boucle du *F* avant de mettre le message de côté.

Finch compta et recompta la petite fortune en argent et l'avance sur son salaire. Il devrait consulter les tarifs pour les infirmiers privés. Ça paraissait beaucoup trop et même si Benedict pouvait se le permettre, Finch n'avait pas l'intention de prendre plus que ce qui était juste.

Il sortit sur le petit balcon avec la dernière tasse de thé pour regarder le soleil disparaître à l'horizon et briller sur l'eau, déjà conscient qu'il ne pourrait pas faire changer d'avis Benedict à propos de l'argent. C'était ainsi que Benedict le présenterait, tout rationnel et calme. Finch ne pouvait nier avoir besoin de chaque cent et l'autre le savait. Mais il s'assurerait de l'avoir gagné, même si ça signifiait abandonner le Rijksmuseum.

Le thé fini, il rentra pour voir comment allait sa patiente.

Mamie commençait à remuer mais semblait réticente à faire plus que se prélasser, alors il choisit l'approche directe, il alluma et s'assit à côté du lit.

— Bien reposée ? demanda-t-il en prenant son pouls. Le dîner sera bientôt là et je pense que vous vous sentirez mieux si vous vous asseyez avec moi pour le manger. J'apprécierai d'avoir une bonne compagnie aussi.

Il lui tendit un comprimé et ensuite un verre d'eau.

Elle soupira et le regarda de haut.

— Je déteste être entravée par ces horribles petites pilules.

— C'est mieux que l'autre alternative, dit Finch.

— Je vous sermonnerais bien pour une telle insolence et avoir rappelé à une vieille femme sa mortalité, mais vous n'avez pas tort, admit-elle en jetant un regard noir à Finch, puis au comprimé.

— Une vieille femme qui n'est guère fragile ou sans insolence elle-même, répliqua-t-il avec un haussement d'épaules.

Mamie essaya de maintenir son air renfrogné mais ne réussit pas. Elle lâcha un petit rire admiratif et prit son médicament.

— Il y en aura plus avec le dîner et votre dernier au coucher, lui rappela Finch. Avez-vous besoin d'aide pour vous préparer ? Un massage ou des étirements ?

— Non, je suis tout à fait capable d'y arriver, dit-elle.

Puis elle tendit les deux mains pour que Finch puisse l'aider à s'asseoir et ensuite à se lever.

Il l'accompagna jusqu'à la salle de bain et elle le fit déguerpir, mais il garda la porte de la cabine entrouverte pour pouvoir entendre depuis le salon. Il annota la fiche d'instructions – l'heure du comprimé, sa condition globale, des observations générales – et alors qu'il finissait, quelqu'un frappa à la porte.

Il semblait que le dîner dans la cabine égalerait la grandeur de la salle à manger. Des serveurs firent rouler un chariot et mirent la table pour deux avec du linge, de la vaisselle en porcelaine, des couverts en argent et une grande variété de verres à pied. Finch secoua la tête face à tout cela et alla prendre le bras de Mamie lorsqu'elle émergea de la salle de bain. Il s'était attendu à un room service d'hôtel, au mieux, et il était habitué à la simplicité. Mais cela allait au-delà de ce qu'il avait imaginé – y compris le capitaine arrivant avec une bouteille de champagne afin de porter un toast à leur traversée et souhaiter une bonne santé à Mamie.

Elle portait une robe qui, selon Finch, la faisait ressembler à une petite colonne, mais il dit qu'elle avait l'air charmante. Elle l'était, parce qu'elle était une femme avec de l'assurance qui n'avait jamais été privée de quoi que ce soit depuis un moment, mais au lieu que ce soit insupportable, c'était attachant.

On leur servit la bisque de homard, puis une salade et du Bœuf Wellington avec de la purée et des asperges par une parade sans fin de serveurs. Quand ils arrivèrent à la sélection de pâtisseries pour le dessert, ils furent laissés seuls et Finch versa le café alors que Mamie étouffait un bâillement.

— Saviez-vous que Benedict est seulement la quatrième génération en pleine possession de Crestmoor après que la demeure a été perdue pour la famille pendant des années ? Il rend sa prospérité au domaine.

— Non, dit-il.

Ses sourcils étaient levés et il semblait intéressé. Parce qu'il l'était – et pas simplement à la promesse d'entendre parler de Benedict.

— Si, répondit Mamie avec un sourire satisfait. Alors, Crestmoor remonte à avant la Réforme. C'était un domaine massif, bien plus grand qu'il ne l'est actuellement, même en ayant été restauré. Il y a eu des saisies de terre et les habituelles querelles et il a été disloqué entre des manoirs médiévaux et un monastère et d'autres choses. Puis l'ancêtre de Benedict est devenu baronnet et les choses se sont calmées.

— Un baronnet ? Est-ce que cela fait de Benedict un membre de la famille royale ?

La bouche de Finch s'assécha. Benedict ne l'avait pas dit, mais il n'était pas certain que cela signifie quelque chose. Benedict n'était pas très ouvert sur de nombreux détails personnels.

— Oh non, assura Mamie en agitant la main. Le titre est héréditaire – anobli – pas royal. Perdu une fois, perdu pour toujours, à moins qu'un monarque ne décide par la suite du contraire. Et au-delà de ça, à l'époque les femmes ne pouvaient reprendre l'héritage d'un titre, alors au fil des siècles, quand le dernier Lord est mort, la succession est morte aussi. Le nom de famille également, et le titre est passé à un cousin éloigné du Nord. Mais il n'avait aucun intérêt pour le domaine, l'a vendu à mon ancêtre et bien que nous ayons perdu le titre, nous avons gardé la terre. Et depuis qu'il n'y a plus de titre, il n'y a plus d'inquiétude sur qui hériterait.

— Je pense que c'est un échange équitable. On ne peut pas vivre dans un titre et ça ne vous tient pas chaud la nuit, dit Finch prenant un chou à la crème avant de concéder. Mais je n'ai jamais eu de titre ni de manoir avec des terres, alors peut-être qu'en perdre un est bien plus traumatisant que je le pense.

— Non. Ça ne maintiendra pas à l'abri. Et ne vaut pas la peine de s'appesantir sur l'un ou l'autre, une fois parti. Garçon intelligent, dit Mamie, appréciant un autre éclair avant de laisser tomber un morceau de sucre dans son café. Bien sûr, au fil des ans, ce sont les femmes qui ont compris comment faire avancer le domaine. Pendant que les hommes étaient occupés à se lamenter sur les pertes et à s'inquiéter des malheurs de la vie, les femmes étaient occupées à épouser la fortune d'autres hommes.

— Et je suppose que vous avez suivi la formule ? rit Finch.

— Naturellement, répondit Mamie, les épaules droites et son allure majestueuse ressortant. J'ai eu de l'amour dans mon mariage, mais se préparer au mariage n'était un temps de sentimentalité de ma part. Avant toute chose, j'ai cherché d'un œil avisé un futur époux qui pouvait à la fois supporter les responsabilités de Crestmoor et investir dans son entretien monétaire sans tout faire couler. Tiele était exactement ça – et aussi un homme merveilleux – alors je fus une mariée chanceuse.

— Et Tiele un mari chanceux, dit gracieusement Finch, mais le pensant vraiment. J'ai entendu dire qu'il était médecin.

— Oui, un excellent médecin. Chirurgien – spécialisé dans les problèmes pulmonaires, expliqua-t-elle, les yeux brillants. Il travaillait comme un démon, et même si ses caisses étaient bien remplies grâce aux générations, il les a doublées. C'est un trait de caractère dont Benedict a hérité. Mais mon mari a toujours eu du temps pour notre famille, et je soupçonne que c'est une chose que Benedict fera très bien aussi.

Finch tapota le pied de son verre de vin et posa la question dont il ne voulait pas la réponse.

— Et Benedict se mariera-t-il avec un œil tout aussi avisé ?

— Comme on le doit, dans sa position, dit raisonnablement Mamie. Ce ne sont pas que des froids calculs, vous savez, mais être lié à Crestmoor n'est pas un luxe et du temps libre. C'est franchement une responsabilité. On doit trouver quelqu'un d'approprié pour remplir le vide. Avant l'université, il n'avait en tête que les livres et apprendre, même s'il était aussi un sacré joueur de rugby à Eton. À Oxford, le monde s'est un peu ouvert pour lui, vous comprenez.

Finch ne pouvait imaginer que Benedict ait été un moine reclus travaillant dur dans une cellule cachée en grandissant et il pouvait très facilement l'imaginer dans un short moulant sali par le rugby, alors il hocha simplement la tête. Il se sentit réchauffé parce que Benedict avait fait un de leurs arrêts pour être certain qu'il voit Eton, mais il n'avait pas mentionné y avoir été étudiant.

— Pas de ragots ou d'histoires sur mon petit-fils préféré mais jusqu'ici il n'y a eu personne que nous ayons pris au sérieux, parce que Benedict n'a pas semblé prendre qui que ce soit au sérieux. Je m'inquiète qu'il soit un célibataire endurci, ce qui ne serait pas providentiel pour Crestmoor ou son bonheur. Mais ça pourrait bien être qu'il ait son propre œil avisé – il n'est certainement pas du genre à se caser. Quand il aura trouvé ce qu'il veut, il le saisira à bras-le-corps, dit-elle avec le front plissé. Récemment, c'est Veronica qui fait le pied de grue et se rend soigneusement disponible, non pas que Benedict semble enclin, jusque là – mais nous verrons. Veronica s'accroche depuis plus longtemps que la plupart. Il y a quelques années, une créature élancée prénommée Daphne ou quelque chose du genre est passée pendant un court moment. Avant ça, il avait ramené un copain d'Oxford pendant un temps.

— Copain ? demanda Finch, le cœur serré.

— Nick était charmant et bien trop gâté, mais intelligent et je suppose divertissant, d'une certaine façon. Cependant, Benedict a coupé les ponts avec lui et bon débarras. Complètement inapproprié. Benedict connaît son devoir et ce qui est le mieux pour Crestmoor et il le suivra.

— Admirable, réussit-il à dire avant de vider son café.

La chaleur venant du fait que Benedict lui avait montré Eton faiblit, tout comme le dernier espoir vacillant de ce qu'aurait pu signifier leur baiser. Il se résolut à ne pas y penser comme quelque chose de perdu – Mamie avait raison – et à continuer avec ce qui était devant lui. Il se leva de table, même s'il voulait interroger Mamie pour avoir plus d'informations.

— C'est l'heure des médicaments, alors j'aimerais vous ausculter pour prévenir d'éventuels problèmes de vertiges. Nous pouvons aller nous promener sur le pont si vous voulez ?

Il prit des notes dans le dossier de Mamie et la surveilla pendant qu'elle prenait ses comprimés.

— Et si j'allais m'allonger et que vous faisiez une promenade ? J'ai été si absorbée par mon livre tout à l'heure que j'aimerais le finir ce soir, je crois, dit-elle avec conviction et Finch ne contesta pas.

Il lui fit faire plusieurs tours du salon. Puis elle se changea et s'installa au lit avec le livre qu'elle ne lirait pas, ils le savaient tous les deux. Ses signes vitaux étaient normaux et la traversée n'augmentait pas ses vertiges, alors Finch ne pensa pas que c'était autre chose que de la fatigue.

— Il y a de l'eau pour vous ici et une couverture supplémentaire. Le petit déjeuner est commandé pour sept heures et ensuite nous serons à Amsterdam, indiqua-t-il, appuyant une main expérimentée sur son front. Appelez-moi si vous avez besoin de quoi que ce soit. Profitez de votre livre, mais ne restez pas debout trop tard.

Elle répondit à son clin d'œil en tapotant sa main et hochant la tête.

— Merci, Finch. Je dormirai du sommeil du juste en sachant que vous êtes juste à côté.

Il sortit sur le point pour prendre l'air et se dégourdir les jambes. Même s'il sentait le vent et le mouvement tangible d'un ferry se dirigeant vers la destination bien réelle d'Amsterdam, son cerveau n'avait pas encore rattrapé la situation actuelle. Ses pensées étaient emmêlées dans les inquiétudes inévitables de son voyage qui se terminait bientôt et de ce qu'il ferait une fois rentré chez lui, et son cœur perdait la bataille pour éteindre la flamme que Benedict avait ravivée. Il n'y avait pas de réponses à sa situation difficile, mais des tâches mondaines l'attendaient dans le Delaware. Il se cramponna à l'idée que laisser l'Angleterre – et Benedict – derrière lui guérirait ses misères.

Il posa les deux coudes sur la rambarde et fixa l'horizon trouble. Ils étaient entourés d'eau, avec seulement le croissant de lune et son reflet étincelant pour compagnie.

BENEDICT s'éloignait au volant de la Morgan. Il ne s'autorisa pas à lever les yeux vers l'endroit où il avait quitté Finch, même si la douce pression de ses lèvres semblait comme marquée au fer sur les siennes et que le poids de son regard le suivait.

Il s'éloigna de la jetée et longea la Manche, déterminé à quitter Londres et à rentrer avant le petit matin. De nombreuses choses s'étaient empilées qui demandaient son attention et beaucoup d'autres qu'il avait repoussées trop longtemps. Il pourrait en commencer une partie ce soir-là et réussir à prendre quelques heures de sommeil.

Quand il passa un belvédère, il s'arrêta sans raison, sortit de la voiture et observa le ferry jusqu'à ce qu'il soit un simple point à l'horizon. Rentrer n'avait plus le même attrait que d'habitude et il se rendit compte avec réticence que c'était dû au fait de rentrer sans Finch.

Chapitre Neuf

QUITTER le ferry et trouver leur voiture demanda une force concertée de volonté, mais Finch réussit à les amener jusque-là. Entre Mamie s'inquiétant de ce qui aurait pu être oublié dans sa chambre, puis dans la cabine et voulant ensuite dire au revoir au capitaine et à l'équipage, ce fut étonnant que Finch réussisse leur faire passer la douane et à les conduire au point de rendez-vous en moins d'une heure.

Près d'une Citroën âgée, mais immaculée attendait Mevrouw [4] Veeletje de Jaager, grande et couronnée d'un nuage de cheveux argentés. Finch la trouva austère et resta en arrière. Puis elle se lança dans un bavardage ravi et les attira tous les deux dans une étreinte.

— Vous devez m'appeler Letje, tout comme ma très chère sœur Betty, dit-elle.

— Belle-sœur, Finch, mais nous ne pourrions être plus proches, précisa Mamie avec un hochement de tête. Et tu peux l'appeler Finch.

4- Madame en Hollandais.

127

— Oui. S'il vous plaît. Je suis très heureux de vous rencontrer, Letje.

Il écorcha la prononciation quelques fois malgré ses rectifications tolérantes. Un homme, âgé mais impeccable pour s'accorder à la Citroën, s'inclina devant eux et prit leurs sacs.

— Bienvenue aux Pays-Bas, dit-il.

— Merci, Prins, sourit Mamie. C'est bon d'être de retour.

Prins était, par manque de meilleure description, clairement une version hollandaise de Croft – brusque mais amical et manifestement là pour servir.

Finch installa Mamie dans la voiture, Prins s'occupa de Letje et les dames entrèrent dans une intense conversation alors qu'ils démarraient. Il envoya un message à Benedict pour dire que Prins les avait trouvés et qu'ils étaient en route pour la maison de Mevrouw de Jaager. Il n'y eut pas de réponse immédiate, alors il rangea son téléphone et n'y pensa plus.

Prins s'éloigna de l'eau et négocia la traversée d'Amsterdam avec une facilité d'expert et Finch garda un œil sur l'heure et l'autre sur Mamie. La couleur de son teint changeait et elle semblait sur le point de déborder d'enthousiasme à propos de quelque chose. Finch mit cela sur le compte de l'excitation de revoir Letje, mais une voix suspicieuse longuement affûtée par les années de soins l'avertit de faire plus attention à la situation.

Le trajet jusqu'à Leyde devait prendre environ une heure, mais ils n'étaient pas loin du front de mer quand Prins ralentit et tourna dans une grande route avant de s'arrêter. Il sortit, ouvrit le coffre et commença à poser leurs sacs sur le trottoir alors qu'un préposé avec un chariot à bagages se hâtait vers eux.

Finch sortit à côté de Prins et secoua la tête.

— Je suis désolé. Je pensais que nous allions directement à Leyde ?

— Pas d'inquiétude, Mevrouw Betty m'a parlé de votre changement de plan. Il y a assez de temps pour attraper le train et je vous retrouverai à Leyde après votre circuit touristique, répondit Prins en posant un second sac et refermant le coffre. Vos autres affaires voyageront avec moi.

— Non. Ce n'est pas ce…, commença Finch avec une main levée. Attendez, s'il vous plaît. Je vais revérifier pour être certain, parce que je ne me souviens de rien concernant un train ou un circuit touristique.

Il fouilla dans son sac pour trouver le dossier, sachant que ce n'était pas ainsi que le voyage avait été prévu, mais il pensait que montrer l'emploi du temps à Prins aiderait.

— Y a-t-il un problème, alors ? Peut-être que j'ai mal compris.

Prins sortit trois billets de train et commença à en traduire les détails pour Finch.

Entre-temps, Mamie était aussi sortie de la voiture, l'air contente d'elle et vaguement coupable et elle dit quelque chose en Hollandais. Prins inclina la tête.

— Finch, vous êtes si responsable et consciencieux que vous gâchez mon cadeau, lui dit-elle en secouant un doigt dans sa direction. Laissez Prins partir pour que nous puissions prendre notre train.

Finch leva un sourcil. Il tenait toujours l'emploi du temps que Benedict avait fourni et traça d'un doigt l'absence distincte de voyage en train pour le montrer à Mamie.

— Oh, ça. Peuh. Écoutez, il y a tout à fait le temps pour nous d'aller voir de jolies villes, avec des arrêts entre, avant votre retour à Londres. Je sais, déclara-t-elle en prenant le bras de Finch, que c'est votre première fois à l'étranger et je pensais, il y a un moyen de vous montrer plus que l'intérieur d'un ferry et la maison de ma sœur. Nous vous accompagnons – ou vous nous accompagnez, si vous préférez – et nous vous libérons tous un peu plus de votre charge à calmer les inquiétudes d'une vielle femme loufoque.

Finch vérifia le calendrier. Il avait cette journée en plus avant de devoir rentrer à Londres et il ne savait pas s'il reviendrait un jour en Europe.

— Vous êtes absolument certaine que je serai à Amsterdam à temps pour attraper mon vol ?

— Absolument certaine, dit Mamie, faisant un signe de tête à Prins jusqu'à ce qu'il acquiesce aussi.

— Je ne suis pas certain. Laissez-moi vérifier avec Benedict. Ensuite nous pouvons aller – soit à Leyde soit dans le train.

Finch résista à l'enthousiasme qu'elle émettait et la tentation de voir des lieux attrayants. Il sortit son téléphone.

— Ne m'obligez pas à tout révéler, plaida Mamie. Faites-moi confiance, vous allez tout apprécier et tout ira bien. Benedict a connaissance de cet itinéraire et ça lui va.

— Benedict sait ?

— Oui, dit-elle, les yeux radieux, voyant qu'elle était sur le point de gagner.

— Eh bien…

Finch était réticent à accepter sans parler à Benedict. Mais Mamie le rassura, Letje ajouta son soutien calme à la décision et approuva que cela ne dérangerait pas Benedict. Le préposé aux bagages lança comme avertissement qu'ils étaient à court de temps. Finch céda.

— J'appellerai Benedict dans le train. S'il le faut, je peux faire demi-tour et revenir à Amsterdam après vous avoir déposé saines et sauves à Leyde.

— Merveilleux. Du moment que ça fonctionne. Et ce sera le cas. Ne vous inquiétez pas trop.

Mamie tira sur le coude de Finch et récupéra son sac à main qu'il tenait.

— Merci, Prins. On se revoit dans quelques jours.

— Mevrouw.

Prins aida Letje à passer du siège arrière au trottoir et les deux dames commencèrent à se diriger vers la gare.

— Merci, Prins, dit Finch en tendant sa main libre. Euh, si Benedict – Monsieur Witheridge – appelle, vous lui direz où nous allons ? Et qu'on m'a laissé entendre qu'il n'y avait pas de problème.

— Mais bien sûr, bien que je pense qu'il doit le savoir. Non ? répondit-il, serrant sa main et s'inclinant à la taille. Ce fut un plaisir, Monsieur Finch. Amusez-vous bien.

Hésiter n'aiderait pas, alors il trotta après le préposé poussant le chariot à bagages alors qu'ils traversaient la gare jusqu'au bon quai. Ils embarquèrent à l'avant du train dans une voiture calme et peu remplie et s'assirent sur deux sièges face à face avec une petite table au milieu. Alors que Finch s'installait sur la banquette, la dernière annonce résonna, une série de cloches électroniques carillonna et les portes se refermèrent après le départ du préposé et ils commencèrent à bouger.

— Parfaitement à l'heure, fanfaronna Mamie.

La gare, puis Amsterdam, glissèrent derrière les vitres tandis que le train gagnait de la vitesse. Finch prit quelques photos, reconnaissant encore une fois d'avoir eu son appareil sur lui durant le cambriolage. Perdre chaque photo du voyage aurait horriblement rajouté du sel sur la plaie. Au-delà de cela, il voulait pouvoir rentrer et regarder les clichés de Benedict pris sur le vif sans avoir à expliquer pourquoi il le regardait fixement.

Alors qu'ils prenaient de la vitesse, les haut-parleurs grésillèrent et Finch comprit *Apeldoorn* dans les annonces qui étaient faites. Il ouvrit la carte dans le guide que Benedict avait fourni et traça la route d'Amsterdam à Apeldoorn avec le doigt. Puis il trouva Leyde et fit un rapide calcul de distances et du temps qu'il faudrait pour atteindre chaque endroit. Il avait son téléphone prêt, comme si Benedict allait appeler à tout instant et demander des réponses.

Mamie et Letje étaient détendues et avaient une conversation animée. Letje sortit un panier pour fournir des en-cas et une bouteille isotherme de thé chaud. Elle leur versa chacun une tasse – une vraie tasse, pas du plastique, avec des bords droits – et tendit de tous petits sachets de crème et de sucre. Finch secoua la tête et rit. Il prépara son thé et attrapa un friand au fromage, puis s'affaissa contre le siège et essaya de rattraper tout ce qui s'était passé.

— Je n'aime pas les bateaux et prendre l'avion est pire, mais les trains ? Ils sont excitants et une manière tellement civilisée de voyager, déclara Mamie, cognant sa tasse contre les leurs.

Finch prit plusieurs inspirations profondes et décida qu'il devrait se détendre aussi. Ils arriveraient dans peu de temps à Apeldoorn et il pourrait alors comprendre ce que les machinations de Mamie leur réservaient. Il pourrait toujours jouer sa carte maîtresse d'être le touriste avec un temps limité et les guider vers un emploi du temps de voyage plus léger si les plans de Mamie étaient trop grandioses pour les quelques jours qu'ils avaient.

Finch sirota son thé et vérifia son téléphone, mais il n'y avait pas de réseau. Faire savoir à Benedict qu'ils étaient en chemin devrait attendre. Il mangea le friand avec appréciation, puis bougea de manière à voir par la vitre alors que la campagne plate commençait à monter en de douces collines. Il ferma les yeux, se remémora le baiser de Benedict, il sourit et soupira tandis que le train le berçait.

— Finch ? Finch très cher, nous sommes arrivés.

Il s'assit et regarda autour de lui pour découvrir le train ralentissant, le panier de Letje rangé et les dames prêtes à y aller.

— Je me suis assoupi, n'est-ce pas ? dit-il avec une touche d'auto-dérision. Désolé pour ça. Je ne suis pas tout à fait à la hauteur de mes devoirs comme compagnon de voyage.

— Bêtises, répondit Mamie en se levant. Vous étiez juste là si nous avions besoin de vous et puisque ça n'a pas été le cas, c'est bien que vous puissiez rattraper du sommeil. De cette façon, vous êtes frais et dispos et nous pouvons passer directement aux visites touristiques. Nous pensions aller à Het Loo – l'ancien palais royal. Qu'en dites-vous ?

—Et il y a ensuite beaucoup d'églises et de marches que nous pouvons faire. Nous avons un train plus tard pour Utrecht, où nous passerons la nuit. Et de là, continua Letje en faisant signe à Finch de se lever, je me suis arrangée pour que nos bagages soient envoyés en avance, à l'hôtel. De cette manière nous pouvons profiter sans souci.

Finch pensa que ça semblait bien et assez simple et il essaya d'écarter ses appréhensions.

— Allons-nous marcher jusqu'au palais ?

Il se leva et s'étira et Mamie prit son bras.

— Oh non. Nous allons prendre une voiture. Ça économisera du temps et nos pieds.

Mamie attendit que Letje vérifie les panneaux indicateurs les menant du quai jusqu'à l'extérieur de la gare et très vite, ils hélèrent un taxi et se dirigèrent vers le palais.

Finch se tourna sur son siège pour demander à Mamie :

— À quel hôtel descendons-nous ? Je veux envoyer un message à Benedict pour qu'il le sache. Et à quelle heure estimez-vous que nous arriverons ?

Mamie exprima sa désapprobation d'un claquement de langue, mais Letje répondit.

— Une visite complète du palais prend trois heures. Nous préférons tous la visite guidée. N'est-ce pas ? demanda-t-elle, plus comme une affirmation.

Il cacha un sourire. Il avait déjà entendu ce ton avant. Letje lâcha un petit son entendu avant de continuer.

— Après ça, nous déjeunerons près du palais et ensuite retournerons à la gare, en voyant des curiosités locales tout du long. Notre train pour Utrecht part à dix-huit heures, alors nous avons toute la journée pour vous faire visiter. Le palais est ce qui prend le plus de temps, mais qui en mérite le plus également. Nous adapterons à partir de là.

— Peut-être que là où nous irons déjeuner, il y aura du Wi-Fi. Mon téléphone ne trouve toujours pas de réseau. Et Mamie, permettez-moi de vous faire un check-up rapide quand nous serons au palais. Je serai discret, promit Finch en les regardant toutes le deux, et elles acquiescèrent. Autrement, oui, je veux faire la visite guidée et oui, je suis en fait excité et touché que vous ayez organisé ce détour simplement pour moi. Pardonnez-moi si j'ai paru ingrat, mais je suis ici pour faire un travail et nous ne sommes pas tous beaux joueurs face aux surprises au départ.

— Vous faites la paire, Benedict et vous. Avec vos emplois du temps et les détails et vouloir que les journées soient exactement arrangées, s'exclama Mamie en riant. Mais c'est le tempérament de Benedict qui lui crée des ennuis avec les surprises, pas le fait de micro gérer et trop réfléchir, comme vous le faites.

Finch ne put imaginer Benedict suffisamment peu maître de la situation pour montrer une forte émotion, encore moins de la colère. Peut-être quand il était plus jeune, mais pas l'homme suave et calme qu'il avait appris à connaître. Ce n'était pas le moment pour pousser Mamie à en dire plus, parce que la conversation passa sur qui paierait le taxi. Ils arrivèrent au palais et y entrèrent juste avant qu'une légère bruine ne commence à tomber.

La journée se déroula presque comme sur des roulettes, comme l'avait exposé Letje. Finch fut apaisé en faisant un rapide examen à Mamie et ils plongèrent ensuite dans le palais et absorbèrent chaque détail qu'on leur montra pendant la visite approfondie. Les photos étaient autorisées et il en prit son milliard habituel, mais cela ne dérangea pas ses compagnes.

Letje indiqua minutieusement les meilleures caractéristiques qu'il aurait pu manquer et Mamie posa volontiers près des meubles et objets les plus excentriques pour qu'il puisse les avoir à l'échelle. Ils déjeunèrent dans un café à proximité – un endroit que Finch aurait évité, à cause du menu chic sans prix –, mais ce fut délicieux. Mamie insista pour payer, parce qu'elle avait organisé la surprise et qu'il n'avait pas su prévoir un budget pour ça, alors sa culpabilité et ses angoisses d'argent faiblirent.

Il réussit à grappiller quelques minutes de Wi-Fi et envoya des nouvelles à Benedict par messages. *Arrivés sans encombre. Tout va bien. Avec Letje et profitons de la journée.*

Il hésita avant d'utiliser le surnom de la grand-tante de Benedict, mais décida ensuite que cela n'avait pas d'importance. Finch rangea son téléphone pour ne pas ajouter qu'ils avaient visité le palais, mais que ce n'était pas pareil sans sa compagnie.

Ils revinrent à la gare avec vingt minutes d'avance, et Mamie lança un sourire victorieux alors qu'ils prenaient un siège. Elle sortit une boîte de fines gaufres croustillantes, recouvertes de caramel. Finch en mangea quatre et s'assit ensuite sur ses mains pour s'empêcher de dévorer toute la boîte.

— Nous devons revenir quand les tulipes sont en fleurs. On n'a pas vu les Pays-Bas à son apogée si on rate cette splendeur.

Letje semblait si confiante que son retour était évident que Finch fut totalement d'accord. Il se consola avec une cinquième gaufre.

Leur hôtel à Utrecht était petit et exclusif. Un chauffeur de l'hôtel les récupéra à la gare et Finch veilla aux étirements et exercices de Mamie. Il les installa dans leur chambre commune et il entendit Utrecht et Rotterdam dans leur conversation – leurs destinations pour le lendemain, finissant à La Haye. Puis les dames approuvèrent qu'un dîner tranquille serait mieux après leur journée excitante. Finch ne put protester. Il bâilla pendant la soupe et la salade livrées dans leur chambre, prit une douche et s'effondra dans son lit.

— **PAS** d'inquiétude, Prins. Je suis certain qu'il y a simplement eu un malentendu quelque part. J'aurais le fin mot de l'histoire.

Benedict hocha la tête et réprima son agacement. Ce n'était pas la faute de Prins.

— Très bien, Monsieur. J'ai une copie de leur itinéraire prévu, si ça peut vous aider ? dit-il, la feuille en main.

Benedict accepta la carte et scruta la liste de villes notée avec l'écriture nette de Prins et des horaires de trains mentionnant où ils devaient arriver et quitter chacun.

— Dois-je demander à Miep de faire du café et des sandwiches ?

— Hum ? Oui, merci, accepta distraitement Benedict.

Après le départ de Prins, il fixa le feu brûlant gaiement dans le salon de Tante Letje, froissa la carte et la jeta dans les flammes. La regarder devenir un tas de cendres était satisfaisant, mais ça n'améliora pas son humeur ni ne changea sa situation actuelle.

Quand il était arrivé à Leyde pour découvrir que non seulement Mamie et Finch n'étaient pas là mais que Tante Letje était partie également, il était passé de perplexe à une colère bouillonnante. À Crestmoor, il avait bien trop pensé à Finch, inquiet pour que le voyage se passe bien et que Finch en profite sans avoir d'autres problèmes. Puis il s'était rappelé – il avait des affaires en attente avec une des banques gérant des avoirs de la famille à Leyde. Rien de pressant, mais des affaires malgré tout, et Benedict préférait faire ce genre de tâches en personne quand c'était possible. Un plan s'était formé le temps qu'il lui fallut pour se reculer de son bureau, monter les marches de l'escalier deux par deux jusqu'à sa chambre et commencer à préparer ses bagages.

Voyager jusqu'à Leyde le lendemain matin était purement pratique. Il pourrait s'occuper de ses affaires, retourner à Londres avec Finch et leur laisser la journée supplémentaire pour faire la route lentement afin que Finch puisse voir quelque chose des Pays-Bas.

Il semblait qu'on l'avait coiffé au poteau, s'il comprenait bien la situation. Aucun doute que Mamie avait concocté le détour et que Tante Letje était d'accord avec l'idée.

Les courts messages de Finch étaient énervants. Ils ne révélaient rien sur la personne qui avait suggéré le changement de plans et aucun ne l'informait de leur localisation. Que Finch se perde dans la campagne hollandaise était précisément le contraire de l'intention que Benedict avait eue quand il l'avait engagé pour voyager avec Mamie. C'était agaçant que Finch contourne ses efforts.

Il se frotta le cou et lâcha un soupir contrôlé. S'il attendait leur arrivée à Rotterdam, il avait une chance de les trouver. Cela lui donnerait la possibilité de manger, se rafraîchir et ensuite aller là-bas pour leur couper la route avant qu'ils ne partent pour La Haye. Il appela et s'excusa auprès de la banque, disant que son rendez-vous devrait être reporté à un autre jour. Puis il appela et annula la réservation de dîner qu'il avait faite au Savoy pour Finch et lui-même avant que l'américain reprenne l'avion.

— Sacrément pénible, maugréa-t-il en vérifiant à nouveau son téléphone.

Rien de Finch depuis ce matin-là et cela avait été un rapport de situation succinct.

Il n'envisagea pas de contacter Mamie – elle était terrible avec son téléphone – et Tante Letje était une grincheuse qui refusait d'en posséder un. Non. Mieux valait qu'il agisse directement et veille à les ramener là où était leur place.

Il découvrait de plus en plus, quand il était question de Finch, que cela signifiait avec lui.

Chapitre Dix

FINCH tourna sur place et scruta les ponts avec arches qui couvraient le canal et reliaient les chemins piétonniers. Il avait perdu Mamie et Letje. Elles avaient probablement été distraites en faisant des frasques et avaient oublié de le retrouver au lieu et à l'heure prévus.

Il envoya presque un message à Benedict pour dire qu'il raterait son vol, mais de ne pas s'en inquiéter, qu'il trouverait un moyen de rentrer à Londres et merci pour tout. Mais un calcul désespéré lui donna au moins quinze minutes de répit avant de devoir admettre sa défaite. Il se dirigea vers la boutique de bonbons que les dames avaient dit vouloir visiter.

Il n'aurait jamais dû suivre leur suggestion de voler de ses propres ailes. Voir tant de choses avec Benedict et quand même arriver à Londres et au ferry lui avait donné une fausse assurance. Ça, et faire du tourisme avec Mamie et Letje ne s'accordait pas avec le chronométrage de Benedict.

C'était parti d'une bonne intention, et même si se séparer lui permettait de voir plus de choses à La Haye, il avait craint que ce scénario précis ne se produise. Il avait déjà eu cette leçon, mais n'avait pas appris.

Le jour précédent, il avait parcouru le domaine du dernier site sur leur courte liste à Utrecht, puis ils avaient été retenus tandis que Mamie faisait des histoires sur quels achats faire dans la boutique souvenir. Ce fut le premier petit caillou à se détacher, jusqu'à ce que la journée se termine en une avalanche d'échecs. Finch arriva au quai de leur train pour Rotterdam en courant à fond, juste à temps pour voir les lumières de son wagon arrière dépasser le dernier poteau pendant que Mamie et Letje suivaient sans précipitation. Il avait espéré pouvoir monter et retenir le train, mais il devait en être autrement.

Il n'y avait plus de trains pour Rotterdam ce soir-là. Il n'y avait plus de trains nulle part. Les conducteurs faisaient une grève d'une nuit – une chose qui arrivait systématiquement durant des négociations mais n'affecterait pas le trafic le lendemain comme les avait informés le service de billetterie. Alors ils réservèrent pour le matin suivant très tôt, durent héler un taxi et réussirent à retourner à l'hôtel mais dans des chambres différentes à des étages différents.

Finch réveilla une Mamie réticente, réussit à les faire avancer Letje et elle jusqu'au train avec une douce persuasion et de justesse. Ils prirent le petit déjeuner dans le train – fourni par l'hôtel quand Finch avait demandé quelque chose à emporter à l'aube – et planifièrent leur journée. Il négocia avec elles de passer Rotterdam en faveur d'une heure précise à La Haye. Puis ils partiraient vers Leyde, il déposerait Mamie chez Letje et se rendrait ensuite à l'aéroport.

La marge d'erreur pour que Finch attrape son vol pour Londres était mince, mais c'était faisable.

Tandis qu'il scrutait la zone du canal, la marge mince commença à faiblir. Finch savait au fond de lui qu'elle se refermerait d'un coup.

Une part de la responsabilité lui appartenait. La veille ils s'étaient tous attardés trop longtemps au musée du patrimoine et il avait autorisé Mamie à le convaincre de voir Bronbeek, un palais royal historique transformé en musée et pension pour anciens soldats. Finch avait été incapable de résister et même s'il avait mis des alertes pour leur éviter de dériver, une chose mena à une autre et ils finirent avec la seule fois où Letje agitant une main impérieuse n'avait pas immédiatement fait venir un taxi.

Il était parti tout seul, suffisamment intelligent pour savoir qu'il ne fallait pas le faire et que la décision lui coûterait.

Finch arriva à un pont, le traversa et il remarqua à peine son dessin pittoresque et le petit bateau de touristes passant dessous.

— Finch !

Il se retourna et vit Letje de l'autre côté, agitant les deux bras pour attirer son attention. Il retraversa et courut à ses côtés.

— Oh, je suis soulagée. Vous voilà, s'exclama Letje, son teint blême alarmant Finch.

— J'étais à notre point de rendez-vous, Letje. Où est Mamie ?

Il haletait d'avoir couru et de la peur montante qu'ils n'allaient pas y arriver.

— C'est le problème et pour ça que nous n'étions pas sur le chemin extérieur, comme promis. Betty est coincée, dit-elle en secouant la tête. Je ne peux pas expliquer. Venez simplement, s'il vous plaît.

Finch offrit son bras à Letje pour qu'elle puisse les guider et qu'il puisse la soutenir et elle avança vers le bout plus calme du canal. L'urgence fatiguée de Letje le rendit heureux d'avoir son sac à dos et dedans, sa trousse de secours et une couverture thermique.

— Nous avons été stupides, j'en ai peur. Mais ensemble nous avons de telles idées et une telle confiance. Stupides vieilles femmes, se lamenta Letje, la bouche pincée. Ma vue n'est pas aussi bonne dans le noir ou j'aurais été juste à côté de Betty, et avec encore plus d'ennuis.

Il réprima le désir d'exiger des informations plus claires. Elle n'était pas en état de répondre et il l'apprendrait assez vite.

— Savez-vous si elle est blessée ? demanda-t-il, comme point de départ.

— Non. Je ne sais pas. Elle m'a répondu quand j'ai dit que j'allais vous chercher, mais n'a rien dit sur elle-même.

Letje les fit tourner trois fois loin du canal, puis les amena dans une allée étroite ramenant vers le canal. Elle s'arrêta devant un haut bâtiment incliné qui ressemblait un doigt crochu.

Ils avancèrent jusqu'à la porte menant dans la tour mais n'entendirent rien.

— Quand Tiele lui faisait la cour, nous sommes venus ici et avons défié les autres d'aller à l'intérieur. C'est une très vieille tour de guet, pas aussi spacieuse et importante que celles de maintenant, et il est supposé y avoir des fantômes. Nous en avons ri, mais avons admis ensuite que nous étions curieux et effrayés, expliqua-t-elle en resserrant sa prise sur le bras de Finch. Nous avons eu aujourd'hui l'idée de faire pareil. Ça n'aurait pas dû prendre de temps ! Mais c'était il y a tant d'années et le bâtiment était déjà dans un mauvais état, même à l'époque et bien sûr nous ne sommes plus jeunes.

Finch empêcha Letje d'aller plus loin.

— Je ne vais pas vous faire retourner là-dedans si c'est dans un état encore pire. On ne sait pas si c'est stable. Allez chercher de l'aide. Vous savez mieux que moi qui aller chercher, de toute façon. Et je vais aller chercher Mamie.

— Oui, bien sûr. Je demanderai à la première personne que je verrai d'appeler les services d'urgence, accepta Letje en touchant sa joue. Merci. Je suis désolée mais vous comprenez à quel point Betty peut être entraînante, comme il est facile de céder. Je vais me dépêcher.

Alors qu'elle s'éloignait, Finch composa un message à Benedict. Ses doigts tremblaient et il détestait perdre du temps précieux, mais Benedict devait être prévenu au cas où le pire arriverait. *Mamie a eu un problème. Nous sommes toujours à La Haye. Je vais probablement manque le vol pour Londres, mais je réglerai ça alors pas d'inquiétudes. Des nouvelles de Mamie et co asap.* Finch prit une inspiration et appuya sur Envoyer. Puis il laissa tomber son sac à dos, attrapa la trousse de secours et la couverture, alluma l'application lampe torche du téléphone et entra avec prudence dans la tour.

Du vent gémissait dans les corniches pointues qui surmontaient la tour et les poutres craquaient. L'air épais et humide sentait la moisissure et la décomposition. Finch traversa l'entrée et avança jusqu'à l'ouverture béante d'un escalier en dalles coupé, indécis s'il devait suivre la spirale étroite vers le haut ou le bas.

— Mamie, cria-t-il. C'est Finch. Je suis là. Appelez pour que je puisse vous trouver.

— Oh, mon cher garçon ! s'exclama Mamie d'une voix forte mais tremblante de peur. En bas, descendez, mais soyez prudent.

Finch serra les dents et commença la descente. Il ignora le frôlement de ses épaules sur les briques de chaque côté et la cascade de pourriture sèche qu'il put entendre tomber entre les marches et crisser sous ses pieds. Quand il dut se plier en deux pour passer là où un palier se rétrécissait sous une arche de soutènement, il se rua presque dehors, mais des images de Mamie en difficulté le firent continuer. Puis sa formation prit le dessus.

— Encore loin ? demanda-t-il en continuant de descendre.

Letje avait dit qu'elles voulaient à nouveau escalader la tour. Peut-être qu'elles avaient eu l'intention de démarrer aux étages inférieurs et ensuite monter.

— Je vois votre lumière. Ralentissez. Les marches ont cédé. Regardez au-dessus de vous. C'est pour ça que je suis en bas.

Il leva les yeux et put distinguer des formes grises plus claires au-dessus que son cerveau assembla finalement comme un trou béant dans le sol qui exposaient le palier de l'escalier en spirale en haut de la tour. Mamie devait être tombée sur plusieurs mètres. Dieu merci, elles n'étaient pas montées très haut avant que le sol ne se désintègre.

— Coucou, dit Mamie alors que Finch se rapprochait doucement. Je crois que je me suis cassé la jambe.

Elle flottait dans une eau sombre et huileuse où les escaliers disparaissaient dans l'obscurité. Le canal avait rongé les fondations, permettant à l'eau et l'humidité envahissante d'éroder la structure de la tour pendant des années. L'atmosphère froide et moite – des décennies de froid tenace qu'aucune chaleur d'été n'avait pu pénétrer – dit à Finch que l'eau serait encore plus froide. Il ne gaspilla pas d'effort à questionner son état. Cette évaluation pouvait attendre, parce que la priorité était de la sortir de l'eau et la réchauffer.

— Je suis content de vous voir, indiqua Finch, ayant l'air léger et normal. Letje a réussi à me trouver et elle est partie chercher d'autres personnes, alors pour le moment, ce n'est que nous.

Il s'agenouilla sur la dernière marche hors de l'eau, appuya son épaule contre le mur central et tendit la main.

— Pouvez-vous l'atteindre ?

Elle tendit le bras vers Finch, se débattit et éclaboussa mais en vain.

— Je pense que mon pied est coincé.

— Et bien, nous allons le décoincer, sourit Finch.

Il posa son téléphone sur la marche avec le faisceau de lumière se réfléchissant sur le mur, posa la trousse de secours et la couverture quelques marches plus haut et entra doucement dans l'eau.

Le froid lui provoqua un choc. Finch pouvait détester les endroits exigus et sombres, mais il était un excellent nageur. Il se concentra sur le défi de libérer Mamie. La prise qu'elle avait sur la marche la plus basse faiblissait et il pouvait dire qu'elle perdait ses forces.

— Laissez-moi juste vérifier ce qu'on a là. D'accord ?

Finch manœuvra autour d'elle, bavardant doucement sur ce qu'il avait vu en parcourant La Haye.

Submergé jusqu'au menton avec la tête inclinée en arrière, il tâta le long de sa jambe, sa cheville gonflée, sous une pierre et ensuite une cassure dans la pierre. Il appuya là où sa jambe s'était bloquée dans la cassure et Mamie siffla.

— Nous allons devoir essayer de la natation synchronisée. Qu'en dites-vous ? demanda-t-il, bougeant la tête pour lui faire face. J'ai besoin que vous vous retourniez, mais ce sera facile.

Mamie se tordit à la taille afin de saisir les marches et cela tordit sa jambe, faisant pression sur sa cheville qui maintenait son pied coincé. Finch espérait que quand elle se redresserait, le pied se décoincerait sans trop forcer. Il continua de parler pour qu'elle ait une chose sur laquelle se concentrer, mais ses réponses devenaient de faibles grognements. Il lutta pour ne pas se précipiter et aggraver la situation.

Il la fit se reposer, les paumes à plat sur une des marches submergées, puis se réajuster par étapes. Quand elle fut redressée, il tira sur sa jambe, mais ça ne cédait pas. Quelque chose la maintenait. Il tâtonna sous l'eau autant qu'il put, prit ensuite une inspiration et plongea.

Il n'ouvrit pas les yeux – pas dans de l'eau rance et fétide – mais être sous l'eau lui donna l'angle et l'accès dont il avait besoin pour desserrer et bouger ce qui semblait être le bout éclaté d'une planche qui bloquait sa jambe contre le mur.

Une fois la planche bougée, la pression sur la jambe de Mamie se relâcha. Finch remonta à la surface et quand il donna un coup de pied, quelque chose perça sa cuisse et continua de déchirer alors qu'il nageait. Il siffla et étouffa tout autre son. Il ne voulait pas que Mamie réalise qu'il s'était blessé. L'eau du canal piqua et brûla et la blessure commença à palpiter.

— Nous allons essayer une dernière fois de libérer votre jambe et ça ira. Prête ?

Il n'y avait pas moyen de rendre ça plus doux, mais au moins quand il tira sur sa jambe, elle se souleva et libéra sa cheville.

Vint ensuite le labeur glissant de sortir Mamie de l'eau. Finch le fit aussi simplement que possible. Il s'assit à côté d'elle et il les poussa en position assise, une marche à la fois.

— Mamie ? Bougez vos bras maintenant. Aidez-moi à enlever votre manteau.

141

Ils luttèrent contre le manteau et ensuite son pull épais, mais Finch lui laissa son chemisier. Il n'y avait aucune façon de la sécher et elle n'avait pas besoin de la détresse supplémentaire de s'inquiéter de sa dignité.

— Génial. Maintenant, j'ai besoin que vous teniez ça. D'accord ? demanda-t-il en lui tenant son téléphone avec la lampe pointé sur sa jambe blessée. Dites-moi ce que Letje et vous avez fait aujourd'hui.

Elle serra le téléphone dans ses deux mains tremblantes et tenta un sourire. Puis elle lui raconta des bribes de ce qu'elles avaient fait. Finch aurait pu laisser le téléphone posé sur le sol, mais elle avait besoin de quelque chose à faire. Il nettoya et pansa les égratignures sur ses mains, reconnaissant que son lourd manteau ait protégé ses bras. Puis il travailla sur sa jambe. Il découpa rapidement son pantalon trempé jusqu'au genou. Ensuite il banda sa cheville, avec la chaussure, parce qu'il s'inquiétait que le gonflement s'aggrave s'il l'enlevait.

Avant d'appuyer Mamie pour qu'elle se repose contre le mur, il l'enveloppa dans la fine couverture thermique et souleva la cheville blessée sur ses propres genoux. La couverture semblait légère, mais Finch savait qu'elle ferait son office à maintenir sa température corporelle et hors de l'eau, elle commencerait à en produire plus.

— Vous vous débrouillez bien, Mamie. Donnez-moi le téléphone et je verrai s'il y a du réseau ici.

Finch regarda son téléphone et ne fut pas surpris de ne pas ne trouver.

— Vous êtes assez reposée pour grimper ? Une fois dehors, je pense que ça comptera comme retrouver l'exploit de votre jeunesse. Mais moi, personnellement, je suis content que nous n'ayons pas vu de fantômes.

— Et vous êtes trop bon envers moi quand je n'ai été que méchante, ricana sèchement Mamie. Vous avez aimé Crestmoor à la minute où vous l'avez vu, n'est-ce pas ?

Finch pensa que c'était une étrange question à poser à cet instant, mais des patients souffrant de traumatisme qui se transformait en choc lui en avaient posé de bien plus étranges.

— Oui. Je l'ai aimé tout de suite. Tout là-bas est, eh bien, enchanteur.

L'image de Benedict passa dans son esprit et son ton laissa transparaître un soupçon de ce qu'il ressentait pour le seigneur du manoir.

— Dans cette maison géante, quelle est votre pièce préférée ? demanda-t-il. Quelles extensions Tiele et vous avez-vous supervisées pour vous approprier un peu plus les lieux ?

— Le petit salon. Nous avons refait la décoration pour évoquer la faïence de Delft, parce que je l'aime beaucoup et en honneur de la patrie de Tiele, vous savez, dit-elle en tapotant sa main. Je suis certaine que vous l'avez remarqué.

Il avait remarqué, mais ne répondit pas. Du bruit et une pluie de poussière au-dessus d'eux attira leur attention. Ignorant la douleur dans sa cuisse, Finch se leva, abandonna le reste de sa trousse de secours et souleva Mamie sur une jambe.

— Je voulais rester assis plus longtemps à parler de Crestmoor et découvrir l'histoire de la chambre Chinoise laquée rouge et jaune, mais vous allez devoir me raconter pendant que nous marchons. Je commence à avoir froid.

Finch la prit par-dessous un bras et commença leur montée laborieuse.

— Pauvre chéri, lâcha-t-elle d'un ton désapprobateur, avant de se concentrer sur le fait de gravir les marches.

La tour commença à gronder et de lourdes éclaboussures prirent en chasse leur montée. Finch pouvait voir la lumière du jour alors qu'ils grimpaient la spirale et le bâtiment céda de plus en plus.

Il porta presque Mamie et s'efforça de l'amener jusqu'au palier principal et de leur faire traverser pour atteindre la porte. Il la poussa dans l'allée. Il s'accroupit ensuite contre l'épaisse arche de pierre menant à l'antichambre du rez-de-chaussée, et la tour s'effondra autour de lui. Des blocs de pierre s'écrasèrent au sol et certains le frappèrent, le faisant tomber et atterrir sur sa cuisse blessée. La douleur tordit chacun de ses nerfs et son corps offrit comme choix de vomir ou de s'évanouir. Une dernière pensée le traversa alors qu'il cédait à l'inconscience – il devait raconter tout ça à Benedict et il verrait enfin sa colère.

BENEDICT n'était pas en colère. Il s'attendait à être furieux, mais alors qu'il était assis sur le lit à regarder Finch dormir, la colère était bien loin de son esprit. Il était secoué, soulagé et désorienté. Ce n'étaient pas des émotions dont il faisait souvent l'expérience. Il devrait en vouloir à Finch de les faire ressortir, mais il ne pouvait même pas trouver de l'agacement.

Quand il reçut le message de Finch lui disant de ne pas s'inquiéter, ce fut exactement ce qu'il fit. En particulier parce qu'il continuait d'être évasif en l'informant de leur changement de plans. Quand il ne trouva aucun signe d'eux à Rotterdam la veille, il hésita sur sa destination suivante, et partit pour Utrecht. Là-bas, il réussit à confirmer qu'ils y étaient restés une seconde nuit imprévue et étaient partis ce matin-là. Le moteur puissant de la Bentley ne fit qu'une bouchée du trajet jusqu'à La Haye et il commença ses recherches à la gare et progressa à partir de là.

Il avança sur la base de la logique et de son instinct et se dirigea là où les canaux et la vielle ville se rejoignaient et vers des boutiques qui avaient, il le savait, les faveurs de Mamie. À la troisième, il eut de la chance. Le vendeur se rappela Mamie et Tante Letje, et qu'elles avaient été là quelques heures avant. Il sortit son téléphone pour appeler Finch. Alors, comme invoqué, celui-ci lui envoya que leur visite avait eu un souci. Benedict jura avec assez de force pour faire déguerpir un client à proximité.

Quand chaque tentative d'appel alla directement sur répondeur et que ses messages furent sans réponse, il soupçonna plus qu'un simple problème. Quelque chose était allé sérieusement de travers.

Une agitation grandissante à l'extérieur le poussa à foncer hors de la boutique de bonbons et à suivre le canal jusqu'à la source, certain qu'il trouverait Mamie et Finch au centre. Il ne savait pas à quoi s'attendre, mais avec toutes les idées qui lui vinrent à l'esprit, rien ne le prépara à ce qu'il découvrit dans l'allée étroite. Tante Letje tenait tendrement Mamie près des décombres dangereux d'une tour de guet qui aurait dû être rasée depuis des lustres. Les pompiers et équipes de secours grouillaient partout, toute la scène était recouverte d'un épais nuage de poussière et Finch était absent.

Mamie n'était pas en état d'expliquer et les divagations de Tante Letje étaient embrouillées au mieux. Il ne vit aucune raison de les stresser davantage, alors il promit qu'il trouverait Finch et envoya Tante Letje accompagner Mamie à l'hôpital. Il s'attarda sur la scène, disant qu'il était un parent de Mamie et un ami inquiet de l'homme coincé et il ajouta les noms de parents et amis Hollandais importants quand le capitaine de l'équipe de secours suggéra qu'il se mette à l'abri et libère la zone.

Puis il attendit. Des minutes insoutenables qui s'étirèrent encore et encore tandis que l'équipe de secours sécurisait le site et entrait. Benedict les repoussa presque pour entrer dans cette maudite tour quand ils signalèrent que Finch avait été trouvé. Le travail minutieux pour l'extraire de la tour instable fut fait et une civière émergea avec le blessé attaché dessus.

Benedict joua des coudes pour passer et posa une main prudente sur le torse de Finch.

— Finch ? Finch, réveille-toi. Ouvre les yeux – c'est ça – tu es en sécurité.

Les paupières de Finch papillonnèrent et il fronça les sourcils, mais Benedict continua d'essayer de le réveiller. De longues minutes plus tard, Finch regarda Benedict et dit :

— Oh... oh non.

Avant de retomber dans l'inconscience.

Sans le temps d'être alarmé ou de réveiller à nouveau Finch, Benedict utilisa sa volonté non négligeable pour l'accompagner dans l'ambulance jusqu'à l'hôpital.

Les heures suivantes éprouvèrent sa patience et ses nerfs, et il dut employer tous ses pouvoirs de diplomatie, de persuasion et d'exactitude pour veiller à chaque besoin. Il fit soigner Mamie et attendit ensuite jusqu'à ce qu'elle soit réveillée et consciente, la fine fracture sur sa jambe plâtrée et prête à sortir. Tante Letje se fit du mauvais sang, mais se reprit et se cala au chevet de Mamie. Puis il discuta avec les autorités de la tour de guet effondrée et essaya de déterminer pourquoi les personnes sous sa responsabilité avaient été là-bas.

Enfin, il vit Finch, qui était couvert de bleus et vaseux, mais pas sérieusement blessé.

À la fin de cette longue journée, il loua une ambulance, signa une décharge pour sortir Mamie et Finch de l'hôpital et les faire soigner par un médecin privé, et prit la voiture pour suivre l'ambulance avec Letje à ses côtés. Elle avait retrouvé son sang-froid et raconta la majorité de ce qui s'était passé depuis qu'ils étaient arrivés à Amsterdam. Puis ils arrivèrent sans encombre à Leyde, où ils auraient dû être depuis le début.

Jusqu'à présent, il n'avait pas parlé à Finch ou ne l'avait pas trouvé éveillé. Au début, il avait évité le contact pour que la rage bouillonnante qu'il avait ressentie ne jaillisse. Puis il n'y eut pas d'occasions.

Il se leva et observa Finch encore une minute, le fixant, comme pour s'assurer qu'il était vraiment entier et respirait. Il lissa une mèche de cheveux égarée sur le front du blessé et retraça du bout des doigts le bandage sur son avant-bras. Il détestait les bleus recouvrant la peau pâle aux taches de rousseur.

Il écarta la main quand Finch soupira, puis il se recula. Il sortit silencieusement et descendit jusqu'au bureau de Tante Letje, avec l'intention de décider comment faire au mieux face à la situation et mettre en œuvre ses résolutions. Mais pendant plusieurs heures, il fixa le jardin hivernal sans rien accomplir, pensant à Finch et à ses longues journées de recherches et d'inquiétude.

Chapitre Onze

FINCH passa les jours suivants à récupérer de la mésaventure de Mamie sous le toit accueillant de Letje, se sentant plus comme une nuisance que comme un invalide. Il faisait d'anxieux rêves agités sur le fait de voyager et sa jambe était douloureuse, mais il avait survécu sans trop de blessures.

Mamie lui rendit visite, pleine d'excuses et d'inquiétudes pour lui, mais son côté malicieux était tapi sous la surface tandis qu'elle narrait ses prouesses et se déclarait pour toujours redevable envers lui. Letje vint voir comment il allait plusieurs fois par jour. Le matin, elle emmenait les médecins avec elle et à la mi-journée, elle amenait le thé.

Finch voulait surtout voir Benedict, il regardait la porte et attendait, rempli d'anticipation chaque fois qu'il y avait un bruit dans le couloir. Mais elle ne s'ouvrait jamais pour révéler Benedict se tenant là et chaque jour de silence qui passait le rendait plus irritable.

Il savait que Benedict était encore là. Mamie avait mentionné comment il lui avait patiemment pardonné son erreur et Letje parlait de lui

146

chaque jour. Mais rien pour lui, semblait-il. Il s'était suffisamment remis et n'avait pas besoin de rester plus longtemps, en particulier s'il était si pénible que Benedict choisisse de l'éviter.

Finch grogna et rejeta les couvertures pour sortir du lit en boitant, aller dans la salle de bain et ensuite s'habiller avec soin dans une version décontractée de la tenue qu'il avait prise sur l'insistance de Benedict. Plus il bougeait, plus sa jambe se détendait et le boitement faiblissait, alors le temps qu'il descende les escaliers, sa blessure n'était presque pas visible. Il ne faudrait pas longtemps avant qu'il puisse faire enlever les points de suture. La coupure sur son bras n'en avait pas exigé, et les bleus qu'il avait gagnés s'estompaient.

Il était si tôt que la maison et la ville au-delà de ses murs, étaient sombres et silencieuses. Il suivit le son du feu craquant et entra dans le petit bureau avec détermination, mais il s'arrêta tout de même net lorsqu'il entra pour découvrir Benedict en train de fixer le feu.

— Euh, dit-il, au lieu de son discours bien répété.

— Finch. Bonjour.

Benedict se redressa et se détourna du feu.

Toute la perplexité rancunière de Finch s'éteignit comme une flamme en voyant Benedict. Il portait un pull épais, tiré sur une chemise froissée. Elle pendait lâchement par-dessus un pantalon chiffonné. Des lignes de fatigue marquaient profondément son visage.

— Pas de mal à descendre les escaliers tout seul ? J'espère que tu n'as pas trop forcé, dit Benedict quand Finch resta silencieux.

— Je suis allé lentement, répliqua-t-il.

Il s'enfonça dans le fauteuil à l'opposé de celui près duquel Benedict se tenait et il étudia les orteils de ses pieds en chaussettes.

— Je réfléchissais au meilleur moyen d'arranger mon retour et il me semble que le plus simple est de réserver un vol à partir d'Amsterdam. Je ne sais pas où est mon téléphone, ou si je peux emprunter un ordinateur, mais je suis certain qu'il y a des vols et des sièges disponibles dans les prochains jours. Tu as l'air crevé.

Au son vif que Benedict lâcha, il leva les mains et la vulnérabilité fatiguée de celui-ci disparut en un froncement de sourcils autocratique.

— Bien sûr que j'ai l'air crevé, étant donné ces derniers jours. Et qu'est-ce qui te fait penser que tu es en état de prendre l'avion pour l'étranger ?

— Je vais bien, asséna Finch avec une grimace. Ce qui est arrivé n'était même pas si mauvais. Et ce n'est pas comme si prendre l'avion était fatiguant. Je serai assis pendant huit heures, plus ou moins, puis je prendrai un taxi pour rentrer à la maison.

Il grimaça à nouveau en disant la dernière partie, refusant de penser à ce que ça coûterait.

— Pas si mauvais ? Oui – une tournée d'antibiotiques et de piqûres contre le tétanos, une blessure demandant dix-sept points de suture, plusieurs autres soignées et bandées, dormir pendant presque deux jours avec le corps presque comateux pour qu'il puisse récupérer. En effet c'est la définition de *pas mauvais*, énuméra Benedict avec un regard noir.

— Ce n'est pas comme si je ne réalisais pas que je suis une gêne, objecta Finch en se levant d'un coup et grimaçant mais tenant bon. Que je te fais perdre du temps et que j'abuse de la gentillesse de Letje, quelque chose que je ne peux pas changer tant que je ne suis pas enfin parti d'ici.

— Eh bien, tu n'es pas une gêne, et même si c'était le cas, tu ne vas certainement pas de sitôt prendre une chambre dans une foutue auberge miteuse d'Amsterdam ou un vol pour le Delaware, riposta Benedict, son ton ne tolérant aucun compromis.

— Comme c'est rassurant, cingla Finch en secouant la tête. Et j'espère que tu ne vas pas me payer pour ça, ou ces derniers jours ou n'importe quoi, parce que je n'ai pas vraiment fait quoi que ce soit pour le mériter.

Il agita ses bras mais ses blessures protestèrent et il se plia en deux avec un petit cri de douleur.

Benedict attrapa ses épaules et le guida pour se rasseoir. Puis il resta à moitié agenouillé devant lui.

— Au moins, une partie de toi est prête à accepter que tu ne sois pas en état de faire quoi que ce soit à part continuer de guérir. Finch têtu, murmura-t-il. Ça doit être tous ces cheveux de feu.

— Je vais bien, soupira Finch. En grande partie.

— En grand partie n'est pas assez bien.

Benedict caressa la joue de Finch, puis s'éclaircit la gorge et s'assit sur l'autre fauteuil

— Mamie passe une radio aujourd'hui et les médecins veulent te réexaminer avant de te confier à notre médecin de famille, à la maison. Elle surveillera la fin de ta convalescence. Demain je vous emmitoufle tous les deux dans la voiture et vous ramène à la maison. Si tu avais simplement attendu, commença-t-il en regardant sa montre, quatre heures de plus, j'aurais pu te dire tout ça dans le confort de ta chambre.

Finch tint sa langue. Souligner que la raison pour laquelle il avait quitté le confort de sa chambre était parce que Benedict n'avait pas pris la peine de se montrer serait gaspiller de l'énergie.

Après un long silence, il confia quand même :

— Il est long d'attendre quatre heures quand les pensées traversant ton cerveau ont atteint des niveaux affolants et qu'il n'y a rien de proactif à y faire.

— Toutes mes excuses que ta tranquillité d'esprit ait été négligée. Mais néanmoins, jusqu'à maintenant, tu n'étais pas en état d'être dérangé et j'ai été préoccupé.

Benedict semblait sur le point d'en dire plus quand la porte s'ouvrit et que Miep arriva portant un plateau.

Elle posa le thé, leur souhaita une bonne matinée et repartit.

Benedict versa deux tasses et poussa la crème et le sucre en direction de Finch.

— Je vois que la maisonnée a été dûment informée de tes préférences, constata-t-il avec un sourcil levé. Je suis aussi certain que Tante Letje t'a dit plus d'une fois comment les Hollandais préfèrent leur thé – chaud, noir et fort.

— Elle pourrait l'avoir mentionné. Son avis est assorti au thé, dit Finch avec un sourire pour adoucir ses mots.

— En effet, oui, comprit Benedict.

— Je suis encore en train de m'habituer au pain et fromage pour le petit déjeuner, mais ça va. La crème et le sucre, je ne pourrais pas faire sans, coutumes Hollandaise ou pas, continua Finch avec un haussement d'épaules. Le thé devrait être comme on l'aime. C'est pour ça que nous le buvons, après tout.

Benedict se réinstalla sur sa chaise et sirota son thé.

— Rien de plus vrai. Mamie m'a dit que tu étais si excité à la perspective de faire des visites qu'elle n'a pas pu annuler l'offre une fois faite, même si c'était à moitié pour plaisanter.

Finch but son thé et eut un goût de bile, mais après une minute, il composa une réponse raisonnable.

— Et pour prononcer une évidence, cette conversation serait sans intérêt si l'accident n'était pas arrivé. Alors je suppose que, oui, c'est ainsi que ça aurait pu paraître pour Mamie.

— C'est vraiment grand de ta part, Finch, de prendre la responsabilité, dit Benedict les yeux brillants avant de secouer la tête. Je suis bien conscient que le voyage touristique improvisé était son idée. Nous avons eu beaucoup d'explications ces derniers jours dans ce contexte et je ne t'en tiens pas rigueur.

— Oh, soupira Finch. Je n'étais pas certain de quoi penser de ce voyage, étant donné que tu t'étais occupé de tout planifier. Mais quand nous avons commencé et que j'ai réfléchi au calendrier, je n'ai pas pensé que c'était un problème. Et quand j'ai continué de m'inquiéter, Mamie m'a dit que j'étais bête et de simplement profiter. Alors je l'ai fait. Quand elle a dit que tu avais connaissance du voyage, j'ai pensé, oui, d'accord, ça va, alors. Mais j'aurais dû m'en assurer.

— Oui. J'en avais connaissance – parce qu'il y a quelques années, j'ai suivi le même itinéraire qu'elle a proposé pour votre voyage, pour montrer le pays à des cousins venant du Canada, expliqua Benedict assez sèchement. Pas exactement un mensonge, mais difficilement toute la vérité de la situation.

Les sourcils de Finch se levèrent et sa fossette se vit quand il osa dire :
— Un trait appris ou hérité – ou hérité, puis perfectionné par l'observation, alors.

Benedict le fixa pendant un instant et lâcha un court rire tranchant. Il inclina la tête comme un aveu et ensuite sa bouche se plissa.

— Que Mamie aille dans la tour de guet n'était pas un accident, comme nous le savons tous les deux. Elle est chanceuse que les répercussions n'aient pas été plus sérieuses.

— Ça a dû être horrible, non seulement de nous découvrir absents de Leyde mais aussi de nous accompagner dans un hôpital à La Haye.

Finch fit tourner son thé, parce que l'expression lugubre qui traversa le visage de Benedict fut difficile à regarder.

— Je suis désolé.

— Je suis reconnaissant que cela n'ait pas été pire pour tous ceux impliqués et je te suis particulièrement reconnaissant, Finch, admit Benedict, en se penchant en avant. Tu as pris soin de Mamie, et ensuite tu l'as sauvée sans penser à toi. Dans un endroit sombre et exigu, rien que ça. Nous te sommes redevables.

— Non, j'ai juste fait ce que n'importe qui d'autre aurait fait. C'était une bonne chose que Letje soit là aussi. Qu'elle aille chercher de l'aide avait tellement plus de sens que moi courant partout, sans connaître la ville et sans parler Hollandais. De plus, prendre soin de Mamie était mon travail, répondit Finch avec un sourire et essayant de prendre un ton plus léger. Mais j'espère que ce n'est pas ta façon de discuter de ton intention de me payer en plus ou autre chose.

— Certainement pas. Je vais te payer comme convenu, mais pas pour ça. Je le pense et n'insulterais pas ce sentiment en faisant une telle chose.

Benedict se redressa et sa bouche se serra encore plus.

Finch soupira sans bruit et hocha la tête. Il ne pouvait pas s'excuser et s'enfoncer encore plus, mais il n'allait pas tendre la main en attendant une médaille pour bravoure ou autre chose. Il avait vraiment fait ce que n'importe qui aurait fait dans cette situation. Cela ne lui viendrait même pas à l'esprit de faire autrement.

— Mais tu accepteras l'offre de rester mon invité jusqu'à ce que tu sois guéri et reposé. Pas de plainte sur le fait de trouver un hôtel, ou Dieu m'en garde, une auberge, cette fois. Et pas de discussion – ni demain ni une fois que nous serons rentrés à la maison, continua Benedict en le regardant avant de s'adoucir un peu. Pardonne-moi d'avoir été un peu sec à l'instant.

— Bien sûr, accepta immédiatement Finch avant de se détendre. Les derniers jours d'inquiétude pour Mamie et devoir être responsable de tout superviser pèseraient lourds pour n'importe qui. Même toi.

Finch cacha un sourire à l'exclamation outrée presque inaudible de Benedict. Ils restèrent assis dans un silence agréable et vidèrent la théière. Quand l'horloge à pendule dans le salon sonna six heures, Benedict se leva.

— Tu dois m'excuser. Il y a des choses dont je dois m'occuper avant que la journée ne m'échappe.

Finch se pencha en arrière pour le regarder.

— Serait-ce un mauvais moment pour demander comment mon séjour à l'hôpital a été payé, si j'ai besoin de remplir des papiers ou quoi que ce soit, et comment je peux le rembourser ?

— Oui. Reste assis et repose-toi. Le médecin sera là à onze heures. Bonne matinée, dit Benedict, massant l'épaule de Finch avant de partir.

Le médecin vit Finch dans le salon, et ils discutèrent entre professionnels de l'état encourageant de la blessure. Elle guérissait bien, ne montrait aucun signe d'infection et bien que dans un endroit délicat, les points de suture tenaient. Finch fut d'accord avec l'estimation du médecin que même s'il y gardait une marque, la cicatrice ne serait pas sévère et il ne garderait aucune séquelle durable de cette blessure.

Il passa le reste de la journée à se préparer au départ. Il obtint l'adresse écrite de Letje par Prins pour qu'il puisse envoyer un message de remerciements une fois rentré. Dans les longues heures de l'après-midi, pendant qu'il exerçait sa jambe, il découvrit un imposant piano droit dans une des pièces étroites dans la longueur de la maison. Il s'assit et joua des bribes de tel et tel morceau – tout ce qui lui passait par l'esprit et des bouts de chansons qui se succédèrent sans fin – jusqu'à ce qu'il ait besoin d'étirer à nouveau sa jambe.

Finch n'avait pas remarqué Benedict en train de l'observer depuis le fond du salon quand il referma le piano et remonta lentement l'escalier.

Le dîner lui fut servi dans sa chambre, et faute de mieux à faire, il alla se coucher peu après. Bien qu'il n'ait rien fait de la journée et qu'il ait continué de penser à Benedict, à la situation et à son retour, il s'endormit rapidement. Il se réveilla de nouveau tôt et trouva le thé servi sur un plateau. Il était nerveux à l'idée de partir et de retourner à Londres. Ou mieux – à Crestmoor.

BENEDICT géra le départ du matin d'une main ferme. Il persuada Mamie d'abréger un au revoir larmoyant avec Letje, coupa une nouvelle tournée d'excuses et l'installa confortablement avec la jambe surélevée sur le siège arrière, entourée de couvertures et de magazines. Les remerciements et adieux de Finch furent brefs, mais non moins sincères et Benedict remarqua comment ils inclurent Prins et le reste de la maisonnée. Tante Letje lui offrit un sourire d'approbation et lui dit de prendre bien soin de Finch.

Il n'eut aucune difficulté à promettre qu'il avait l'intention de faire exactement cela.

Ils traversèrent la Belgique et approchèrent rapidement de Calais, où les attendait le rapide trajet d'une demi-heure par le tunnel. Il leur avait fait faire des pauses toutes les deux heures pour que Finch et Mamie puissent étirer leurs membres blessés et se rafraîchir. Il prenait plus de temps sur ce voyage qu'il ne l'aurait fait seul.

Finch était assis à côté de lui sans se plaindre.

Il aimait bien ça.

Le calme avec lequel Finch s'occupa de Mamie facilita leur voyage. Benedict apprécia sa présence paisible, la conversation à voix basse qui le maintenait intéressé et les silences confortables que Finch offrait quand il avait besoin de calme.

Calais apparut et Finch fit remarquer comment les flèches des églises de la ville ressortaient contre la Manche. Benedict hocha la tête et Finch prit cela comme un signal pour expliquer en détails les charmes du paysage.

— J'espère qu'un jour je pourrai voir la sculpture de Rodin ici.

Finch regardait par la vitre comme si elle pouvait être visible depuis la voiture. Benedict connaissait, mais voulait entendre la réponse de Finch.

— Les Bourgeois de Calais, n'est-ce pas ?

— La seule et unique, assura Finch en lui lançant un sourire satisfait.

— Eh bien, commença Benedict en réfléchissant à ses mots. J'espère que tu la verras, et plus tôt que « un jour » abstrait.

— Savais-tu qu'elle n'était pas très admirée au début ? Tout le monde grognait que les personnages manquaient de pathos et de poses héroïques traditionnelles et tout ça, expliqua Finch en imitant une telle pose. J'ai vu des plâtres des sculptures – ce n'est pas pareil, bien sûr, mais ça m'a donné une bonne impression – et je pense que la peur, la douleur et le stoïcisme liés au sacrifice représenté sont aussi héroïques que possible.

— Comme c'est très bien dit. Je suis d'accord. Et maintenant tu me donnes envie de la voir. Je vais devoir y aller aussi.

Benedict se retint d'en dire plus, mais il ne rata pas le hochement d'acceptation et, peut-être aussi, de déception.

Ils arriveraient chez Mamie aux alentours de trois heures, il la déposerait et emmènerait ensuite Finch dans sa maison de Londres.

Il aimait ça aussi. Jamais rien d'autre ne l'avait calmé de cette manière et il comprenait ce que cela signifiait pour leur futur – à la fois son besoin immédiat de s'assurer que Finch ait plein de raisons de rester intéressé et occupé pendant sa convalescence et le besoin sur le long terme de s'assurer qu'il ne partirait jamais une fois guéri.

Chapitre Douze

ILS passèrent la nuit dans la maison londonienne de Benedict, se levèrent tôt et se mirent en route. Le temps qu'il avait passé loin de tout ça lui semblait avoir duré des semaines, mais cela faisait seulement quelques jours. Il s'était passé tant de choses depuis lors et cela lui manquait d'être là.

De l'anticipation serra le ventre de Finch alors que la voiture prenait le dernier tournant familier vers Crestmoor. Le jour précédent, quand Mamie lui avait dit au revoir, elle lui avait mis un paquet plat dans la main et avait reniflé en disant qu'il devait revenir bientôt et serait pour toujours son héros. Il promit qu'il porterait la montre qu'elle lui avait offerte – chère et élégante et peu pratique – une fois qu'il reprendrait son travail.

— Quand on y pense, avant de venir en Angleterre je n'avais jamais voyagé au-delà du Nord-Est. Et depuis mon arrivée ici, j'ai traversé trois autres pays.

— Pas tout à fait un bonus, étant donné les circonstances, répliqua Benedict en lui jetant un regard. Mais ça ajoutera certainement de la couleur aux histoires que tu raconteras une fois rentré chez toi.

Il sembla s'arrêter sur les mots et plissa le front. Puis les montants de pierre du portail se dressèrent devant eux et il tourna dans l'allée.

Croft les attendait et Benedict se gara, puis il fit le tour de la voiture pour aider Finch à entrer. Celui-ci n'en avait pas besoin, mais il accepta sans vergogne l'offre de Benedict et s'appuya sur lui alors que ce dernier enroulait un bras autour de lui et les faisait avancer jusqu'à la cuisine.

Les chiens se jetèrent sur eux et demandèrent de l'attention. Tatty daigna s'avancer furtivement pour les saluer. Il ne s'était même pas assis sur son fauteuil que Madame Croft posait déjà une tasse de thé et une assiette de sablés au citron près de lui.

— Salut les bébés, dit-il embrassant le museau des labradors, puis celui de César. Tu as l'air en pleine forme.

Un retour à la maison à tous points de vue – y compris ses rêveries désespérées – mais pas chez lui. Finch cacha la pointe de larmes momentanées et bouleversées dans le salut des chiens et leur douce fourrure. Il grimaça quand César donna un coup de patte sur sa mauvaise cuisse en essayant de grimper sur ses genoux, mais il ne put résister à son insistance, ou à ne pas sourire.

— Et tu deviens lourd.

Il souleva César et celui-ci grogna seulement de plaisir et se cala entre sa jambe et le bras du fauteuil.

— Attendez un moment pour me servir le thé, Madame Croft, demanda Benedict.

Il passa un doigt sous le menton de César, et Rufus et Bertie le suivirent quand il quitta la cuisine.

— C'est bon de vous revoir, Monsieur Finch.

Madame Croft frappait du poing la boule de pâte qu'elle pétrissait au centre de l'îlot de boucher avant de s'essuyer les mains sur son tablier.

— C'est bon d'être de retour, dit Finch, levant sa tasse en guise de salut.

Il n'essaya pas de cacher son plaisir d'être là, et dans la cuisine, et bientôt en compagnie de Benedict.

Les chiens entrèrent en courant alors que Benedict revenait avec un classeur en accordéon. Il tira une petite table entre les fauteuils mais sans la centrer pour qu'elle ne gêne pas les chiens étalés sur le tapis. Madame

Croft lui apporta une tasse et remplit à nouveau celle de Finch à partir d'une énorme théière marron. Puis elle croisa les bras et fit claquer la langue avant de dire à Finch.

— Nous avons été très inquiets depuis que nous avons appris l'accident et que vous avez été blessé. Vous avez été un brave garçon, Monsieur Finch. Ne refaites jamais une chose aussi stupide.

Elle posa une assiette de sandwichs et lui pinça le bras.

Benedict ricana et elle se tourna, posa une main sur sa hanche et remua l'index vers lui.

— Comme si vous n'aviez pas obtenu plus que votre part de tout ça, déclara-t-elle avant de regarder Finch. Il était un vrai chahuteur en grandissant – rien de malveillant, mais il avait définitivement l'œil pour les bêtises – mais rien que sa mère, Nanny et moi ne pouvions gérer.

— C'était une force imposante pour maîtriser un seul petit garçon, dit Finch par-dessus son thé qu'il sirota. C'est une bonne chose que vous soyez encore là.

— Oui, approuva-t-elle avec un signe de tête décidé en surveillant leur thé et s'affairant. Un jour bientôt, j'aurai à nouveau de l'aide, je le soupçonne. Génoise aux fruits pour le dessert, mais si je ne la commence pas maintenant, je devrai mentir et dire que j'avais depuis le début l'intention de servir de la compote.

Finch ne voulut pas réfléchir à ce qu'elle voulait dire à propos d'avoir bientôt de l'aide. Il caressa les oreilles de César et commenta :

— Si ta mère et Nanny ressemblaient à Madame Croft, pas étonnant que tu aies grandi en ayant de si bonnes manières et de la réserve.

Benedict lança un paquet d'enveloppes rouges sur la table. Il tendit un morceau de papier à Finch.

— Pourrais-tu coller les adresses pour moi, s'il te plaît ?

Finch prit la feuille d'étiquettes magnifiquement imprimées avec les noms de différents résidents du domaine. Il les reconnut grâce à la livraison des avis de loyer. Les étiquettes avaient des bords verts cannelés, un petit ruban doré collé sur le coin supérieur, et une illustration d'un tout petit conifère couvert de neige et deux rouges-gorges anglais dans le coin inférieur. Les enveloppes étaient d'un doré brillant à l'intérieur et les rabats étaient gaufrés avec du houx et de la vigne.

— Comme c'est beau, dit-il essayant de ne pas se sentir snobé.

Il attrapa un support en étain dans un coffre à proximité, le posa sur ses genoux et commença le travail minutieux de décoller les étiquettes, de les poser parfaitement sur les enveloppes et de les lisser.

Benedict fit un petit son d'approbation et lui tendit des cartes assorties, chacune signée et avec un court message.

— Ne les ferme pas encore, s'il te plaît.

Finch mit toutes les étiquettes et Benedict écrivit rapidement de son écriture illisible serrée, alors le travail ne prit pas longtemps. Benedict tendit une main pour prendre le paquet de cartes finies et les remit dans le classeur en accordéon. Puis il sortit des papiers imprimés et commença à lire avec concentration. Finch se pencha en arrière, les yeux fermés et écouta les légers ronflements des chiens, Madame Croft en train de s'affairer et Benedict tournant les pages.

— Bien. C'est réglé, déclara ce dernier en laissant tomber le classeur sur le sol. Nanny sera heureuse de t'entendre penser que je suis poli. Je le lui dirai dans ma prochaine lettre – pas un mail, attention, mais un bon vieux papier avec du stylo. Mère aurait été ravie de te connaître, également. Je crois, cependant, qu'elles ne s'attribueront pas le mérite que je sois réservé. Cela vient naturellement.

Finch entrouvrit un œil à temps pour voir Benedict étirer ses jambes et les croiser aux chevilles, puis déposer son thé sur son torse. Il avait l'air détendu et le dépit de Finch faiblit.

— Du bon vieux papier et un stylo c'est super, dit-il presque gêné d'être si content que Benedict ait répondu au sujet et partagé même cela. J'aime le vrai courrier. C'est un peu comme un livre. Les livres digitaux sont géniaux et commodes, mais rien ne remplacera jamais la sensation d'avoir un vrai livre dans les mains – l'odeur des pages dans le nez, et ensuite le coin de la couverture qui te réveille quand tu t'endors en lisant au lit.

— Tu parles par expérience ? répliqua Benedict en riant.

— Et comment.

Finch n'avait pas faim jusqu'à ce que les sandwichs au bœuf, faciles d'accès, réussirent à le convaincre du contraire.

— Je soupçonne que tu lisais aussi avec une torche sous les couvertures avant de dormir ? avança Benedict en le regardant.

— Euh, non, répondit-il perplexe. Je ne l'ai jamais fait, parce que ça paraît dangereux. Et je ne m'en serais pas sorti en toute impunité, avec la fumée et tout.

Benedict le fixa, et son sourire lent fit ensuite également sourire Finch, même s'il ne savait pas ce qui était amusant.

— Une torche est une lampe de poche électrique, dit Benedict. Ou plutôt, une lampe de poche est une torche.

— Ahh, fit Finch allongeant le son quand il eut compris l'explication. Les scénarios périlleux que j'imaginais, laisse-moi franchement te le dire.

Il rit, cela fit rire Benedict et ils s'esclaffèrent ensemble. Madame Croft amena à nouveau du thé et secoua la tête en les regardant et Finch referma les yeux, caressant la ligne du nez de César.

— Alors, est-ce le bon moment pour évoquer ma facture d'hôpital ? osa-t-il en lançant un regard à Benedict.

— C'est un moment abominable, répondit-il avec un sourcil levé. Et pas besoin de l'évoquer à nouveau. Les Pays-Bas ont un excellent système de santé. Ton traitement a été couvert.

— Hum.

Finch devrait simplement le croire sur parole, bien que, en préparation du voyage, il avait lu comment faire face aux urgences médicales et trouvé des articles et des informations qui étayaient l'affirmation de Benedict.

— Et demander à emprunter un ordinateur pour réserver un vol de retour ?

— Encore pire. La première étape est de te rétablir.

— C'est vrai. Comme si personne ne réservait jamais un vol des mois à l'avance, rétorqua Finch, faisant rouler sa tête sur le fauteuil pour le regarder. Je dois contacter la compagnie aérienne, au moins, et m'occuper du vol manqué.

— Déjà réglé, dit Benedict avec une calme autorité. J'ai pris la liberté d'appeler et de les informer de ton incapacité à voyager pendant que nous étions encore à Leyde. Les informations de réservation étaient sur ton téléphone – pardon pour l'intrusion, mais nécessité fait loi.

Finch grogna, mais le cœur n'y était pas. Il avait découvert que cela ne le dérangeait pas que Benedict prenne le contrôle. Il lui faisait confiance et c'était simplement bon de voir qu'il prenait soin de lui. C'était différent de tout ce dont il avait fait l'expérience. Ses parents avaient été aimants, mais avaient leurs petites habitudes et étaient un peu distants, et ils étaient partis peu de temps après qu'il eut quitté la maison. La fausse euphorie de croire que Chad l'avait remarqué et voulait plus ne comptait certainement pas. Ceci était la confiance, le besoin et l'attention, tous ensemble, dans un emballage qu'il ne pouvait pas refuser.

— Devrais-je appeler ton employeur et expliquer la situation ? Venant de moi, je pourrais faire paraître tout ça officiel et important. Je détesterais que ton poste soit en péril à cause de circonstances qui te dépassent.

Benedict observa les réactions de Finch et ce dernier pensa à cet œil aiguisé, alors il ne se soucia pas de cacher sa démission. La fatigue et les forts antalgiques prenaient le dessus sur ses filtres.

— Je n'ai plus de travail. Je ne pouvais pas le garder et venir ici.

Benedict hocha la tête et quelque chose brûla dans ses yeux. Puis son expression devint indéchiffrable.

— En même temps, cela résout ta situation actuelle et complique ta possible situation à l'avenir, n'est-ce pas ?

— Un euphémisme, soupira Finch, saisissant un cookie et prenant un morceau. Je vais me risquer à dire que tu n'as pas réglé l'échéance pour le prêt de mon appartement pendant que tu y étais. Puisque c'est le début du mois, et que je ne veux vraiment pas être en défaut de paiement, je dois trouver un moyen de le faire. J'irai à la bibliothèque locale ou dans un cyber café ou autre chose, si je le dois – je suis certain que Croft m'emmènerait. Mais si je fais ça, tu ne pourrais pas être assis à côté de moi pendant que je le fais, pour t'assurer que ce n'est pas simplement une ruse astucieuse pour faire sournoisement des aménagements de voyage.

— Demain, tu peux te servir de mon bureau et t'occuper des affaires qui doivent être réglées, offrit Benedict les yeux pétillants. Mais je regarderai.

Finch frissonna à cette idée et Benedict, comprenant de travers, tira la couverture sur le dossier d'un fauteuil et la jeta sur ses genoux.

— Pour aujourd'hui, repos après nos voyages.

— Tout ce que j'ai fait est me reposer, dit Finch au milieu d'un bâillement traître et il se renfrogna.

— Demain, garantit Benedict avec un rapide demi-sourire, nous veillerons à te trouver plein de choses pour te tenir occupé pendant ta convalescence.

— Eh bien, c'est déjà ça.

Finch termina son thé et posa la tasse. Puis il se remit sur le fauteuil de manière à pouvoir étirer sa jambe. Il voulut demander s'il pouvait travailler dans la serre, et s'il était possible de visiter à nouveau le moulin dans les prochains jours et promettre qu'il serait parti avant Noël et ne gênerait plus personne.

— Nous aurons cette discussion un autre jour qui n'est pas demain, dit doucement Benedict, comme s'il lisait ses pensées.

Finch aurait bien argumenté que Benedict ne savait même pas ce dont il allait discuter, mais il bâilla à nouveau et s'assoupit.

Les jours suivants passèrent doucement et il fut mis au travail pour à la fois exercer et reposer sa jambe. Il s'occupa des tâches nécessaires pour s'assurer qu'il avait toujours un toit et prit des nouvelles des quelques amis qui se pourraient se poser des questions en ne le voyant pas encore rentré.

Il s'installa dans le bureau de Benedict et tria du courrier, organisa des invitations et des cartes personnelles pour les fêtes, et prépara des cartes en réponse avec Benedict et les chiens comme compagnie silencieuse. Ou il s'assit à l'énorme plan de travail de la cuisine et aida Madame Croft à confectionner des décorations de Noël et des arrangements floraux pour la maison et se délecta des différentes recettes de gâteaux qui, proclamait-elle, avaient encore besoin d'être perfectionnées. Benedict et lui firent de longues balades tranquilles avec les chiens, s'aventurant chaque jour un peu plus loin de la maison.

Finch était heureux. Il se sentait si bien à Crestmoor, content des journées productives et des soirées agréables à somnoler près du feu. Il réalisa son souhait d'explorer longuement les greniers et ramena dans la cuisine les grands livres du domaine et des journaux intimes à lire avec un thé. Benedict se joignait souvent à lui.

Benedict semblait abattre le travail de trois personnes, sinon plus, et Finch commençait à comprendre l'immense responsabilité de posséder un tel domaine. Mais cela ne semblait jamais déranger Benedict quand Finch posait – et posait encore plus – des questions sur l'histoire de Crestmoor, tout ce qui entrait en compte pour le gérer et ce que Benedict avait prévu pour son futur. Madame Croft disait que Monsieur Benedict n'avait pas pris autant de thés dans sa cuisine depuis qu'il avait été un ado en pleine croissance et donc un puits sans fond.

Entendre cela fit énormément plaisir à Finch. Il essaya cependant de ne pas en tirer trop de conclusions.

Les jours se transformèrent en une autre semaine et l'insistance de Benedict qu'il ne se précipite pas ne fut pas la seule chose à le pousser pour qu'il reporte ses projets de retour. De la réticence et de la peur s'étaient installées – réticence à briser leur routine et peur qu'une fois qu'il l'aurait fait, la sensation qu'il avait avec Benedict et tout ici serait perdue à jamais. Il maintint ses émotions bien gardées. Il n'avait pas besoin que celui-ci comprenne. Mais il s'autorisait à en profiter tant que ça durait, de toutes les manières possibles.

La proximité, la compagnie de Benedict et leur amitié grandissante et être gâté comme invité bienvenu, tout cela pouvait ne pas être un vrai conte de fées, mais c'était mieux que rien – mieux que Chad et mieux que tout ce que Finch avait jamais eu. Ou, il en était certain, n'aurait jamais.

— Je t'emmène à Londres, lui annonça Benedict, lui tendant son courrier et commençant à beurrer un toast. Une fois le petit déjeuner fini.

Finch avala sa surprise avec sa dernière gorgée de thé et réussit à ne pas s'étouffer.

— Dois-je faire des valises ou préparer quelque chose ?

— Pas du tout. Nous ne serons pas partis longtemps.

Benedict poussa plus près de Finch une assiette remplie de bacon et puis parcourut le journal du matin.

Un avertissement aurait été agréable, mais pour Benedict, cela comptait probablement comme tel, et faire l'aller-retour jusqu'à Londres ne semblerait pas une grosse affaire. Finch accepta le décret – pas grand-chose d'autre à y faire – mais l'intrusion de la réalité affaiblit la lueur dans son cœur et lui souffla comme une réprimande de se préparer à la conclusion éventuelle de cet étrange et merveilleux épisode de sa vie.

Il perdit l'appétit, tripota des œufs qu'il ne pouvait finir et se leva ensuite pour aller dans l'entrée sans attendre Benedict.

— Vos affaires, Monsieur Finch.

Croft lui tendit les objets dans l'ordre – écharpe, manteau, bonnet et son sac.

— Comment faites-vous pour toujours savoir ? demanda Finch alors qu'il arrangeait le bonnet plus confortablement autour de ses oreilles.

— Comment pourrais-je ne pas savoir ? répliqua Croft avec un sourcil levé.

— Touché.

Finch ferma son manteau, il sourit et obtint le fantôme d'un sourire en retour.

Benedict les rejoignit, lança un regard légèrement interrogateur à Finch et mit sa tenue d'hiver.

— Ne nous accompagnez pas, Croft – il fait bien trop froid dehors. Je vous ferai savoir si notre programme change. Merci, dit Benedict en tenant la porte ouverte pour Finch.

La Morgan, chaude et ronronnante, attendait. Finch se glissa à l'intérieur et Benedict attrapa et ferma la portière avant qu'il puisse le faire. Puis il fit le tour jusqu'à l'autre côté.

— Je ne pense pas que la visite devrait prendre longtemps, indiqua Benedict en avançant dans l'allée.

— Quelle visite ? se hérissa Finch.

— Celle au Dr Kim, pour examiner ta jambe, répondit distraitement Benedict, attendant qu'un camion passe et tournant sur la route. Ne l'ai-je pas mentionné ?

— Non. Et puisque tu ne l'as pas fait, j'aimerais qu'il soit enregistré que c'est une perte de temps, soupira Finch.

Il resta silencieux jusqu'à ce qu'ils se soient engagés sur l'autoroute. Quand Benedict ne répondit pas, il ajouta :

— Ce sont simplement des points de suture guéris – des points que je pourrais facilement enlever moi-même.

Benedict leva une main du volant.

— Nous ne pouvons pas être certains qu'il n'y a pas de problèmes sous-jacents qui demandent plus de traitement ou de médication. Mieux vaut prévenir que guérir.

— Quand nous accrocherons les kilomètres de guirlandes de végétation que Madame Croft m'a faites faire, grogna Finch, et que tu tomberas et te cogneras la tête sur le manteau de la cheminée, je te recoudrai avec soin. Et ensuite je m'assurerai que tu ne meures pas d'une infection. Malgré tout ça.

— Faire confiance à ton jugement et ton expertise n'annule pas le fait de vouloir un deuxième avis pour être absolument certain que tu vas bien, affirma Benedict en refermant la main sur le bras de Finch. Fais-moi plaisir.

— Très bien.

Il essaya de ne pas paraître trop contraint, mais la chaleur de la prise de Benedict et son ton inquiet obtinrent sa reddition.

Benedict tapota son bras et ensuite, distrait par une voiture à vive allure s'insérant dans le petit espace devant eux, ne le lâcha pas.

Londres était devenu assez familier pour que Finch puisse suivre leur progression tandis que Benedict les conduisait jusqu'au bureau du médecin – le *cabinet médical*, corrigea-t-il. Ce qui l'amena à penser à des opérations sérieuses, pas l'espace discret et élégant vers lequel ils se dirigeaient, mais peu importe. Ils se garèrent dans le parking attenant, montèrent dans un ascenseur raffiné jusqu'au bon étage et au moment où ils entrèrent, quelqu'un fit passer Finch dans une salle d'examen.

Pendant que l'infirmière lui indiquait le bout du couloir et laissait son dossier à la porte, Benedict le suivit à l'intérieur et lui lança un regard qui devança un quelconque commentaire. Finch s'assit sur la table d'examen et Benedict resta debout tandis qu'ils attendaient et écoutaient la musique de Noël se faisant entendre sur le système de communication. Finch se demandait s'il était maladroit de prendre une poignée de clémentines enrobées de papier aux couleurs des fêtes remplissant un bol en forme de flocon lorsque le médecin arriva.

Elle portait ses cheveux gris en un chignon soigné et ses lunettes carrées étaient positionnées bas sur son nez. Elle sourit et tendit la main à Finch, puis à Benedict.

— Bonjour, messieurs. Finch, comment vous sentez-vous ?

Sa question était autant du médecin à un infirmier que du médecin à un patient.

— Bien, répondit-il en posant la main sur sa cuisse. Aucune chaleur, aucun problème actuel de nerf, la douleur diminue et ma jambe est plus forte chaque jour.

— Super. Contente de l'entendre. Je vais y jeter un coup d'œil. Ensuite il sera temps de s'occuper de ces points. Voudriez-vous une blouse ou une couverture ? demanda-t-elle en enfilant une paire de gants.

— Non, ça va. Je serai quand même à moitié décent.

Finch avait enfilé sa blouse de travail en compagnie mixte si souvent qu'il ne se sentait plus gêné depuis des années. Il se leva, défit puis baissa son pantalon et remonta sur la table avec celui-ci replié autour de ses genoux.

Il observa la blessure d'un œil critique alors que le médecin se penchait pour examiner les sutures. Benedict se rapprocha aussi, trop près pour la tranquillité d'esprit de Finch. Il stabilisa sa respiration, content que personne ne prenne sa tension ou son pouls, et serra et déplia lentement le poing avec la main qu'il pouvait faire pendre derrière la table. Se changer près d'autres infirmiers stressés était une chose, mais être assis en caleçon acheté pour lui par Benedict avec la chaleur du corps de celui-ci remplissant sa conscience était quelque chose de complètement différent.

— Alors, vais-je survivre, Docteur Kim ? demanda-t-il d'une voix chantante, mais qu'il ne pensait pas voyante.

— Juste Yumi, très cher, Eh oui je crois que vous avez une très bonne chance de survivre.

Elle massa autour des points d'entrée des sutures, puis recula, ramassa un plateau d'ustensiles sur un comptoir et badigeonna la zone avec une lingette antiseptique. Elle leva une paire de ciseaux.

— Je devrais vous laisser cet honneur.

— Non, mais merci. J'apprécie la courtoisie, mais je tiens d'une plus haute autorité qu'il est vital que je ne le fasse pas.

Benedict s'éclaircit la gorge mais ne fit pas de commentaire.

Yumi leva un sourcil intéressé, mais elle lâcha seulement un petit bruit d'intérêt et se mit au travail. Sa pratique s'accordait à son comportement – efficace et consciencieuse – et après les étranges tiraillements et une légère pression, il n'y eut pas de douleur. Finch s'attendait à ce qu'une infirmière ou un assistant s'occupe de cette tâche routinière – un médecin passant un temps précieux à enlever des sutures bien guéries n'était pas ordinaire – mais avec Benedict aux commandes, un traitement spécial allait de soi.

Ils étaient là pour voir un médecin et être certains que Finch guérissait, alors un médecin et un examen complet ils auraient.

Yumi coupa la dernière suture, étala une dose généreuse de crème antibiotique sur la cicatrice encore rose, posa un bandage temporaire dessus et hocha la tête.

— Je dirais que vous avez le feu vert, Finch. Je vais vous faire une ordonnance pour une crème qui aidera la cicatrice à rester souple et empêcher les marques de suture de s'infecter, mais à moins que vous commenciez à ressentir de la gêne autour de la blessure ou dans la cuisse où ils ont fait les sutures internes, je ne vois aucune raison que vous reveniez pour des soins.

Que des choses que Finch savait ou avait anticipées, mais cela le rassura quand même.

— C'est super. Est-ce que je peux me faire délivrer l'ordonnance ici ou… ?

— Le bureau l'enverra au pharmacien de Londres chez qui je me fournis, qui la fera livrer à la maison plus tard dans la journée.

Le regard de Benedict glissa sur les jambes nues de Finch, puis sur le jersey coton sur son entrejambe et remonta d'un coup.

— Je suis très content d'entendre que Finch est bonne voie de guérison. Merci, Docteur Kim.

— Tout le plaisir était pour moi. C'est toujours bon de vous voir Benedict, et Finch a été un patient modèle. Nous, le personnel médical, ne le sommes pas tous, dit-elle en enlevant ses gants, se lavant rapidement et leur serrant la main. Faites-moi savoir si vous avez besoin d'autre chose.

164

Sinon, profitez du reste de votre voyage à l'étranger. J'espère que la fin fera plus que compenser les ennuis que vous avez endurés.

— Merci, Doc. C'était gentil à vous de reprendre mon suivi médical.

Finch sourit tandis que Yumi partait et quand il sauta de la table, Benedict se détourna. Il rentra rapidement sa chemise et boutonna son pantalon. Le toucher ferme de Benedict atterrit sur son omoplate alors qu'il lissait son pull.

— Nous y allons ?

Finch signa des papiers et accepta une liste de suivi, mais ce fut tout – pas de carte d'assurance à fournir, pas de ticket modérateur, rien que le personnel lui souhaitant un bon rétablissement et Benedict le ramenant à la voiture avec les poches de son manteau remplies de clémentines. Il garderait un des jolis papiers longtemps après le voyage, plié et mis de côté dans un livre.

— Nous passerons la nuit dans la maison de Londres, puisque dans la matinée, j'ai des affaires à régler. Il y a peut-être un musée ou un endroit que tu aimerais visiter pendant que nous sommes là. Je peux te déposer là-bas et revenir te chercher, et nous pouvons rentrer à temps pour dîner, proposa Benedict en sortant du garage et s'insérant dans la circulation. À moins que tu ne préfères rester en ville un peu plus longtemps et voir plus de ce que la ville a à offrir ?

— J'aimerais voir le Musée Florence Nightingale et c'est plus que suffisant pour moi à Londres avant que nous repartions. Je ne suis pas certain s'il est à proximité d'un autre site, mais je pourrais demander.

— Ou ça pourrait te prendre les nombreuses heures que tu auras à ta disposition pour que tu le passes au crible. Je sais comment tu es, dit Benedict, taquin et intime.

Son attention se tourna vers le virage à gauche pour traverser une intersection très fréquentée et il ajouta ensuite d'un ton brusque.

— Quoi qu'il en soit. Ça peut certainement être arrangé. Je trouverai une carte locale et un guide que tu pourras emprunter.

— Merci.

Finch reconnut plusieurs croisements de rues et identifia des monuments lui indiquant qu'ils étaient proches de chez Benedict.

— Pour ce soir, j'ai prévu quelque chose d'intéressant, mais dîner au restaurant sera notre point de départ. Réfléchis à ce que tu pourrais vouloir essayer. Si tu n'es pas certain, j'ai fait des réservations de secours.

Des idées traversèrent à toute allure l'esprit de Finch.

Benedict se gara près des anciennes écuries à côté de la maison, attendit Finch et alors qu'ils grimpaient les marches jusqu'à la porte d'entrée, une Madame Greer silencieuse les fit entrer. Elle les salua et resta dans l'entrée avec eux, et alors que Benedict posait leurs sacs, elle lui dit :

— Vous avez de la visite, Monsieur Benedict. C'est Mademoiselle Edelston. Je lui ai offert du café, dans le salon.

Le ventre de Finch se remplit de plomb alors qu'une curiosité brûlante le traversait. Cette femme avait appelé et attiré l'attention immédiate de Benedict le jour suivant le cambriolage de son auberge. Il essaya de jeter un coup d'œil dans le salon mais ne put rien voir.

La réponse de Benedict fut si neutre que Finch ne put rien discerner dans son ton ou son comportement.

— Ah. Merci, Madame Greer. Le programme de la soirée dont je vous aie parlé pourrait devoir être modifié. Je vous le ferai savoir.

— Très bien.

Elle offrit un sourire à Finch et fit ensuite glisser la porte ouvrant sur le salon.

— Mademoiselle Edelston, ils viennent juste d'arriver. Puis-je vous apporter autre chose ?

— Ben, chéri, te voilà. Je me languissais.

Elle traversa la pièce depuis sa pose dramatique appuyée contre le manteau de la cheminée et leva la joue, que Benedict embrassa consciencieusement.

— Je dois te parler, lui dit-elle, ignorant Madame Greer et Finch.

— Veronica, je n'avais pas idée que tu serais là. Toutes mes excuses.

Benedict était chaleureux, poli et difficile à déchiffrer pour Finch. Il n'avait aussi aucune intention d'ignorer les autres.

— Merci, Madame Greer. Du café pour moi également, s'il vous plaît. Et Veronica, voici Finch Mason, l'infirmier et sauveur de Mamie. Finch, Veronica est la filleule de Mamie.

Finch devint brusquement froid à ce nom. Il avait un visage à mettre sur la description que Mamie avait faite. Veronica était grande, toute en lignes hautaines et probablement pas une blonde naturelle. Il n'était pas méchant, mais il eut un instant féroce à vouloir que Eleanor May, son amie au collège, l'aide à décortiquer Veronica tout comme ils avaient critiqué les filles populaires avec une distance de sécurité.

Elle pourrait être tout ce dont Benedict avait besoin pour une vraie dame du manoir – vêtue de manière onéreuse, raffinée, attirante, avec un accent chic – et Finch pouvait comprendre si Benedict pensait la même chose. Il la détesta instantanément et il était clair qu'elle ressentit la même chose.

Peut-être que cela n'avait pas d'importance si elle était horrible. Elle avait probablement les fonds pour aider à maintenir et enrichir Crestmoor, et l'éducation appropriée qui, comme Mamie l'avait dit, était si importante. Cela pourrait-il être suffisant pour Benedict ?

— Ah, oui. Infirmier Finch. Mamie n'a fait que chanter vos louanges. Et vous avez été blessé également, je crois, ce qui est pourquoi vous êtes encore ici. Bien que rien de sérieux, à ce que j'en ai déduit, fit Veronica avec un sourire froid. On pourrait penser que vous avez retenu à vous tout seul cette vielle tour ou autre chose, à la manière qu'elle en parlait continuellement. Non pas que nous ne soyons pas reconnaissants, bien sûr.

Son ton impliquait qu'il avait fait ça par devoir, comme un membre du personnel ou plus bas.

Finch cligna des yeux. Il ne prit pas sa main tendue, offerte quelques centimètres au-dessus de lui, à cause de ses impressionnants talons hauts.

— Finch pourrait bien avoir fait ça. Il est allé au-delà de ce qu'on lui demandait, encore plus pour un infirmier, et il a été altruiste et brave quand la plupart des gens aurait agi différemment. Mamie est toujours avec nous, grâce à ça.

Les yeux de Benedict brillaient mais il n'en dit pas plus quand Madame Greer arriva avec le café.

— Pour quoi avais-tu besoin de me voir, demanda-t-il en désignant un fauteuil à Veronica.

— Quand j'ai entendu que tu étais en ville, j'ai pensé, quel moment parfait pour parler. Je ne t'ai pas vu depuis si longtemps également, Ben chéri. C'est un peu délicat, mais je sais que tu peux aider.

Son regard légèrement plissé se posa sur Finch puis revint sur Benedict.

Finch prit cela comme une chance de s'échapper.

— Je vais simplement libérer la place pour que vous puissiez en discuter. Mademoiselle Edelston, ce fut un plaisir de vous rencontrer. S'il vous plaît, passez mes meilleures salutations à votre marraine la prochaine fois que vous la verrez.

Il dépassa Madame Greer à toute vitesse et retrouva le sanctuaire de la cuisine avant que Benedict puisse l'en empêcher. Hatty la chatte était perchée sur une chaise, l'air grincheux, et Finch la souleva sur ses genoux quand il s'assit et la caressa en solidarité. Un plateau de thé attendait, et les claquements de langue compatissants et agacés de Madame Greer lui tinrent compagnie pendant qu'il buvait une tasse et essayait de ne pas imaginer Veronica se promenant sans but et rendant les Croft, les animaux – et peut-être Benedict – malheureux.

— Elle a fait ce méchant commentaire sur le fait que vous ayez retenu la tour, mais elle pense qu'elle est une duchesse et agit comme si elle vivait déjà ici. Elle ne vivrait nulle part ailleurs, attention, car elle pense que la ville est le début et la fin de tout, mais je suis certaine qu'elle aime l'idée de Crestmoor tout autant, observa Madame Greer en secouant la tête. Pouah. Mais ce ne sont pas mes affaires, alors je n'en dirai pas plus.

Finch s'empêcha tout juste de dire non, qu'elle devrait en dire plus, et beaucoup. Cela ne le regardait pas, même s'il l'eut souhaité. Quand il eut fini son thé, il l'informa qu'il était fatigué par la visite chez le médecin et elle le cajola tout en l'envoyant dans la chambre qu'il avait utilisée avant. Faute d'autre chose à faire, il soupira, s'allongea sur le lit et découvrit que ce n'était pas simplement une excuse commode pour s'enfuir. Il resta allongé calmement, tendant l'oreille pour entendre si Veronica était toujours là, et s'endormit.

Les ombres de l'après-midi s'étaient inclinées dans la chambre et étendues quand quelqu'un frappa à la porte en début de soirée.

— Hum ? Oui, dit-il.

Il cligna des yeux, revint à lui et commença à se lever.

— Non, reste allongé. Madame Greer m'a dit que tu étais monté te reposer.

Benedict entra et se tint à quelques pas. Il étudia Finch et hocha ensuite la tête.

— J'ai bien peur que la visite de Veronica nous oblige à dîner plus tard. Elle sait que nous avions des projets mais a demandé que je la dépose chez elle en chemin. Si nous partons sous peu, nous pouvons encore faire notre sortie.

Des lignes encadraient ses yeux et sa bouche, et son intonation était si neutre qu'elle semblait à vif.

Finch bâilla – il ne simulait pas complètement – et se souleva pour s'appuyer contre la tête de lit.

— Ça irait si nous n'y allons pas ? S'il y a des billets qui ne peuvent être remboursés ou autre chose, nous pouvons quand même y aller, parce que je ne veux pas gâcher ça, mais je ne m'en sens pas vraiment de taille.

— Si c'est vrai, nous n'irons pas, ce n'est pas grave, répondit Benedict en s'approchant et commençant à s'asseoir sur le lit. Je vais la ramener chez elle et nous pouvons dîner ici.

— Non. Ne fais pas ça, objecta Finch, sautant du lit et grimaçant. Je veux dire, merci et je suis désolé si je gâche la soirée.

— C'est difficilement ta faute, Finch. Je devrais être attentif à ta fatigue étant donné la journée chargée.

Le regard de Benedict passa du trou sur le matelas à la posture dressée de Finch et fronça les sourcils.

— Crampe musculaire, expliqua Finch comme couverture en se frottant la cuisse.

Il ne pouvait absolument pas être assis sur le lit avec Benedict en ayant une conversation ostensiblement légère et ne pas faire quelque chose de stupide. Bien sûr qu'il voulait sortir pour leur soirée, et bien sûr qu'il voulait poser des questions sur Veronica et qu'on lui dise qu'elle ne signifiait rien, mais il ne le ferait pas. Il repoussa la douleur causée par une solitude désespérée et Benedict semblait agacé, paraissant presque humain et ayant besoin de réconfort.

Bien qu'il ait laissé Benedict infiltrer ses défenses et son bon sens, il n'abandonnerait pas toute raison en faisant quelque chose comme se blottir dans sa chaleur ou battre des cils parce qu'il savait de source sûre qu'ils étaient longs, ou l'embrasser en premier, pour changer.

— Tu vas bien, alors ? demanda Benedict en se levant et tendant la main. Je peux appeler une voiture à la place ou tu peux avoir un plateau pour dîner.

— Je vais parfaitement bien, alors ramène-la. Tout va bien – et entre-temps, je vais me préparer pour dîner.

Benedict fixa durement Finch.

— Tu ne veux pas savoir pourquoi Veronica était ici ?

Il semblait déconcerté d'avoir posé la question, mais il ne la reprit pas et les lignes sur son visage s'approfondirent.

— Non. Vous êtes manifestement proches tous les deux et elle a dit qu'elle avait besoin d'aide pour un problème. Le reste ne me regarde pas, répliqua Finch avec un haussement d'épaules et un sourire.

— Hmmph, souffla Benedict, son regard passant sur la bouche de Finch.

Le poids de ce regard explosa en picotements dansant le long des bras et du torse de Finch. Il s'appuya sur l'autre pied et continua de frotter sa jambe. Ce qui l'empêcha de bondir au-dessus du lit en un plaquage volant.

— Ben ? Ben chéri, appela Veronica depuis l'entrée.

Benedict avança un tout petit peu – vers Finch – mais Veronica appela de nouveau et brisa l'étrange tension.

— Nous nous verrons au dîner, dit Benedict en inclinant la tête avant de se tourner puis de s'arrêter près de la porte. Et prends un antalgique si tu en as besoin. Ne sois pas stoïque comme ça. Nous ne ferons pas traîner le dîner pendant des heures, puisque tu ne te sens pas au mieux.

— Bon conseil, dit gaiement Finch.

Quand Benedict fut parti, il se laissa retomber sur le lit.

Exactement l'opposé de ce qu'il voulait, et rien qu'on puisse y faire.

BENEDICT jeta les deux billets au feu. Ça semblait un thème récurrent dernièrement. Ils s'enflammèrent et se transformèrent en cendres aussi vite que ses projets pour la soirée s'étaient désintégrés.

Veronica n'avait eu besoin de rien d'autre que d'exprimer ses complaintes et faire son énorme cinéma habituel. Benedict les avait manœuvrés avec une grâce efficace, mais sans succès. Elle s'était attardée assez longtemps pour perturber sa soirée avec Finch, et ensuite celui-ci avait semblé de mèche, ne manifestant aucun désir de sortir ou d'être avec lui pendant longtemps. Même leur dîner à la maison avait été bref et quand il avait offert du café et des gâteaux près du feu pour que Finch puisse se reposer et lire, ce dernier avait immédiatement baillé, certifié que la douleur était revenue et s'était empressé de se retirer pour la nuit.

Il comprenait que Finch était toujours en train de guérir, mais il ne pensait pas que la soirée qu'il avait prévue serait trop fatigante. En particulier étant donné les objections de Finch envers un traitement spécial et le fait de voir le médecin.

Benedict s'assit sur l'immense ottomane carrée et fit glissa ses pieds pour que ses longues jambes soient largement étendues. Hatty entra en trottinant et se frotta contre elles.

— De nouveau en sécurité, hein ? demanda-t-il tout en lui grattant les oreilles et elle ronronna.

Elle n'aimait pas Veronica. L'hostilité était mutuelle.

Hatty donna un coup de patte à sa jambe et il la laissa s'asseoir là.

170

— Finch aurait aimé ce que j'avais trouvé pour nous ce soir, tu sais.

Elle ronronna plus fort et Benedict eut l'idée fantaisiste que c'était d'avoir entendu le nom de Finch. Il observa les flammes et imagina les réactions de Finch et sa concentration face à la curiosité qu'il avait découverte pour qu'ils puissent l'explorer – une maison à Londres, maintenue en partie comme un musée et en partie comme une attraction. Un Américain excentrique avait vécu là et l'avait transformée en une installation historique, comme en compagnie des générations fictives de fileurs de soie avant le tournant du siècle.

Malgré ce qu'il avait dit à Finch, leur soirée ruinée l'avait laissé grandement déçu, avec la visite manquée de la maison, devoir de nouveau appeler Le Savoy avec ses excuses et ne pas pouvoir regarder Finch faire l'expérience de tout ça. Il soupira, et après avoir offert une dernière caresse à Hatty, il se leva et s'efforça de tourner son esprit sur d'autres sujets demandant son attention.

Chapitre Treize

FINCH se tenait devant la courbe gracieuse d'un piano à queue Bösendorfer et resta bouche bée. Ses lignes étaient parfaites. Le riche vernis naturel, adouci par l'âge, brillait sous les faibles lumières. Des dessins en marqueterie serpentaient le long du bord pour se rejoindre au pupitre en filigranes.

— Puisque tes tâches de jardinage sont finies, j'ai pensé que tu apprécierais d'avoir autre chose pour occuper ton temps, expliqua Benedict soulevant le couvercle et pianotant une note au hasard, sa tonalité retentissante et claire. Cette vieille chose vient juste d'être rénovée, alors elle a besoin d'être appréciée.

— Cette vieille chose ? rit Finch. Cet ancien et extraordinaire chef-d'œuvre d'instrument ?

— Comme je l'ai dit, lança Benedict en tapotant le banc.

Finch accepta l'invitation et s'assit. Il s'émerveilla de la texture fraîche des touches sous ses doigts et de la vue de la bibliothèque depuis le coin où était situé le piano, avec un aperçu des jardins par les fenêtres sur le côté. Un livret de chants et hymnes traditionnels de Noël était posé sur le pupitre comme attendant. Finch l'ignora et joua de mémoire plusieurs mesures de « Clair de Lune ».

— Je ne me souviens pas que le piano ait été là avant, et je ne l'aurais pas manqué.

Benedict ouvrit le livret sur « Minuit, Chrétiens ».

— Est-ce une indication ? questionna Finch avec un sourcil levé.

— C'est mon préféré, pas une indication. Et tu ne pouvais pas te souvenir que le piano ait été là parce qu'il a été livré pendant que nous étions à Londres.

Il alla tisonner le feu. Finch joua une gamme majeure et tint l'accord mineur.

— Tu ne t'es pas donné de peine pour moi, n'est-ce pas ?

— Quelle peine ? Et qu'ai-je fait ? interrogea Benedict, reposant le tisonnier et croisant les mains dans son dos. Le piano demandait de l'attention depuis un moment, et quand j'ai découvert que tu jouais, ce fut une impulsion suffisante pour faire ce travail. Letitia joue, mais bien sûr, quand elle s'est mariée, elle a déménagé et c'était il y a des années. Lors de sa dernière visite, elle m'a réprimandé de l'avoir négligé trop longtemps. Quand elle sera là pour Noël, elle sera contente de voir sa splendeur restaurée.

— Letitia ?

— Ma sœur la plus jeune. J'en ai deux autres – Patrice et Gwen – et Maxim, mon frère, expliqua Benedict avec tendresse. Je suis un peu plus vieux que les autres, mais ils sont tous arrivés d'un coup, ce qui signifie que nous avons offert de sacrés moments à Nanny, Mère et l'école qui a dû nous affronter. Plus tard, je me suis mis au travail pour le secondaire et l'université, mais Maxim a continué, se consacrant au cricket et aux bêtises. Toutes les filles sont mariées. Gwen et Letitia ont une boutique de mode ensemble et Patrice supervise les intérêts caritatifs de la famille.

— Oh.

Finch n'avait jamais pensé à Benedict en termes de famille au-delà de Mamie et il avait du mal à imaginer Benedict jeune et chahuteur avec des frères et sœurs, bien que l'idée qu'il soit coordinateur d'une grande famille lui allait très bien.

— Ils sont tous impatients de te rencontrer, dit Benedict comme si c'était déjà prévu.

Finch lut les mots sur la partition alors que la couleur montait et picotait ses joues.

— Sur le fait qu'ils me rencontrent – je suppose que si ce que tu vas dire ensuite est exact et ça l'est probablement – j'ai bien l'intention de ne pas être ici et une gêne pour les fêtes. Et tu continues de déjouer toutes mes tentatives d'avoir même une conversation là-dessus.

— Alors pourquoi prendre cette peine ? rétorqua Benedict, revenant au bout du piano, les sourcils froncés. As-tu quelqu'un de spécial qui attend ton retour, après tout ? Quelqu'un auprès de qui tu devrais retourner pour passer les fêtes ?

Finch pensa à son appartement vide, son travail inexistant, et s'il en avait un, comment ses fêtes seraient passées aux urgences à s'occuper de tout ce qui allait des coupures en découpant la dinde aux carnages de conduites en état d'ivresse. Il aimait toujours travailler pendant les fêtes – cela le rapprochait des gens, lui donnait un but et libérait les heures pour les infirmières avec des familles à la maison – mais comparé à un Noël majestueux à Crestmoor, cela avait peu d'attrait.

Tout comme quitter Benedict – le vrai nœud de la question.

Celui-ci sentit probablement Finch hésiter et parut très raisonnable quand il reprit :

— Besoin que nous nous disputions aussi sur ça ? À moins que tu aies des obligations dans le Delaware, n'affronte pas le fardeau de prendre un vol dans la mêlée des voyageurs pour les fêtes. Reste passer un agréable Noël au moins et donne le temps à ta jambe de guérir complètement.

Il contourna le piano, appuya sur une touche grave, puis une autre et se fit le plus persuasif possible.

— S'il te plaît, reste mon invité, Finch. Non seulement ce ne serait pas importun, mais ce sera un plaisir d'avoir ta compagnie ajoutée à la bonne humeur.

— Je vais devoir aller faire du shopping. Pour des cadeaux. Tu sais.

Il sortit la première chose qui lui vint à l'esprit, ce qui sapa toute autre tentative de refuser.

— Certainement. Tu peux emprunter une voiture si tu veux, ou je peux demander à Croft de te conduire si tu veux de la confidentialité.

Les paupières de Benedict voilèrent ses yeux brillants, il retourna près du feu et se détendit sur un fauteuil.

— Merci d'avoir accepté.

— Emprunter une voiture serait super, déclara Finch, appréciant Croft, mais n'étant pas habitué à être emmené partout. Et merci pour l'invitation. C'est… très gentil. J'aimerai passer Noël ici.

Finch ne dit rien de plus. Il joua « Minuit, Chrétiens » et une partie de ses sentiments refoulés se libérèrent dans la musique.

Il continua de jouer le reste des partitions et recommença au début, parce que les yeux de Benedict s'étaient fermés et sa respiration s'était approfondie. Il l'observa somnoler et les chiens paresser.

Le jour suivant, la neige commença à tomber alors qu'ils marchaient tranquillement pendant leur longue promenade. Les chiens chassaient des lapins imaginaires et des flocons portés par le vent. Les terres gelées et hivernales étaient comme une peinture. Finch ralentit le pas pour attraper des flocons avec sa langue et le regard que lui lança Benedict ne le dérangea pas. Quelqu'un aurait pu le voir comme du dédain, mais il ressentit son plaisir amusé face à son enthousiasme.

— Elle a un goût différent qu'à la maison, conclut Finch quand plusieurs flocons eurent fondu sur sa langue. Plus terreux là-bas, une qualité plus minérale ici.

— Terreux comme un goût de poussière ?

Benedict posa un bras sur les épaules de Finch pour les faire avancer.

— Joyeuse première neige à toi aussi, répliqua ce dernier.

Il paraissait acerbe, mais il rit et traîna juste un peu les pieds pour que Benedict doive le tenir plus étroitement.

— Nous y voilà.

Benedict les avait amenés sur le site de l'ancien tas d'ordures, il déverrouilla la porte et fit entrer tout le monde.

— Étant donné que tu as accepté à contrecœur de rester pendant les fêtes, que tu es déjà un excellent pianiste et à court de verdure à façonner, et connaissant ton désir continu d'être utile, j'ai un travail pour toi. Un qui, je pense, t'intéressera.

Un bureau en L fait avec les mêmes matériaux que ceux utilisés dans le musée avait été installé près de l'entrée. Un livre d'émargement et des brochures sur Crestmoor et le site de déchets étaient sur un côté et un ordinateur surplombait la salle de l'autre.

— Un jour, un bénévole sera assis ici pendant les heures d'ouverture, mais pour le moment, j'espère que tu voudras bien prendre ce fauteuil, expliqua Benedict, entrant dans la salle de stockage camouflée et en ressortant un paquet de livres. Voici des copies de journaux familiaux et du domaine durant les années où nous pensons que ce site était utilisé, et des listes détaillées de ce qui a été trouvé pendant qu'on creusait. Ce qui est un excellent début, mais tout cela a besoin d'être entré et sauvegardé dans un ordinateur, puis recoupé du mieux possible avec les journaux et les objets, pour voir si certains d'entre eux sont mentionnés.

Finch frissonna à la pensée de se voir confier cela et se voir offrir un tel accès aux artefacts.

— Je suis intéressé, mais je ne suis pas analyste ni technicien. Ni même un chercheur.

— Sans importance. Tu es intelligent, exigeant et cultivé sur le sujet en général. Une base de données à partir de tes entrées peut être créée plus tard. Pour l'instant, je sens que tu es plus que qualifié pour transcrire des listes et comparer les entrées des journaux pour trouver des détails pertinents, affirma Benedict, épinglant Finch avec un regard acéré. Tu seras indemnisé, de la même manière qu'une autre personne que j'embaucherais pour faire ce travail. Mais avec toi, j'ai l'heureux réconfort de savoir que tu travailleras avec soin et respect. Et ne discute pas. Tu as des cadeaux de Noël à acheter, et je veux quelque chose de beau.

— Dis comme ça, comment puis-je refuser ? rétorqua Finch en levant les yeux au ciel.

— Très raisonnable de ta part. Tu peux commencer tôt demain matin.

Benedict était bizarre, mais son regard aux paupières légèrement baissées avait un petit éclat pétillant.

Après ça, Benedict se retira dans son bureau pendant un moment et le reste de la journée passa lentement. Finch joua du piano, fourra des figues pour Madame Croft pendant qu'elle bavardait et se pelotonna avec un livre devant le feu sans lire plus de deux lignes. L'heure du thé arriva et passa, mais son agitation demeura. Après un dîner peu exigeant et avoir paressé près de la cuisinière en fonte, il s'endormit sur l'anticipation de quelque chose de concret et productif à faire le jour suivant.

Finch entra dans le musée avec César le lendemain, et pendant plusieurs minutes, il savoura la satisfaction d'avoir un projet historico-ringard auquel s'atteler. La clé que Benedict lui avait confiée, la foi tacite qu'il avait que Finch ferait du bon travail et le calme du musée ajoutaient beaucoup à sa bonne humeur. Benedict lui avait dit d'utiliser ses connaissances et son instinct, mais de demander s'il avait des questions, et il plongea.

— Finch ? Tu as manqué le déjeuner et c'est presque l'heure du thé. Madame Croft est dans tous ses états.

Benedict se pencha à l'extérieur pour fermer son parapluie et le rangea ensuite dans le support à l'entrée.

Finch n'avait même pas réalisé qu'il avait commencé à pleuvoir. Il jeta un coup d'œil aux rigoles d'eau coulant sur le mur en verre et murmura « Oups » à César, qui s'était levé de sa sieste sur le pull plié de Finch en-dessous du bureau pour accueillir Benedict.

— Je suis désolé d'avoir perdu la notion du temps, mais je vais difficilement dépérir. Et elle m'a envoyé ici avec des sandwichs, des choses à grignoter et du thé dans un thermos, pour qu'il reste chaud, répondit-il en secouant la tête.

— C'est de Madame Croft dont nous parlons, insista Benedict en rouvrant la porte pour demander à Rufus et Bertie se précipitant à l'intérieur. Bien secoués et secs, alors ?

— J'ai commencé en pensant que je pourrais travailler étagère par étagère

Finch se leva du bureau et ses muscles tiraillèrent. Il s'étira alors qu'il avançait jusqu'au mur d'exposition, noua les bras au-dessus de sa tête, arqua le dos et s'étira sur la pointe des pieds.

Benedict resta près de la porte, dans l'ombre, mais Finch put sentir son regard intense.

— Et cela a fonctionné pendant un petit moment. Mais j'ai été coincé en réécrivant les listes et je continuais de penser « encore un objet, encore un objet », et j'étais tellement certain que je finirais la section que j'avais marquée comme objectif de la journée avant le déjeuner. Je suppose que non. En tout cas, faire étagère par étagère n'est pas aussi efficace que je l'avais espéré, dit-il, en désignant l'une d'elles. Comme ici, j'allais trouver la main de poupée en céramique, puis la bouteille de parfum, puis l'assiette à beurre. D'accord ?

Benedict lâcha un son intéressé et le rejoignit.

— Mais ça s'est avéré impossible. Les expositions sont magnifiques, mais c'est justement ça le problème – tout a l'air génial ensemble, mais rien ne va ensemble, en matière de date. Alors les passer en revue selon les listes va prendre une éternité et être confus.

Finch revint au bureau et attrapa l'ordinateur portable avant de continuer.

— J'ai décidé que la meilleure approche était de faire un tableur à partir de la liste qui puisse être filtré par date, genre de l'objet, s'il y a une entrée pertinente dans un journal, et ainsi de suite.

Benedict tapota le tableur pour voir les variables que Finch avait soulignées. Il fit une sauvegarde rapide et referma l'ordinateur et quand Finch fit un bruit de protestation, il leva une main.

— Tu as la tâche bien en main. Non pas que je sois surpris. Mais tu as terminé pour aujourd'hui, et aucune protestation. Nous allons prendre un petit thé tardif dans la cuisine et je suis autorisé à vous emmener, les chiens et toi, pour une promenade jusqu'aux falaises avant le dîner. Viens.

Aux mots « promenade » et « falaises », les trois chiens se précipitèrent depuis le tapis près de la porte.

— Thé, puis promenade, leur dit Benedict alors qu'ils sortaient.

Il ouvrit le parapluie et attendit Finch.

Les jours suivants eurent une routine similaire et passèrent plaisamment. La jambe de Finch continua de guérir et une douleur sourde occasionnelle remplaça les courbatures. Il continua de travailler au musée, commença à inventorier les greniers de façon similaire à la demande de Benedict et ignora qu'il ne faisait aucun effort pour trouver quoi faire de lui-même quand viendrait le temps de partir. Benedict ignora toute tentative d'évoquer cela, alors il s'accorda le fantasme quotidien de vivre à Crestmoor et de laisser le reste comme une impasse ignorée.

Finch relâcha l'embrayage d'une très vielles Mini qu'il allait emprunter et retourna plus ou moins là où tout avait commencé – une grande boutique du National Trust dans une propriété à environ une demi-heure de route. Il n'y avait pas grand-chose qu'il pouvait offrir à un homme qui avait tout, et puisqu'il ne pouvait offrir un vase Ming pour aller avec les deux Qing, il se décida pour un gage sentimental.

Il se rappelait l'endroit exact dans la boutique où il avait vu ce qu'il voulait – une épingle dorée, surmontée du symbole du National Trust composé de feuilles de chêne et d'un gland. Ce dernier était en émail, une touche de couleur orange brûlée sur le doré.

Puisqu'il ne connaissait pas de meilleur endroit pour trouver le reste de ses cadeaux, il sélectionna des choses pour les Croft, Madame Greer et Mamie, et quelques choses en plus, juste au cas où. Quand il quitta la boutique, la bruine matinale s'était transformée en pluie et les basses températures transformaient la pluie en neige fondue.

Croft attendait quand il s'arrêta devant la maison. Finch ne voulait pas qu'il se mouille et attrape froid, alors il attrapa son sac, se recroquevilla dans son manteau et monta les escaliers en courant. Il bougea sans réfléchir, habitué à ce que son corps réponde avec compétence à une telle demande. À la place, sa jambe blessée protesta et se raidit et il glissa sur une marche.

— Bon sang, lâcha-t-il, plus frustré qu'autre chose.

Benedict apparut à la porte, le remit debout et le tira à l'intérieur.

— Génial, marmonna Finch.

Benedict le fit asseoir sur un des fauteuils dans l'entrée et s'agenouilla à côté de lui. Il ne n'aurait pas pu faire ça sans que quelqu'un le voie.

— Chéri, est-ce qu'il va bien ? demanda Veronica depuis le petit salon, ajoutant vers Finch avec un sourire glacé. Mamie voulait à tout prix savoir, alors considérez-moi simplement comme une émissaire

Finch ignora la chaleur des mains de Benedict sur sa cuisse et son épaule et réussit à sortir assez plaisamment :

— Comme c'est gentil. Je ne savais pas que Mamie était attendue aujourd'hui.

— Avec Letje, même. Le reste de la famille nous rejoindra bientôt. Veronica s'est gracieusement portée volontaire pour les emmener, alors qu'elle était en route vers le nord de Londres pour rejoindre ses propres parents.

— Et bien sûr, Ben m'a gracieusement invitée à rester un peu, expliqua Veronica avant de faire un signe à Croft. Allez chercher mon manteau et le reste de mes affaires, voulez-vous ? Je devrais t'aider avec ta petite course, Ben. Laisse Finch se reposer.

Les sourcils de Benedict se plissèrent, mais après avoir étudié l'expression tirée et pâle de Finch, il ne la contredit pas. Ils étaient assez proches et le nez de Finch frôla les cheveux de Benedict quand il se tourna pour voir Croft amener les affaires de Veronica. Benedict se releva brusquement et recula.

— Oui, merci, Veronica, dit-il, avant d'expliquer en s'excusant. Les cartes de Noël à distribuer aux locataires du domaine. Nous ne serons pas longs.

Veronica avait en main les cartes que Finch avait préparées et elle prit le bras de Benedict, à l'aise et dans son rôle de propriétaire alors qu'elle l'entraînait hors de la maison.

Finch resta assis jusqu'à ce qu'il puisse repousser sa déception. Puis il monta les escaliers. Plus tard, il demanderait à Madame Croft quelque chose pour emballer ses cadeaux. Pour le moment, l'étincelle s'était éteinte pour cette tâche – même si, toujours raisonnable, il décida qu'une série de mouchoirs brodés qu'il avait pris « au cas où » ferait un bon cadeau pour

Letje. Il changea son pantalon mouillé et examina la cicatrice, toujours rose et plissée, mais pas abîmée sous son pouce.

Quand il entra dans le petit salon, Letje et Mamie poussèrent des exclamations. Elles l'étreignirent chacune leur tour et le poussèrent à s'asseoir près du feu pendant que Mamie versait le thé.

— Comment va votre jambe ? demanda Finch, regardant son plâtre et sa canne.

— Mieux chaque jour, répondit-elle en cognant le plâtre. Je serai heureuse quand nous serons séparés, mais je ne vais pas trop mal pour une vieille dame.

— C'est bon à entendre, et je ne m'attendais pas à moins.

— C'est une bonne surprise. Non ? interrogea Letje. Je ne suis pas toujours ici pour Noël, mais Betty a dit que je devrais venir cette année, comme vous êtes encore ici. Naturellement, j'ai accepté.

— Je suis content.

Finch l'était. Le visage amical de Letje fournissait un opposé bienvenu à la surprise déplaisante que Veronica soit là.

— Benedict a parlé du reste de la famille. Combien seront là ?

— Personne ne s'attend à ce que vous ayez un cadeau pour autant de monde, répondit Mamie d'un air malicieux. Et tous sont excités à l'idée de vous rencontrer.

— D'accord. Je ne m'en inquiéterai pas, accepta Finch avec un hochement de tête. Bien que je doive admettre que j'ai du mal à imaginer Benedict appréciant la maison si pleine et bruyante.

— Si c'étaient des étrangers ou de la bonne société, il détesterait ça, mais personne ne pourrait le deviner. Il endosserait un visage charmant et ferait son devoir, expliqua Mamie en agitant le sablé dans sa main. Mais Crestmoor rempli d'êtres chers est sa fierté. Beaucoup pensent que Benedict est froid et désobligeant, mais il est simplement réservé. Très réservé, notre Benedict. Mais une fois qu'il a votre confiance – et plus important, que vous avez la sienne – cela révèle un homme qui a besoin qu'on s'occupe de lui, comme n'importe qui d'autre, et qui n'était pas du tout froid.

— Vraiment ? s'étonna Finch avec un petit bruit incrédule. Je n'ai jamais pensé qu'il était froid.

— Oui, très cher, je sais.

Le sourire de Mamie était mystérieux. Finch mangea un scone et rumina ces mots.

180

— Et comment vous sentez-vous ? Occupé et intéressé ici, j'espère ? Cela ne vous manque-t-il pas d'être infirmier ? demanda Letje. Pardonnez toutes les questions à la suite.

— Non, ça va, assura Finch en posant sa tasse. Je me sens bien et reposé et je suis très occupé ici. Je travaille sur le site des déchets. Vous connaissez ?

Letje hocha la tête et Mamie répondit oui autour de son second sablé.

— C'est incroyable, juste fascinant et même si tant d'objets sont banals, chacun est un trésor.

Il sourit, parce que les deux femmes sourirent pour montrer qu'elles le comprenaient, avant de continuer.

— J'apprécie ce travail et ça signifie beaucoup qu'on m'ait fait confiance pour le faire.

— Comme ça devrait, dit Mamie avec un signe de tête. Crestmoor et toutes ses parties attenantes sont la raison d'être de Benedict. Comprendre ça – et ressentir si bien tout ça – est la clé.

Finch n'était pas certain de savoir la clé de quoi, et il décida de ne pas demander. À la place il répondit à la dernière question de Letje.

— Quant à être infirmier, certains aspects me manquent, mais je ne me languis pas d'y retourner. Est-ce horrible ? Je pense que parmi tant d'autres choses, je suis épuisé. J'ai soigné mes parents âgés tout en étant infirmier à temps plein et ensuite mon dernier travail s'est terminé sur une mauvaise note. Je suis toujours content d'avoir été infirmier, mais la recherche que je fais pour le site d'ordures est si intéressante que j'ai pensé prendre une nouvelle direction une fois rentré, et ne pas retourner aux soins.

— Pas du tout horrible, mon cher. Être infirmier est une noble profession, mais vos sentiments actuels sont tout à fait compréhensibles, soutint Mamie en tapotant son genou et avec un petit rire. Je suis simplement contente que vous soyez restés infirmier assez longtemps pour me soigner. Vous voyez ?

Finch voyait bien.

Les chiens aboyèrent et se précipitèrent dans la pièce depuis l'entrée avec Benedict sur leurs talons. Leurs regards se croisèrent et Finch ne put déchiffrer son expression. Il espérait que Veronica n'avait pas transformé la livraison de cartes en corvée.

— Patrice, Tomas et leurs progénitures sont arrivés, annonça Benedict avant de lever une main. Non. Restez assis. Je vous prévenais juste que les vannes sont ouvertes.

181

— Préparez-vous, Finch. Ce sera sans arrêt à partir de maintenant, prévint Mamie en lui tendant le dernier biscuit. Prenez ça pour vous fortifier avant que les enfants ne déferlent.

Finch rit et mangea le gâteau. Puis il se prépara pour les présentations qui, bien qu'interrompues tard dans la soirée par respect pour l'heure du coucher, ne se terminèrent pas avant le matin suivant quand Maxim arriva.

BENEDICT se tenait sur son balcon dans le froid et observait le lever de soleil. Il aimait ses frères et sœurs et était toujours un hôte enthousiaste pour la famille pendant les fêtes, mais cette année, il leur en voulait presque de l'intrusion. Malgré cela, il était content que tout le monde puisse se retrouver, et avait étendu l'invitation pour qu'ils restent tous jusqu'au Nouvel An. Plus un ordre gentil, et un qu'on ne refusait pas, mais sa famille avait compris et acquiescé en conséquence.

Comme prévu, ils s'étaient tous immédiatement pris d'affection pour Finch. Celui-ci avait tenu bon, se rappelant les noms et répondant aux questions, jouant avec les enfants et prenant des pauses pour voir comment aller les Croft et étant son habituel lui merveilleux.

Benedict resserra une main sur le cadeau de Finch. Il s'était pressé pour qu'il soit fini à temps. Il avait admis uniquement au cours des derniers jours la pleine portée et la signification de ce qu'il voulait pour Finch. Mais une fois qu'il s'en était rendu compte, il avait su que le cadeau et son espoir pour l'acceptation de Finch avaient été inévitables depuis le moment où ils s'étaient rencontrés, et que c'était la seule chose qui pourrait rendre la fête – et sa vie – heureuse et complète.

Chapitre Quatorze

EN cette fin d'après-midi, Crestmoor était entouré d'une lumière diffuse, d'un soupçon de neige dans l'air et d'excitation montante. L'immense salle à manger était remplie à pleine capacité à chaque repas et Finch n'avait plus Benedict pour lui seul pendant leurs longues promenades. Mais il avait découvert qu'il avait un méchant lancer latéral pour les batailles de boules de neige et il absorbait tout le rire et les anecdotes partagées sur Benedict. Tout cela précéda le dîner de Noël, et ensuite les festivités du 26 Décembre qui dureraient toute la journée. Finch appréciait l'énergie et la gaieté de la famille de Benedict, mais était submergé par toute l'agitation. Il avait découvert que s'il s'éloignait pendant un moment toutes les deux ou trois heures pour se recharger, il ne s'en sortait pas trop mal.

Il revint au petit salon après une de ces retraites, les bras chargés de cadeaux. Il ajouta son petit tas sous l'énorme sapin avec l'assurance que personne ne s'était attendu à ce qu'il ait un présent pour la petite armée qui s'était montrée.

Toute la famille était rendue dans une ferme pour choisir le sapin parfait. Il faisait plus de trois mètres et était plus large que les bras écartés de Finch. Puis ils avaient passé l'après-midi à le décorer avec d'anciennes boules inestimables et des objets créés par les enfants. Finch trouva l'effet à peu près comme tout dans cet endroit – grandiose et plein d'histoires mais accessible et enchanteur.

— Finch, te voilà.

Il se redressa après avoir admiré sur une branche inférieure un ornement avec un champignon vénéneux et un écureuil roux perché dessus.

— Je plaide coupable.

Il accepta le verre de champagne que Kurt tendait et étouffa de la déception.

Kurt était le cousin de Benedict – beau, charmant et flirtant facilement – et il avait fourni une distraction et une protection. Finch n'était pas intéressé et Kurt le savait probablement. Mais il ne voyait aucun mal à accepter un petit encouragement ou plus pour son ego, et il appréciait sincèrement Kurt.

Un rapide coup d'œil à la pièce bondée le fit grimacer. Benedict était debout, la tête penchée pour entendre ce que Veronica disait. Finch but la moitié de son champagne en une gorgée.

Kurt suivit son regard.

— Je pense que sa robe est plus brillante que tes cheveux, dit-il avec un sourire. Tu les portes mieux.

— Je crois que tu lui dirais l'inverse. Mais merci.

Finch secoua la tête. Il y avait peu de temps, il aurait été attiré par les attentions de Kurt, mais bien qu'il tolère ses intentions inoffensives, il voyait à travers leur vide. Kurt ne protesta pas.

— Santé, dit-il en cognant leurs verres.

Finch écouta d'une oreille Kurt raconter un ancien voyage au ski, élaboré pour amuser et le faire paraître plus intelligent. Puis la cloche du dîner résonna.

— Puis-je ? demanda Kurt, faisant un grand geste de la main devant eux avec une grâce mielleuse.

— J'ai bien peur d'être déjà pris. Mais ne retiens pas ça contre moi pour refuser de passer les friands ou autre chose.

Kurt rit et, sans rancune, se dirigea vers la salle à manger.

Finch alla dans la direction opposée aux autres et s'assit près de Mamie, attendant sur le canapé que la voie soit libre avant qu'elle se lève.

184

— Mevrouw, puis-je avoir l'honneur ? dit-il, sa prononciation correcte et sans accent.

— Vous vous êtes entraînés, s'exclama Mamie avec un grand sourire. J'espérais que vous viendriez à moi.

— Bien sûr. Pour qui d'autre serais-je ici ?

Il tendit un bras et elle le prit, son sourire devenant bienveillant.

Kurt se tenait près d'une chaise vide et inclina la tête quand Finch entra avec Mamie, mais Benedict appela en bout de table.

— Vous voilà, dit-il en tirant une chaise. Mamie ici à ma gauche s'il vous plaît, et Finch à ma droite comme invité spécial.

Finch lança un sourire à Kurt pour dire « tant pis », fit presque danser Mamie jusqu'à son siège et s'assit ensuite. À sa droite était assise une des jeunes pipelettes de Gwen – Tina, pensa-t-il – et à côté de Mamie, Maxime puis Letje. Veronica, remarqua-t-il avec une satisfaction sans fard, était à l'autre bout de la table.

Le dîner eut tout le cérémonial et les particularités auxquels Finch s'attendait, mais ce fut tempéré par la légèreté bruyante et la bonne humeur. La conversation faisait le tour, sans arrêt et se chevauchait, tout comme la nourriture – plat après plat – et tout avait un lien pour Finch avec différentes personnes comme les friandises de Noël, les mets préférés de la famille ou les indispensables à la table du réveillon.

Benedict coupa l'oie et le rôti et vérifia comment allait Finch durant le repas, mais il fut attentif à tout le monde et pas du tout bavard. Pour le dessert, Madame Croft amena un pudding spécial, brûlant de feu bleu pâle et sentant fortement le brandy. Tout le monde applaudit.

— Mangez prudemment, Monsieur Finch, dit Croft quand il posa sa part devant lui.

Finch leva un sourcil en question, mais Croft s'était déjà écarté.

Une fois que tout le monde eut une part, ils l'entamèrent tous parlant de chercher la récompense, des bruits de désarroi et des questions criées pour savoir si quelqu'un l'avait déjà trouvée. Finch comprit ce que voulait dire Croft et ce qu'était la récompense, parce qu'il la trouva – une pièce cuite dans le pudding.

— Oh, Finch aura la chance et les meilleurs cadeaux cette année, s'exclama Tina avec un large sourire.

— Tout ça à partir de cette petite chose ? demanda-t-il, tenant la pièce de cinq pence entre son pouce et son index pour qu'elle l'examine.

Elle hocha la tête avec autorité et il rit.

— C'est très certainement ce que ça signifie. Félicitations, dit Benedict, en tapotant la pièce.

Ce dernier lut les horribles histoires drôles que chacun lui passa venant des papillotes surprises, autoritaire mais sans vanité tout en étant amusant et sentimental. Finch apprécia la bonne volonté de Benedict à faire cela, même si cela lui déplaisait qu'il puisse paraître majestueux avec la couronne en papier qui se trouvait dans chaque papillote.

Quand le dîner se termina, Finch avait mangé pour trois et ils se dandinèrent tous jusqu'au petit salon pour porter un toast, en présence de Croft et Madame Croft.

Finch s'échappa pour les suivre à la cuisine avec leurs cadeaux.

— Vous êtes un ange, Monsieur Finch. Vous n'auriez pas dû, s'exclama Madame Croft devant sa presse à beurre. Presque trop jolie pour être utilisée, vraiment. Je vais la mettre ici pour que je puisse l'admirer.

Elle la posa sur le rebord de la fenêtre au-dessus de l'évier et offrit une étreinte à Finch.

Croft fut plus réservé, mais heureux de l'élégante cravate qu'il reçut en cadeau.

— Nous sommes reconnaissants que vous ayez pensé à nous, Monsieur Finch.

— Et je suis reconnaissant envers vous deux pour votre gentillesse depuis que je suis ici, admit-il en jetant un regard à la confortable cuisine. Avez-vous besoin d'aide pour nettoyer après le dîner ? Je pourrais laver le cristal à la main.

— Vous ne ferez rien de tel, souffla Madame Croft. De plus, nous avons reçu plein d'aide aujourd'hui et ce ne sera pas problématique. Vous retournez à la fête.

Elle lui mit un paquet dans les mains et le fit déguerpir, le clin d'œil amusé de Croft étant la dernière chose qu'il vit alors que la porte de la cuisine se refermait.

Finch se tint dans l'entrée et observa avec horreur tandis que Maxim et plusieurs cousins faisaient rouler le piano à côté de lui jusqu'au petit salon.

— Pourquoi penses-tu qu'il avait besoin d'attention ? dit Benedict par-dessus son épaule, son demi sourire tressautant quand il le rejoignit. Ne t'inquiète pas. Le piano est mis à l'épreuve pour chaque fête, mais a survécu intact à plusieurs générations.

— Quel réconfort, soupira Finch, essayant de ne pas s'appuyer contre la chaleur de Benedict.

— Je suis content que tu trouves mes mots réconfortants, lui confia celui-ci, tapotant son bras et le ramenant aux festivités. Accepte ton destin. Tu seras forcé de prendre un tour au piano, et entre-temps, d'ouvrir tes cadeaux.

Finch voulait s'attarder, mais à la place, il alla s'asseoir avec Mamie et Letje, qui tenaient salon sur le long canapé devant le feu. Siska – la plus âgée des filles de Letitia et grande à sept ans et demi – distribuait les cadeaux à tout le monde en tant que lutin attitré cette année.

— C'est un grand groupe, nous divisons pour mieux régner, expliqua Mamie alors que Finch s'installait. Tout le monde ouvre ensemble, et pendant la soirée, nous circulons en montrant notre butin.

— Sympa.

Finch accepta des mains de Siska un tas de cadeaux, elle fit une révérence et courut ensuite pour commencer à donner ceux de Mamie. Cela prit un moment.

En incluant le pull tricoté venant de Madame Croft, Finch décida qu'il s'en était bien sorti – une boîte de bonbons avec un ornement en moulin à vent en faïence bleue de Delft attaché dessus venant de Letje, une chaîne pour la montre que Mamie lui avait offerte, et les frères et sœurs de Benedict avaient choisi une généreuse carte cadeau chez Harrods. Le cadeau de Benedict le rendit perplexe, mais il ne le montra pas. Il tint la toute petite boîte en pierre avec couvercle, le tout délicieusement gravée et relut le message dans l'écriture illisible de Benedict. *Vide sauf si accepté.* Il n'y avait pas grand-chose qui entrerait dedans et les gravures abstraites n'offraient aucun indice. Finch retraça le dessin de serrure entrelacé et leva ensuite les yeux. Mais pour une fois, il ne put immédiatement trouver Benedict.

— Merci à toutes les deux, dit-il à Mamie et Letje.

— Et je dois vous remercier, ils sont merveilleux, lui répondit Letje avec un sourire et tapotant les mouchoirs. J'utilise seulement ceux-là, vous voyez, pas en papier, et les miens avaient besoin de renouvellement.

Finch pensa qu'elle n'était pas simplement polie, mais un bon point pour elle si c'était le cas, parce qu'il ne pouvait pas le dire.

— Vous avez un petit côté malicieux, Finch, ricana Mamie. C'est en partie pour ça que je vous apprécie autant.

Elle leva la petite figurine rappelant la tour de guet en ruine, pour que Letje puisse la voir et celle-ci fut momentanément surprise. Puis ils rirent tous.

— Finch. À ton tour.

Gwen agita les mains vers lui. Elle se leva du piano et tapota le banc.

— Excusez-moi. L'appel du devoir.

Il fit une pile nette de ses cadeaux sur le manteau de la cheminée et s'inclina devant les dames.

Il ne s'inquiéta pas de répéter un morceau. C'était l'atmosphère générale qui importait et il ne pouvait honnêtement pas se rappeler ce qui avait déjà été joué. À part une chanson – Veronica avait fait une faible interprétation de « Minuit, Chrétiens » pendant son tour et également gazouillé en jouant. Letje avait fait remarquer que c'était une chance que le jeune Henry ait pris immédiatement la suite après et que son jeu avait vraiment progressé.

Finch arriva à « Minuit, Chrétiens » et laissa le morceau couler, prenant des libertés avec l'arrangement pour le rendre plus à son goût. Quand il termina, un silence était tombé sur la pièce – cette pause magique d'appréciation après une performance évocatrice. Il sourit, hocha la tête en remerciements et commença à jouer « Nous sommes trois rois d'Orient ». Benedict croisa son regard depuis l'autre bout de la pièce et ses yeux sombres brillèrent. Finch vacilla sur deux notes et détourna les yeux.

Il voulait suivre son instinct lui disant que Benedict était ému par la manière dont il avait joué, mais une toute petite partie de lui l'avertit qu'il pourrait être agacé qu'il ait volé la vedette à Veronica. Ses pensées dérivèrent pendant qu'il jouait, puis Siska, ayant terminé ses devoirs de lutin, vint se tenir à côté de lui.

— À mon tour ensuite, murmura-t-elle. Je veux dire, est-ce que ça peut être mon tour ensuite, s'il te plaît ?

— Ça peut être ton tour tout de suite, rit-il.

Il se décala, faisant de la place sur le banc et elle commença à jouer « Vive le vent »

Il joua en accompagnement pendant quelques chansons et lui laissa complètement la place.

— Tu t'en sors très bien, lui dit-il. Je vais te laisser jouer et être un public admiratif pendant un moment.

Siska lui offrit un grand sourire et attaqua « Le bon roi Wenceslas » avec enthousiasme.

Finch scruta la pièce mais ne vit pas Benedict et ils ne se croisèrent pas dans l'entrée. De faibles voix venant du bureau de Benedict l'attirèrent et ses nerfs furent à vif tandis qu'il approchait. Puis ses pas ralentirent quand ce qui se disait commença à être compréhensible. Finch avança dans l'ombre où il pourrait jeter un coup d'œil dans le bureau par la porte ouverte.

— Te voilà sur le point de faire ta demande et tu as gardé tout ça secret pendant combien de temps ? Il faut se méfier de l'eau qui dort et tout ça, s'amusa Maxim en donnant un coup de coude à Benedict. J'aurais dû le savoir au moment où j'ai entendu que nous restions pour les fêtes. Mais qu'en est-il de ton invité surprise ?

— Une complication nécessaire qui sera traitée et expédiée dès que possible.

La voix de Benedict était douloureusement sans relief.

Le cœur de Finch s'écroula au sol, il fit demi-tour et partit en courant, ne voulant pas en entendre plus. Il évita la cuisine et traversa le passage latéral vers la porte que menait à l'aile arrière de la maison. Il attrapa un manteau et une écharpe, et plongea dehors.

Il marcha vite et sans but, réfléchissant à trop de choses, jusqu'à ce que ses pas chancelants le mènent au site de déchets. Il entra et s'assit sur la chaise de bureau, alluma la petite lampe et fixa les figurines en verre et les éclats émoussés de poterie brillant dans la faible lumière. Il l'avait su. Tout du long, il l'avait su et il faisait pourtant les mêmes erreurs.

Seulement, ce n'était pas Chad et un engouement insignifiant et cela ne serait jamais effacé et guéri de la même manière. Il n'oublierait pas d'avoir été ici avec Benedict quand il rencontrerait un autre étranger, parce qu'il n'oublierait jamais Benedict et ne voudrait jamais quelqu'un d'autre.

Avec les mains tremblantes, il démarra l'ordinateur, cliqua sur le site de la compagnie aérienne qu'il avait prise jusqu'en Angleterre et dépensa une fortune pour un billet afin de pouvoir partir avant le Nouvel An. Il imprima la confirmation sur le champ, la tint et fixa la date, le jour et la minute où ce qu'il voulait pour le reste de sa vie se finirait.

Acheter ce billet ne l'aida pas à se sentir mieux. Mais il n'aurait pas à supporter beaucoup des fiançailles ou que Benedict trouve encore une raison pour prolonger son séjour. Il redoutait de le dire à celui-ci, même si ce qui lui restait de fierté exigeait qu'il s'en aille avant que Benedict ne lui demande enfin de partir.

Il plia la confirmation avec soin et referma l'ordinateur. Puis il jeta un dernier regard au musée et sortit. Un calme incroyable se posa en lui dans

189

le sillage de sa décision et alors qu'il marchait, il planifiait comment faire ses bagages, aller à l'aéroport, et tout ce qui l'attendait une fois qu'il serait de retour dans le Delaware.

— Finch ? Finch !

Il avait presque avancé jusqu'au moulin sans se rendre compte qu'il était allé si loin. Finch s'arrêta brusquement et attendit.

— Finch ? Bon sang, réponds-moi. Où es-tu ?

— Ici ! Juste à côté de la passerelle qui mène au moulin.

Finch ne savait pas depuis combien de temps Benedict criait et il décida de ne pas le faire crier à nouveau.

— Bon sang ! Reste où tu es.

Des pas fracassants arrivèrent des bois à la droite de Finch et Benedict apparut au milieu des arbres le long du chemin. Ses longues enjambées avalèrent le terrain entre eux et il attrapa les bras de Finch.

— Par l'enfer, cracha-t-il.

Finch recula instinctivement, mais Benedict ne le secoua pas.

— Je devrais, grogna celui-ci, semblant lire ses pensées. J'ai cru perdre la tête.

Il relâcha sa prise pour pouvoir tirer Finch dans ses bras et l'embrassa à lui en couper le souffle.

Finch tangua sur le côté quand Benedict se recula enfin et il s'accrocha à son pull. Son cœur confus fit une embardée et son esprit tourbillonna si vite qu'il dérapa et s'arrêta. Il balbutia, presque incapable de croire que Benedict venait juste de l'embrasser, et pas juste un baiser mais un *baiser*, alors il saisit la seule pensée qu'il put exprimer.

— Pourquoi n'as-tu pas de manteau ? Il gèle.

— Où étais-tu ? demanda Benedict écartant la question. N'ai-je pas demandé à te parler après l'échange de cadeaux ?

Malgré les émotions en montagnes russes, la demande autocratique et le traitement présomptueux de Benedict hérissèrent Finch et il s'écarta.

— Chacune de mes minutes n'est pas à tes ordres. Ce n'est pas parce que je n'ai pas immédiatement accouru à tes côtés que j'ignorais ton ordre.

C'était exactement ce qu'il avait fait et il ne le dirait pas, mais sa déception et sa douleur s'infiltrèrent dans ses mots. Il redressa les épaules quand Benedict soupira. Ce n'était pas lui qui était impossible.

— J'ai le droit à me promener sans contrôle.

— Personne ne savait où Kurt avait disparu et nous avons ensuite découvert que tu manquais aussi à l'appel. J'ai pensé, enfin, beaucoup de choses, avoua Benedict, la bouche serrée. Mais ensuite il est revenu avec les bras pleins de champagne pris dans la cave et on ne te trouvait nulle part.

— Où serais-je allé avec Kurt ?

— Bonne question, et pour moi plusieurs minutes sombres de doutes que j'ai bannies avec détermination parce qu'elles étaient insensées. Puis des minutes encore plus sombres alors que je courais dehors pour te chercher, expliqua Benedict en réaffirmant sa prise sur les bras de Finch. Où es-tu allé ?

Finch tendit la main vers sa poche et sortit la confirmation imprimée. Benedict l'inclina sous le pâle jet de lumière venant du complexe du moulin et lâcha un son outragé en lisant.

— Ceci explique les empreintes de pas mouillées dans le musée, mais je ne comprends pas. Tu peux m'éclairer ?

Il plia le papier avec une précision contrôlée, puis, après un instant, l'écrasa dans son poing.

— Je dois partir à un moment ou un autre, annonça Finch en écartant les mains. C'était merveilleux que tu prolonges mon séjour jusqu'à Noël et ça signifie beaucoup pour moi. Mais je ne peux pas continuer de repousser mon départ. Ma jambe est guérie, tu as des événements à venir dans lesquels je n'ai pas besoin de m'immiscer et ma vie dans le Delaware attend.

— Vraiment ? demanda Benedict, les yeux plissés. Tu n'iras nulle part sans que je sois certain que tu vas bien. De plus, quelqu'un qui est invité, bienvenu et désiré n'est pas un intrus, et ta vie est ici. Avec moi.

Les mots abandonnèrent Finch et il lutta pour répondre. Puis il finit par dire la mauvaise chose.

— Quoi ? Mais tu vas faire ta demande ce soir – J'ai entendu Maxim le dire !

— Tu vas vraiment m'obliger à faire ça ici, n'est-ce pas ? grogna Benedict. Tu ne peux même pas m'autoriser un superbe sauvetage et une récupération sans argumenter.

Finch put uniquement secouer la tête.

— Tu réalises que j'avais tout un projet grandiose préparé pour demander ça ? soupira-t-il. Non, bien sûr que non. Sinon nous ne serions pas en train de nous disputer ici. Nous serions à l'intérieur avec un éclairage romantique, la mer au loin au-delà des jardins et le bruit de la fête nous rappelant que le temps était volé et précieux. Chaque élément finement étudié pour soutenir ma cause et mon trac. Alors au moins, cela aurait été dans un cadre où je sais que tu ne peux pas refuser, avoua Benedict avec un sourire triste. Bien qu'il y ait quelque chose d'approprié à faire ça ici au moulin, n'est-ce pas ?

— Faire quoi ?

Benedict sortit un écrin de bijoutier de sa poche.

— Ceci. C'est peu orthodoxe de te l'offrir, je suppose, mais c'est une tradition familiale et il est important pour moi que tu l'aies. Tu n'as pas besoin de le porter tout le temps.

Il ouvrit le couvercle et un saphir bleu foncé fit un clin d'œil à Finch depuis son nid de velours.

— Il est transmis de générations en générations, mais j'ai fait modifier le support pour qu'il aille à *mon* promis. Nous sommes chanceux que ce soit une taille émeraude.

Finch vit ce qu'il voulait dire – le saphir était dans le sens de la longueur sur un simple anneau, mettant en valeur sa forme angulaire et la beauté de la pierre pour un effet éblouissant.

Benedict tendit la main et glissa l'anneau sur le doigt de Finch. Celui-ci observa la lumière jouer dans les profondeurs du saphir et resta silencieux, pas complètement certain de ne pas être en train de rêver.

— Il va très bien. Au moins, c'est déjà ça.

La mâchoire de Benedict se contracta et il laissa retomber la main de Finch.

— Je l'ai fait ajuster pour toi et je veux que tu portes cet héritage familial en mon nom, parce que je te demande de m'épouser, au cas où ce ne serait pas clair.

Finch chancela. Il était tombé amoureux de Benedict, peut-être depuis le moment où ils s'étaient rencontrés et avaient marché sous la pluie et il avait passé chaque jour depuis à essayer de se dissuader de s'attacher même un peu. Puis il pensa au traitement chaleureux qu'il avait reçu de la part de Benedict, dernièrement, et comment il avait osé espérer ce que cela signifiait. Puis ce qu'il avait entendu dans le bureau était venu écraser ses espoirs et il avait accepté qu'aimer Benedict était un rêve impossible.

Il était passé de vouloir ceci, exactement et seulement ceci, plus que n'importe quoi, sans vraiment le savoir, à l'avoir enfin et ne pas savoir quoi faire. Son pouls tressauta de manière erratique et il aurait pu jurer que s'il enlevait son manteau, il fumerait dans l'air froid parce qu'il se sentait en surchauffe. L'homme de ses rêves avait sans le savoir brisé son cœur, couru après lui pour lui faire perdre tout sens d'un baiser et lui avait ensuite fait sa demande. Il ne pouvait redémarrer son cerveau pour expliquer tout cela. Il était toujours coincé dans une boucle de souffrance, d'incrédulité et d'émerveillement.

— C'est un peu comme la confirmation du billet – c'est expliqué, mais ça ne signifie pas que je comprends.

— Ce n'est pas une analogie que je ferais, mais ça fait passer le message, dit Benedict en se redressant.

Quand il saisit le poignet de Finch et referma les doigts sur l'anneau, Finch sentit ses tremblements.

Il serra le poing, réfléchissant à Benedict lui disant qu'il n'avait pas besoin de toujours le porter.

— Pourquoi voudrais-je l'enlever ? S'il te plaît, non. L'anneau est magnifique, sous tous ses aspects.

Le sourire de Benedict passa d'un espoir prudent au cynisme.

— Je ne sais simplement pas quoi dire, souffla Finch, les joues brûlantes.

— Que dirais-tu d'une réponse ?

— Mais je ne suis pas approprié, lâcha Finch.

Le sourire de Benedict s'adoucit et son regard passa de voilé à enivré par la vue de Finch.

— Ahh. Approprié pour quoi, exactement ?

Benedict fit courir un pouce sur la naissance des cheveux de Finch, sur son front et le long de son nez avant de le laisser reposer sur sa bouche. Finch ne put s'empêcher de se lécher les lèvres. Du bout de la langue, il goûta le sel sur le pouce de Benedict, et le regard de celui-ci s'assombrit. Finch avait vu ça avant, quelques fois, mais il n'avait pas su ce que cela signifiait. Il n'y croyait pas tout à fait à cet instant.

— Pour vivre avec moi à Crestmoor, et parfaitement approprié, si quelqu'un devait demander.

La voix de Benedict semblait rauque et il inclina la tête de Finch pour que leur baiser suivant soit profond et plus minutieux.

— Non, marmonna Finch contre sa bouche. Pour tout. Nick avait de l'argent, mais Mamie a dit qu'il n'était pas approprié, à la fin, et que tu le savais. Je n'ai pas de fortune à amener à Crestmoor *et* je suis un homme. Tu as perdu le contact avec la créature élancée et pourquoi avons-nous cette conversation, ne veux-tu pas dire Veronica ? Et… je suis américain.

— Nick ? Créature élancée ? De quoi tu parles ? interrogea Benedict, se reculant à contrecœur et fronçant les sourcils. Et bien sûr, je ne veux pas dire Veronica.

— Elle est ici, dit Finch comme si ça expliquait tout.

— Parce qu'elle s'est invitée toute seule, et elle part très tôt pour passer le 26 avec sa famille – j'ai insisté. Toi, parmi tous, devrais savoir que quand je me suis décidé, j'ai correctement envisagé tout ce que je veux et tout ce dont j'ai besoin.

— Tu es impossible, souffla Finch.

Mais son brusque rougissement montrait son plaisir. Son agitation se calma en une acceptation naissante aux mots de Benedict. Il le savait, et très bien.

Malgré tout, il avait besoin de plus.

— Mamie a dit que les partenaires de ceux à qui on confiait Crestmoor devaient être choisis avec un œil avisé. Ils devraient avoir de l'argent et la capacité à comprendre quelle énorme responsabilité ça implique de maintenir le domaine. Mamie m'a dit quel excellent chef de famille tu ferais et elle a dit que la personne qui serait choisi pour fonder une famille avec toi devait être appropriée à la position, et elle…

— Au diable ce qu'elle a dit. Satané Finch têtu.

La manière dont Benedict dit ça le fit paraître comme un terme affectueux.

— Quand t'a-t-elle dit ça ?

— Sur le ferry pour Amsterdam.

— Et tu t'es cramponné à ça tout ce temps ? s'étonna Benedict en secouant la tête. Qu'est-ce que je dis ? Bien sûr que tu t'y es cramponné.

Il embrassa le haut de la joue de Finch, puis le pli de son nez et enfin le coin de sa bouche.

— Laisse tomber ça avec autant de ténacité que tu t'y es cramponné. Elle évoquait ses souvenirs et c'était un conseil approprié pour *elle* en tant qu'épouse, mais rien pour nous. Pas quand tu es tout pour moi et que j'ai tout ce dont tu as besoin.

— Mais…

— Finch, l'avertit Benedict.

Il secoua la tête. Il voulait tellement y croire que ça le terrifiait et argumenter était sa dernière défense.

Benedict se raidit et recula d'un pas.

— À moins que je me ridiculise à cet instant et que tu sois gentiment tolérant jusqu'à ce que j'aie fini, ensuite tu vas me repousser doucement, parce que tu n'es pas capable d'être cruel.

Il était empli d'humilité et aussi terrifié que Finch et il autorisait celui-ci à le voir.

Finch leva les mains en reddition et le regard réservé de Benedict plein d'espoir et d'attrait commença à s'effondrer.

— Non, non. Je suis têtu parce que si ce n'est pas vrai, je ne pense pas survivre. C'est tout, avoua-t-il, enfonçant de nouveau les doigts dans le pull de Benedict et le rapprochant. Plus têtu que d'habitude, même, parce que je dois être certain que c'est réel.

— C'est réel, je te le promets. Dieu merci ça l'est, dit Benedict dans un fort soupir.

Il attira Finch dans un autre baiser, complet, triomphant et partagé.

— Je ne l'enlèverai pas, affirma Finch après avoir repris son souffle.

Benedict rit, l'embrassa à nouveau et le serra contre lui. Après un moment, il dit :

— Je vais te dire ceci, mais je ne l'autoriserai pas à s'immiscer entre nous et nous ne reviendrons pas dessus. D'accord ?

Finch hocha la tête pour répondre à la pause de Benedict.

— Je ne me souviens pas de la créature élancée, Nick a attiré mon regard parce que, comme un jeune mec, je le trouvais passionnant et il ressemblait à un mannequin. Mais il était vaniteux et superficiel et détestait le fait que ma vie soit ici plutôt que d'utiliser les recettes gagnées ici pour des frivolités de jet-setteur cherchant à s'amuser. Nick n'a pas duré longtemps – je l'avais presque oublié aussi. Tu écoutes ?

— Hum ? Oh, oui. Oui, j'écoute.

Finch appuya les deux mains sur le torse de Benedict et fut stupéfait de sentir le battement irrégulier de son cœur.

— C'est juste qu'il a commencé à neiger. Continue.

Benedict attendit un instant pour regarder le ciel et son demi sourire apparut et repartit. Il posa un baiser sur la tempe de Finch.

— Je dois supporter Veronica, à cause de Mamie. Elle lui a offert de façon impétueuse un héritage assez substantiel lié à Crestmoor comme cadeau de baptême, expliqua Benedict, son antipathie envers Veronica bien évidente. Je ne pouvais rien faire à ce moment-là, bien sûr et Père n'est pas intervenu non plus, alors maintenant, je dois gérer tout cela. Avec précaution.

— Peut-elle faire des dommages, d'une manière ou d'une autre ? demanda Finch, une vraie inquiétude dans sa voix.

Une lueur d'appréciation passa dans le regard de Benedict.

— Elle pourrait affaiblir le domaine si elle prenait de mauvaises décisions. Comme, disons, vendre la terre en parcelles ou accepter qu'elle soit mise en valeur.

— Je vois. Alors n'as-tu jamais pensé que l'épouser pourrait être la solution ?

Finch déglutit et sa gorge fit un bruit sec. L'expression de Benedict devint neutre.

— Pendant environ cinq minutes, alors que je sortais tout juste de l'université et que je pensais pouvoir tout résoudre en un seul acte audacieux. J'ai passé deux jours entiers à réfléchir de manière pragmatique et à penser que je pourrais la supporter en tant que partenaire. Mais deux misérables heures avec elle à déjeuner m'ont ensuite décidé. J'ai depuis appris la sagesse de persuasion en attendant mon heure, dévoila Benedict en appuyant son front contre celui de Finch. T'épouser va la faire bouder et prolonger les négociations, mais rien de plus. Je finirai par l'emporter sur le fait qu'elle utilise la terre comme outil de manipulation et la rachèterai. Vendre est ce qu'elle a toujours voulu.

— Je pense qu'elle voulait être la Dame du Manoir, mais de l'argent est son second meilleur choix amer. Je peux compatir.

Finch frissonna à l'idée que Veronica obtienne ce qu'elle voulait et qu'il parte avec quelques dollars gagnés du travail qu'il avait effectué, à la place.

— Parce que tu es plein de bonté, justifia Benedict en soulevant son menton d'un doigt. Bien plus qu'elle et bien moins égoïste que moi. Je serai ravi de la voir déguerpir tout en me cramponnant à toi pour le reste de mes jours.

— Eh bien, commença Finch, le souffle coupé. Quand tu le dis comme ça.

Il laissa sa phrase en suspens et attrapa Benedict pour un autre baiser.

Il s'enfouit dans la vaste chaleur de Benedict et ferma les yeux, mais la réalité tapait avec insistance contre ses pensées. Il se pencha en arrière et Benedict leva un sourcil en interrogation.

— Je suis juste un pauvre infirmier américain, constata Finch avec un geste pour englober toute la zone. Je ne sais pas comment gérer un domaine ou être quasiment un membre de la famille royale. Et comment vais-je faire pour mon appartement ?

— Le louer tel quel ? Tu vas me le montrer, emballer tout ce qui doit être expédié ici et ensuite le vendre ? tenta Benedict avec un haussement d'épaules. Ce qui te rend le plus heureux.

— Je ne veux pas tout – alors je suppose que je vais emballer quelques effets personnels, les expédier ici et le vendre. Et tu veux le voir ?

— Naturellement, répliqua Benedict en accrochant un bras autour de sa taille. Et notre lignée familiale est infestée de médecins et de marins marchands qui ont conservé cet endroit de justesse plus d'une fois. Nous avons des origines néerlandaises, comme tu le sais. Ainsi que françaises et allemandes et tu es si charmant que tout le monde oubliera la partie américaine, mon cher.

— Mais je suis quand même un homme, se braqua Finch.

— Oui. Merveilleusement, répondit Benedict en mordillant sous son oreille.

— Alors le problème de convenance ? Ce n'était pas ça ? Pour quiconque ?

Sa question allait au-delà de l'entêtement à s'assurer que personne ne punirait Benedict pour l'avoir choisi.

— Pas le moins du monde. Pour personne. Mamie est folle de toi et adore à quel point Crestmoor est important pour toi. Elle est tout à fait contente.

Benedict dénoua l'écharpe de Finch pour pouvoir déposer des baisers sur son cou.

— Oh, alors c'est tout, dit Finch d'un ton acide.

Il voulait un autre baiser, mais une dernière pensée ne voulait pas partir et il se mordit la lèvre. Benedict s'arrêta et se pencha en arrière.

— Dis-moi le reste de ce qui te tracasse.

Il était inutile de dire autre chose que ce qu'il avait à l'esprit.

— Des héritiers. Ou plus précisément, je ne peux manifestement pas t'en donner.

— Encore une idée que Mamie t'a mise en tête? interrogea-t-il en prenant le visage de Finch dans ses mains. Si tu n'as pas remarqué, il y a une véritable armée d'incorrigibles neveux et nièces dans la maison à cet instant, et n'importe lequel d'entre eux pourrait prendre la relève et gérer parfaitement le domaine. Actuellement, l'aîné de Patrice, Otis, aime particulièrement l'idée de connaître chaque petit détail de la gestion et il est déjà un excellent jeune homme.

— J'aime bien Otis, dit Finch, commençant à se détendre.

197

— Et il t'aime bien.

Benedict l'embrassa, une rencontre douce et solennelle de leurs bouches et leurs souffles mêlés. Puis il dit, contre la peau de Finch :

— Au-delà de tout ça, peut-être que tu as entendu parler d'une petite chose appelé adoption.

Finch rougit, submergé par la gratitude et la joie. Il n'avait pas de mots, alors il hocha la tête.

— Y avait-il autre chose ?

— Non. Du moins, je ne peux penser à rien d'autre.

Finch était trop honnête pour dire que toutes ses inquiétudes étaient parties.

— Alors nous nous disputerons sur ce qui pourrait rester demain. Encore mieux, l'an prochain. J'ai l'intention que nous soyons un vieux couple marié d'ici là.

Benedict le tira plus près de lui et ils s'enlacèrent alors que la neige voletait autour d'eux et que la nuit tombait sur le domaine.

Finch sourit, ferma les yeux et laissa Benedict l'abriter. Son étreinte égalait tout ce que Benedict lui offrait, parce qu'il avait tout autant besoin de lui. Cela lui faisait plaisir de pouvoir rassurer et apaiser Benedict, d'être le seul à pouvoir le rendre à la fois vulnérable et en sécurité. Son imagination s'enflamma – des scènes où ils construisaient leur vie ensemble – et au lieu de les repousser, il lâcha prise et, enfin, crut en l'avenir.

Après un moment, Finch secoua la tête.

— Je n'en avais absolument aucune idée. Pourquoi ne me l'as-tu pas dit ? Ou même révélé un peu ?

— Parce que j'avais peur que tu argumentes à mort contre moi que je ne pouvais pas penser ce que je disais ou quelque chose de tout aussi stupide, soupira Benedict. Et à dire vrai, je n'étais moi-même pas certain au début. Mais à la fin, je n'ai pas pu lutter contre l'inévitable. Donc, quand j'ai été certain, j'ai essayé de faire en sorte que tu ne puisses pas argumenter contre ma demande au lieu de simplement dire oui.

— Alors je vais simplement dire oui.

Là-dessus, Benedict s'agenouilla, insouciant des flaques de neige fondue et prit la main gauche de Finch.

— Promis ? demanda-t-il, embrassant l'anneau sur son doigt.

— Oui, souffla Finch, avant de hocher la tête. Oui et oui… et oui.

Benedict lâcha une exclamation urgente et triomphante, se remit debout d'un bond et attrapa son fiancé dans une étreinte écrasante. Le cœur de Finch s'arrêta, puis repartit à toute vitesse, palpitant au baiser demandeur et exigeant de Benedict, différent de tous ceux qu'ils avaient partagés. Ce n'était pas une idée après coup ou venant de la frustration et ce n'était pas doux. C'était tout Benedict – ouvert, cherchant et lui demandant de répondre.

Finch offrit tout.

— Je l'avais sur moi depuis des semaines, admit Benedict quand ils se séparèrent, en touchant l'anneau.

— J'essaie depuis des semaines de ne pas craquer pour toi, concéda Finch pour que ce soit équitable.

— J'aime cette idée, dit Benedict avant de faire une pause et de demander prudemment. Qu'en est-il de Kurt ?

Finch pouvait dire qu'il ne se moquait pas. Benedict s'inquiétait vraiment.

— Kurt. Il est charmant et amusant, et il le sait, mais pas du tout mon genre, répondit-il avec un frisson. Veronica peut l'avoir.

Benedict rejeta la tête en arrière et rit tout haut.

— Ça pourrait bien fonctionner. Kurt a les poches assez profondes pour la maintenir amusée pendant un moment. Elle sera l'ornement qu'il veut à son bras et aucun ne demandera beaucoup à l'autre.

— Ça semble terrible.

— Et rien à voir avec ce que nous serons, promit Benedict. Rentrons-nous à la maison ?

Comme réponse, Finch enlaça leurs mains, commença à marcher et il claqua la langue lorsque Benedict frissonna.

— Je te l'avais dit.

— Je n'ai pas froid, répliqua l'autre en resserrant la prise de leurs mains et ralentissant leur allure. C'est le contrecoup qui commence à s'installer. Le contrecoup et le soulagement.

Finch pouvait comprendre.

Benedict arrêta leur progression et le fit tourner vers lui.

— Est-ce que craquer pour moi signifie… ?

Il ne pouvait pas, semblait-il, sortir le reste de la question. Finch n'eut aucun mal à le dire, mais sa voix trembla malgré tout quand il l'admit enfin tout haut.

— Oui. Je t'aime Benedict. J'ai commencé à craquer lorsque nous nous sommes rencontrés au guichet d'entrée au moulin. Tu m'as exaspéré, mené à la baguette et fait me sentir plus heureux et en sécurité que n'importe qui d'autre que j'ai pu connaître.

Il cligna des yeux quand le message du cadeau de Benedict lui tomba enfin dessus.

— Vide sauf si accepté. C'est la vérité.

— Finch, murmura Benedict avec une urgence qui en faisait presque un vœu. Mon magnifique, inhabituel, raisonnable et merveilleux Finch. Et comme je t'aime.

Ils apprécièrent un instant silencieux de profonde appréciation et Finch sourit.

— Je suis content. Plus que content. Je serais misérable pour toujours si ce n'était pas le cas.

Finch éclata de rire quand Benedict l'attira dans une nouvelle étreinte.

— Nous n'avançons pas vraiment.

— Je pense que nous avançons de manière excellente, rétorqua Benedict avant de mordre le lobe de son oreille. Tes oreilles sont adorables. Tout comme tes taches de rousseur, et la lueur dans tes yeux quand tu parles de quelque chose d'historiquement ringard et ta mèche de cheveux qui rebique à l'arrière. Tu sauves les animaux et leurs poils sur tes vêtements ne te dérangent pas. Tu traites Crestmoor avec respect mais mêlé d'admiration. Tu es brave et tu as le sens pratique, et j'ai décidé que Crestmoor était le lieu où tu finirais malgré tout, parce que c'est là qu'est ta place. Et je serais misérable pour l'éternité si tu partais, alors je suis content que tu sois resté jusqu'à ce que je puisse trouver comment ne jamais te laisser partir.

Finch frissonna et Benedict rit, sachant qu'il n'avait pas froid non plus.

— Quand nous entrerons, tout le monde saura ce que j'ai demandé. Je leur ai fait croire qu'il n'y avait pas moyen que tu refuses – appelle ça de l'arrogance ou de l'espoir indéfectible ou les deux – et ils demanderont tous ton attention et des détails, et te bousculeront, annonça Benedict en lui jetant un regard. Est-ce que ça ira ?

Finch venait juste de réussir à assimiler le fait que Benedict l'aimait vraiment et qu'ils allaient se marier et passer toute leur vie à Crestmoor. L'énormité d'avoir soudain cette gigantesque assemblée bruyante et attentionnée à l'intérieur comme famille immédiate le frappa dans un mélange de nervosité et d'émerveillement étourdissant.

— Oh, waouh. Mamie sera… je veux dire, tenta-t-il à court de mots.

— Oui, dit Benedict avec un sourire. Bien que tu n'aies pas besoin d'utiliser Tante avec Letje si tu ne veux pas.

— Waouh, répéta-t-il doucement. Ça ira si tu es avec moi.

— Bien sûr. Tout le temps, promit Benedict en le prenant sous le bras. Laissez-les essayer de m'éloigner de toi désormais.

— Alors ça ira, affirma-t-il avec un soupir.

— Je sais, dit Benedict avant de recommencer à les faire avancer. Puisque tu as accepté mon cadeau, je dois te remercier pour le tien. C'est habile sans piquants et sentimental sans excès, comme je m'y attendais venant de toi. Là.

Il leva la main de Finch pour tâter son col, là où il portait l'épingle du National Trust.

— Presque aussi bien qu'une bague de fiançailles, le taquina Finch.

— En effet. Je la porterai à notre mariage.

Benedict devint sérieux. Il embrassa Finch, un bref baiser brutal, puis il les fit entrer dans la maison par le jardin d'hiver.

— J'ai demandé une licence spéciale, alors la cérémonie peut avoir lieu le soir de la Saint Sylvestre.

Benedict attendit un instant pour une réponse, mais Finch ne protesta pas.

— Je suis impatient.

— Je vais devenir légèrement fou à attendre moi aussi, mais je suis certain que la planification de Mamie et Letje et tous les autres va bien nous occuper. La plupart du temps.

Benedict semblait incapable de s'empêcher d'embrasser à nouveau Finch.

Des lumières blanches scintillantes étaient accrochées partout, de grandes lanternes en forme d'étoiles suspendues à différentes hauteurs et la fontaine brillait d'une douce lueur ambrée qui transformait le jardin d'hiver en un monde enchanté. Finch se retourna dans l'étreinte de Benedict pour apprécier l'effet et se couvrir sa bouche en riant.

— Quoi ?

— Ton projet grandiose est magnifique. Nous n'avons pas besoin de dire aux autres que je l'ai saboté.

Il tourna sur place et regarda la neige qui commençait à s'accumuler sur les vitres.

— Je pourrais tout te refaire ? proposa Benedict en resserrant les bras. Ou nous pouvons nous mettre d'accord – puisque tu as dit oui, rien n'est gâché.

— Alors c'est d'accord.

201

Finch se retourna et ils s'embrassèrent une dernière fois avant que Benedict ne les ramène au petit salon.

Comme il l'avait prédit, sa famille éclata en applaudissements et même alors que Finch déboutonnait son manteau, le bruit étourdissant des bienvenues, félicitations et marques de sympathie pour son Benedict désormais piégé commencèrent, avec un barrage de questions. Benedict resta près de lui et le regarda comme s'il était quelque chose de remarquable et précieux, et Finch put facilement déchiffrer ses pensées et son humeur. Il vit de la satisfaction, de l'affection durable pour sa famille et de l'impatience d'être seul avec lui.

Mamie avait eu raison sur certaines choses.

Quelqu'un lui mit une flûte de champagne dans la main et dès qu'il la vida, on lui en donna une autre, alors qu'un toast après l'autre était porté en leur honneur. Finch n'eut aucun souvenir de ce qu'il répondit, mais ça n'avait pas d'importance. Personne d'autre ne s'en souviendrait également. Enfin – Benedict s'en souviendrait. Si Finch était curieux un jour, il pourrait demander.

Malgré quelques appréhensions, il savait que Crestmoor deviendrait autant à lui qu'à Benedict et que c'était là où était sa place. Il avait le site de déchets à superviser, des choses sans fin à apprendre et toute l'Angleterre à explorer. Même cela n'avait pas d'importance. Ils pourraient être égarés dans le vieux Range Rover et Benedict pourrait être un pauvre touriste comme lui, parce que rien qu'avec Benedict, la fin de son conte de fées était devenue réalité.

BENEDICT évita le regard impérieux de Mamie pendant qu'ils faisaient le tour, mais Finch tira sur son bras. Il soupira contre l'oreille de Finch et les conduisit jusqu'à elle.

Mamie tapota le canapé où elle avait tenu salon toute la soirée.

— Laisse ce garçon respirer un instant, Ben chéri.

Il voulut protester – Finch n'avait pas besoin d'air quand ils étaient ensemble et de plus, il n'était pas prêt à le lâcher – mais son fiancé têtu embrassa sa joue et s'assit à côté de Mamie avant qu'il puisse dire quoi que ce soit.

— Ça ira, assura Finch, ses yeux brillants et chaque ligne de son adorable visage et de son magnifique corps vibrant de bonheur. Pourrais-tu me trouver quelque chose à boire, s'il te plaît ? Quelque chose de chaud. Ooh, et ces petits choux fourrés à la crème.

Benedict leva un sourcil, mais il se détournait déjà. L'assurance et l'aisance de Finch avec lui était un développement intriguant – et attirant. De plus, il comprenait que Mamie voulait casser les oreilles de Finch à propos de la demande et épancher son plaisir à cette nouvelle, et il ne pouvait pas refuser grand-chose à Finch, de toute façon. Si ce que celui-ci voulait était en son pouvoir, il l'obtiendrait, et s'il ne pouvait pas, il embaucherait quelqu'un ou inventerait quelque chose ou retournerait le monde à force d'essayer.

Pendant qu'il traversait la pièce, ses chers frères et sœurs et cousins le poussèrent gentiment, le taquinèrent et la jeune Celeste voulut savoir ce que signifiait « avoir enfin la corde au cou ».

— Ta fille est une véritable horreur, Gwen, dit Benedict, avant de s'agenouiller devant Celeste. Cela signifie que je suis heureux, et c'est aussi une expression que tu ne devrais jamais répéter.

Les yeux bleu clair de Celeste s'écarquillèrent et elle hocha solennellement la tête. Puis son sourire espiègle ressortit et elle se jeta dans ses bras.

— Heureux, comme Heureux Noël. Je t'avais dit que c'était quelque chose de bien, Maman.

Son ton n'était pas une mauvaise interprétation de celui de Mamie. Elle remua ensuite et courut jusqu'au sapin où les autres enfants étaient rassemblés autour du train électrique.

— Telle mère, telle fille.

— Félicitations, Ben. Finch est parfait, rit Gwen avant d'embrasser sa joue.

Il regarda Finch, à l'aise et bavardant avec Mamie. Il s'intégrait parfaitement au tableau de son salon chaotique et la gaieté de sa famille et des festivités. Finch le trouva à cet instant et leurs regards s'accrochèrent.

Il essaya de ne pas sourire comme Celeste l'avait fait et le merveilleux rougissement révélateur de Finch disait ce que le sourire discret ne révélait pas. Ils se fixèrent trop longtemps et Mamie les surprit, lui fit signe de déguerpir et redemanda l'attention de Finch.

— Je sais.

Benedict hocha la tête et embrassa la joue de Gwen, puis alla jusqu'au buffet pour empiler des friandises dans une assiette.

Pas des choux à la crème pour Finch – des friandises pour distraire Mamie pour qu'il puisse subtiliser Finch. Il voulait que son fiancé joue du piano pour lui, se tenir près du feu en serrant Finch pendant qu'ils regardaient la fête et lui faire choisir un autre de ses nombreux cadeaux à ouvrir. Puis il voulait l'emmener furtivement jusqu'au jardin d'hiver et ne pas revenir.

Grand, ténébreux et sans visa par Bru Baker

Traverser la frontière de l'amour.

Décisions hâtives sur idées malencontreuses rapprochent le Portugais Mateus Fontes et l'homme d'affaires Crawford Hargrave au poste de frontière canadien.

Mateus se retrouve dans une impasse. Avec un permis de tourisme qui expire sous peu, son entrée au Canada lui est refusée et on rejette sa demande pour repasser la frontière des États-Unis. En inventant de toute pièce leurs prétendues fiançailles, Crawford pense avoir réglé le problème, et cela fonctionne, jusqu'à ce qu'ils apprennent qu'ils doivent réellement se marier avant de pouvoir rentrer aux États-Unis. Mais Crawford s'est déjà fait avoir une fois par le mariage et il est déterminé à ne pas reproduire la même erreur.

Aucun d'entre eux ne s'attend à ce que de réels sentiments naissent de ce mariage blanc, et c'est pourtant ce qui est sur le point d'arriver. Ils devront apprendre à être honnêtes l'un envers l'autre s'ils espèrent que cela fonctionne entre eux, chose particulièrement difficile lorsque leur mariage entier est basé sur des mensonges.

Pris dans le blizzard par Eli Easton

Neige, vapeur et secrets.

Lorsque Jude Devereaux, qui fuit un amant violent, trouve refuge dans un chalet isolé de l'Alaska, incapable de rejoindre la ville avant que le blizzard s'abatte sur la région, Hutch, déjà suspicieux de nature, se montre méfiant. Cependant, Jude n'est pas seulement superbe, il est aussi amusant, intelligent et entreprend de flirter avec lui. Ils vivent des moments agréables pendant les trois jours où ils restent coincés à cause de la neige, mais lorsque les nuages s'éclaircissent, Hutch découvre qu'il est un peu trop attaché à Jude.

Pourtant, Jude est-il vraiment celui qu'il prétend être ? Venu en Alaska pour échapper à un monde d'espionnage et de violence, Hutch ferait tout pour ne pas avoir à y retourner. Mais une menace pèse sur Jude et le laisser s'en tirer seul est inconcevable pour Hutch. Il refuse que quelque chose de terrible lui arrive... même s'il doit pour cela dévoiler des secrets qu'il pensait enfouis pour toujours.

www.ingramcontent.com/pod-product-compliance
Lightning Source LLC
Chambersburg PA
CBHW022145240626
47153CB00007B/2522